险象环生

库玉祥 著

群众出版社

目录

第一章

1

黎明的光亮已悄然爬上了窗棂,天空呈现出灰蓝色。杨爽在监区里巡视着,他每路过一个监室,都通过窗户向里边观察一遍。

“杨管教！杨管教!”14 监室的打饭窗口,有个在押人员在叫着杨爽。

在押人员的面孔堵满了整个窗孔,他的左腮有一疤痕,大而圆的眼睛透着阴森和冷酷,这阴森和冷酷使他的面孔就定格在这单一的表情上,这表情让人难以琢磨,使人觉得他即使出现别的表情,也是做作的。

“霍英国,你有事?”杨爽走到 14 监室前,对着窗口的面孔问。

“我有事要跟你说,你提我一下。”

“是现在监室里的事吗?”

“不是。”

“那等上班后，有什么事你跟你的主管民警说吧。”杨爽扔下这句话，离开了 14 号监室的窗口。

“今天是星期六，我们主管民警得下星期一上班，到那时就晚了。”霍英国提高了些嗓门，说得有些急切。

杨爽没做声，径直走了。

对于霍英国，杨爽是很了解的，因为霍英国的案件就是杨爽办的。一年前，杨爽在城西公安分局刑警大队工作。杨爽一天晚上加完班，在 10 点多钟往家返的途中，走到西立交桥时，“救命啊！救命啊！”一个男人发出的两声极度恐惧和绝望的喊声猛地响在耳际。这喊声如疾风，一下吹透了杨爽的衣衫，使他身体的汗毛孔全都舒张了起来，心仿佛到了嗓子眼。但顷刻间他就把内心所产生的恐惧压制了下来，他凝视着发出喊声的地方，只见距自己五六米远的地方，一个穿黑色风衣的高大歹徒手持利刃，正用力刺向一男子的前身，那被害男子喊完两声后，哑声瘫躺在桥拱处，歹徒抢下了被害男子手中的一个皮包。在昏暗的路灯下，只见被害男子敞怀西装所露的白衬衫上满是血渍。

“把刀放下，我是警察。”杨爽对歹徒喝令说。

杨爽的话歹徒没听见一般，他冲杨爽而来，杨爽忙掏枪，把枪平端起时，歹徒已近眼前，并挥刀向杨爽刺来。面对嚣张的歹徒，杨爽的枪对着歹徒的脸，脑中只有一个念头：打死他。

“砰！”枪响了，歹徒倒下。

歹徒就是霍英国，霍英国将男子捅成重伤，抢得内装 3 万余元钱的皮包。杨爽的枪没有把霍英国打死，子弹只是射入了口腔内，又从左腮贯通而出。

霍英国犯抢劫罪被判处死刑。

霍英国被关进看守所后，犹如关在笼子里的困兽，狂躁、凶狠，他常因琐事与其他在押人员厮打在一起。乍开始，他触犯众怒，监室里的一些人便纠合在一起一同打他，他被打伤过两回，一回鼻梁被打折，他只用一根卫生筷子插进鼻孔里，把鼻梁撑起，过几日，待折了的鼻梁长好后，他抽出筷子，筷子上满是混杂着血和鼻涕的黏液；另一回，他的左肋骨被打折一根，他整日歪着肩膀，忍着剧痛，硬是挺了过来。两次他被打伤，都没有报告给主管民警。之后，他对不服者再大打出手。他的这种所谓的“魄力”，使监室里的其他在押人员都很怕他。

当杨爽巡视完前面的监区返回来时，14 号监室的打饭窗口影映着暗影，霍英国仍伫立在那儿。

以霍英国这种个性的人，他不会随意喊管教的，他究竟有什么话要说呢？

杨爽终于向14 号监室走去。

在监区与在押人员谈话的办公室里，霍英国坐在靠门口的椅子上，戴脚镣的双腿有限地劈着，他右肘扶在椅背上，手里拿着杨爽给他的烟，递进嘴里，起劲地吸着。

“你有什么事要讲？说吧。”杨爽端起办公桌上的水杯，喝了一口，对霍英国说。

听了杨爽有些生硬的话语，霍英国说：“别老对我这样，杨管教，咱俩的事是过去的事了。我也到快死的份上了，我今天就没别的事，找你唠会儿嗑，行吧？”

“你到底想……”

“别，别，杨管教，我今天真有正事，我要检举一个大案子。”霍英国见杨爽面有愠色，忙把话岔了过来接着说，“你知道吧杨管教，1992 年 9 月份，城西的第四毛呢厂，保工干部在门卫值夜班时，丢了一把‘五六’式冲锋枪。”

杨爽听说过这件案子，他眼睛一亮，快捷地铺开了材料纸，做起了询问笔录。

霍英国接着说:“那把冲锋枪是我家邻居吕龙偷的,偷枪那会儿,他在毛呢厂干临时工,吕龙偷完枪后,与我商量想干点大事。第二年三、四月间的一个下午,我骑自行车带着吕龙去抢河西储蓄所,吕龙把冲锋枪折叠起来装在了一个大帆布袋里。到了储蓄所,吕龙从帆布袋中抽出冲锋枪,又把帆布袋从储蓄的小窗口中塞给了储蓄员,让储蓄员往帆布袋装钱,装完钱,把钱从门口递出来,要不就打死她们。两个女储蓄员一见这架势,就躲在了办公桌下,并按响了警报器,我和吕龙怕警察来,就匆忙地撤了出来。在往外撤时,吕龙用冲锋枪对柜台的玻璃打了一枪。去年夏天,我听别人说吕龙在离咱东河市 50 公里外的林海市持枪抢了个金店,还开枪打死了两人。”

“吕龙现在在哪儿?”杨爽问。

“他是在这个星期一,因交通肇事进了看守所,也在 14 号监室。他见了我,很担心我举报他;前天晚上,他上厕所装晕,摔了一跤,头上碰了个口子,出了不少血。昨天上午,他住进了公安医院。我在想,他住公安医院的唯一目的,就是想脱逃。”

杨爽专注地听完,放下手中的笔,说出一句霍英国意料之外的话:“你抢劫时,我持枪把你打伤,你现在成了死囚。你为此仇恨我,在监室里的墙壁上写过我的名子,诅咒我早死,而现在你却把这么大的案件对我讲;如你说的属实,这案件我参与破了,我或许会立功。你既诅咒我,又让我有机会立功,这是为什么?”

“别的不为,就为我自己。因为你立了功,我也会因有了重大立功表现,而改变自己的死刑判决。你是一个很敬业的警察,我虽憎恨过你,却又信任你;我想,你不会让一个比我罪行还大的恶人在你眼前溜过的。”霍英国的话,说得倒也坦诚。

杨爽把霍英国送回了监室,跟别的值班民警打了个招呼,就拿着询问笔录，走出了监区。

2

看守所院落前面的三层楼房，是东河市公安局监管支队的机关。

作为监管支队支队长的柯志伟，早晨刚洗漱完，有些心烦地坐在办公桌前的靠椅上，双手摆弄着一支钢笔。就在三天前，第一看守所的民警段刚在押送在押人员去公安医院住院返回的途中，遇见一司机酒后驾着东风车刮倒了一个骑自行车的姑娘，姑娘的男友与开车的司机理论，没承想，司机驾驶室里下来了包括司机在内的三个男子，对姑娘的男友一顿暴打。段刚看不过去，上前制止，司机不听制止，还把摇把子拎下来，要砸段刚的脑袋，段刚开枪，将司机打成重伤。本来这是个情况明朗，责任清楚的事情，现在变得复杂了；复杂的因由是被刮倒的姑娘和被打的男子，一见警察开枪把司机打倒，便立马消失了。而今司机住在医院，家属告到市政法委，一切成了段刚的不是。

柯志伟心烦的是，如果段刚的事理不清，属下的枪支出了问题，他是要负领导责任的。因此，他心里不知多少次暗骂段刚：你他妈的管哪门子闲事。这句暗骂的话，他又不能明说，从一个警察的角度讲，段刚的所为是无可非议的。可从个人的利益角度讲，在官场的道路上，柯志伟熬了三十余年，如今五十三岁了，才靠上了个副处级，他深感官场的不易……

柯志伟正琢磨事时，虚掩的门被人敲了两下。柯志伟说了句："请进。"

杨爽走了进来。他把询问笔录放在柯志伟的办公桌上说："柯支队，在押人员霍英国检举了个案件，这案件很大，这是材料。”

“你跟你们冯所长说了吗?”柯志伟没有看材料的意思,似乎杨爽进来打搅了他。

“这个线索是刚上来的,冯所长昨晚没值班,我还没来得及跟他说,我看你值班,就过来向你请示,因为案犯吕龙在公安医院住院,随时都有脱逃的可能。”

“这么严重?”听了杨爽的话,柯志伟把材料往跟前拽了拽,看了起来。

看完材料,柯志伟抬起头说:“这是十多年前的案件。等星期一,你把这材料转给刑警支队,而后我再跟主管局长丁兆柱汇报一下。”

“柯支队,我现在就跟刑警支队联系吧。”

“你去联系一下也可以。”今天是双休日,除了值班的,人们都休息,柯志伟不愿跟刑警支队说案件的事,既然杨爽提出要联系,柯志伟不好说别的,也就随着他了。

3

公安医院位于市中心的民政路上,是个坐北朝南的四层建筑。这所医院是公安局与一家兵工企业合办的。看守所每天都派出一名值班民警,在两名保安的协助下,看管着因病住院的在押人员。

虽说是上午8点了,可处在四楼西北角的监管病房仍是那么的安静,这地方少有人来,何况这天又是星期六。吕龙闭着双眼静卧着,他的右脚与床头间连着副脚镣子,但这脚镣子此时是虚设的,吕龙在半夜时,就已把脚镣锁脚的这一端锁头,用床上挂绷簧的铁钩捅开了。他把昨天来医院时穿的拖鞋踢到了对面在押人员的床前，又把对面在押人员床前的布鞋弄到自己的跟前。吕龙已做好了脱逃前的准备，他就等外面的接应了，这种等待使吕龙很是紧张。

走廊里的一道铁栅栏把监管病房与外界隔开，值班民警时春生坐在铁栅栏里的一张桌子前，看着本杂志。另两个值班保安在值班室里睡觉，还没起床。

在空寂的走廊里，墙上石英钟“滴答”声响很是清脆，不知怎么，时春生听着石英钟的声响忽然心躁了起来。8 点钟是交接班的时间，时春生见没人来接班，他抬头看了眼墙上石英钟，便无心看杂志，在门前踱着步。

打扫卫生的老张头儿左手拿着笤帚，右手拎着撮子，慢悠悠向监管病房走来。时春生见到老张头儿，打开了铁栅栏上的门锁。老张头刚走到洞开的门前，突然间，在距门前 5 米远的厕所里蹿出三个人来，其中跑在前面的一人把老张头儿推倒在地，把铁门用身体卡住，使铁门难以关上。时春生一愣神间，“砰”的一声闷响，一支猎枪顶着时春生的胸部开了火，时春生向后仰去，重重地摔倒在地上。他胸前一个黑乎乎的大洞在喷着血，这血顷刻间浸染了时春生身上的警服。

“愣着干什么？快跑。”吕龙已出了监管病房，他对接应他的人喊道。

那三人的视线从时春生的身上移开，随着吕龙的喊声，一同向楼梯口奔去。

杨爽站在公安医院的门口，注视着道路上来往的车辆。二十分钟前，他给刑警支队一大队大队长赵旭建打了电话，赵旭建让他 8 点钟在公安医院门口等他。

吕龙等四人从医院的门里急忙地冲了出来，把站在医院门口的杨爽撞了个趔趄。

杨爽站稳身，见到了四人的背影，他注意到了吕龙头上的白绷带，一辆夏利出租车已经停在那几人的面前。

“吕龙、头伤、白绷带、脱逃”几个词语即刻呈现在杨爽的脑海里。

“站住！”杨爽大声呼喊，朝四人冲去。

夏利出租车里已坐上了三人，后边一穿黑衬衫的举枪向杨爽开了一枪。

杨爽的左臂犹如被人重重地打了一拳，他左转半圈跌坐在地上，血顺着左上臂的伤口汩汩地流出。

夏利出租车疾驰而去。

赵旭建拎枪冲了过来，对坐在地上的杨爽急切地问：“咋的了？咋的了……”

第二章

1

杨爽带伤出席了东河市公安局监管支队召开了案情通报会。

会议室里坐满了人，杨爽巡视了一下，见除了监管支队领导外，还有主管刑侦和监管的丁兆柱副局长，刑警支队的人、市检察院监所检查科的人。

杨爽在靠门口的椅子上刚坐下，丁兆柱问："杨爽，胳膊没事吧？"

"不要紧的丁局长，我的胳膊只是皮肉伤，没伤到骨头。"杨爽欠了下身说。

"本不想打扰你了，让你在家养伤，可今天这会你还必须来。"丁兆柱说完这话，转了话题，对身边的刑警支队长李文彬说，"你把'9·28'的案件和这几天的工作情况说一下。"

李文彬说："9月28日上午8时许，公安医院发生一起严重的暴力案件，三名持枪歹徒营救出了在押人员吕龙，在营救时枪杀了值班民警时春生，在撤离时，又将前去与刑警支队侦查员搞审讯的监管支队民警杨爽击伤。案件发生后，丁局长带领刑警支队的人员以最快的速度赶到了现场，根据丁局长的指示，对案件的侦破工作分三步展开，一是对现场的勘查和走访当时在公安医院的医护人员及就诊的人员。二是封锁全市进出城的路口，以防案犯外逃。三是对吕龙有可能落脚的地点进行搜捕。经过四天的工作，案犯虽没有被缉拿归案，但案件还是有了很大的进展，对杨爽所反映的在监室里得到的情况，以及这几天的工作证实，吕龙、还有营救他的几名案犯是一伙集盗窃、抢劫、杀人的犯罪团伙，在吕龙的家中搜出了 1992 年 2 月份第四毛呢厂丢失的‘五六’式冲锋枪，枪里没有子弹。从霍英国的材料反映出，1993 年 4 月 3 日下午 2 时许，吕龙和霍英国在城西区抢劫河西储蓄所，因营业员按响了警报器，两人向储蓄所里开了一枪，后经弹壳检验，两人所用的枪支正是第四毛呢厂丢失的。再一个就是经我们与林海市公安局联系，得知与我市相距不远的林海市发生的抢劫金店的案件也是吕龙团伙所为。去年，林海市德胜金店被抢，案犯打死了两名营业员，抢劫了价值 30 余万元的金银饰品，抢劫金店案犯所使用的枪支，经弹壳检验，也是第四毛呢厂丢失的‘五六’式冲锋枪。”

李文彬点燃了一支烟，接着说：“案犯在公安医院营救吕龙时用了两支枪，击中时春生的子弹是河南一家军工厂生产的鹰牌五连发猎枪所击发的，这家军工厂生产的这种枪有上万支，散布社会面较广，难以查清枪的来源。击中杨爽的是支‘六四’式手枪所击发出的子弹，案犯使用的这支手枪是前城西分局刑警大队副大队长左同英丢的。枪丢失的过程是，去年夏天时，左同英把枪放进包里，去饭店就餐时，包被人拎走，枪也就同时丢了。”

丁兆柱说："案情大体是这样，关于案犯的体貌特征，唯有杨爽能把其中拿手枪的人说得详细点，那案犯能有一米七左右的个儿，上身穿件黑衬衫、长方脸、戴墨镜，额头贴块白胶布。"

丁兆柱说这话时，杨爽的思维也顺着丁兆柱的话回想着当时的情景，他回想的目的是在搜寻着除丁兆柱说的这些外，还有没有自己当时发现而后又被遗忘的……

市检察院监所检查科科长秦明说："针对公安医院发生的严重暴力案件，我们检察院对看守所提出几点检查建议……"

2

霍英国在码铺时间，双耳竖着，仔细听着走廊民警走道的声响，他在看守所待时间长了，他能够听出熟悉的民警走道时皮鞋的声响。他现在是听杨爽皮鞋在走廊的声响。

码铺时间一过，霍英国就跳下板铺，到打饭的小窗口向外张望，以期能看到杨爽。

霍英国做人的心态有了很大的改变，这种改变是基于他给杨爽反映的线索。当初霍英国被判处死刑时，他心里绝望极了，他虽然为了钱财去犯罪，也想过如被抓，肯定会判刑，但他没想到自己会被法院判处极刑，想到死，他平常欠思虑的头脑才感觉到了痛苦，而且这痛苦来得这么急，这么猛。当他在痛苦中切实感到自己的前途只欠一死，别无它途后，他便觉得有些释然，他不再逃避什么，也不怕什么了。

而现在，霍英国如反映的线索属实，案件破了，那么他的死刑判决肯定会改判，他会有个活口。他知道，他的活口在于两个方面，一个是重大立功表现，再一个是他在监室里必须规矩，不能惹出什么大的事端来。

晚饭刚开时，霍英国刚咬了口发糕，提审员申德林打开了监室门说："霍英国提审。"

霍英国对站在门口的申德林说："是不是省高级人民法院来对我的死刑复核来了。"

申德林没回答霍英国的话。

霍英国见申德林没吱声，便认为自己的推测是对的，心往下一沉。

"高法复核完，该没几天活头了。"霍英国出了监室门，自语地说。

申德林把霍英国领到了提审室。

提审室里坐着三人，其中一个是杨爽，另两个人霍英国不认识。

杨爽指着身边的两人介绍说："这是刑警支队一大队大队长赵旭建。这是一大队的侦查员李悦。今天刑警支队的人提你，就是关于你检举的吕龙案件的事，你要如实回答。"

霍英国嗯了一声。

杨爽侧过身来对赵旭建说："你们先问着，我出去一下。"

经过霍英国的身边，杨爽拍了拍霍英国的肩膀，示意霍英国坐在讯问椅上。

半小时过后，赵旭建和李悦出了提审室。赵旭建对站在门外抽烟的杨爽说："我们问完了，待会儿你把人领回去吧。"

"霍英国说出新的东西没有？"杨爽问。

"他没说出新的东西来。"赵旭建拉着装材料皮夹上的拉锁说。

杨爽进了提审室，霍英国第一句话就问："是不是吕龙在公安医院已经跑了？"

"刑警支队的人跟你说的？"

“他们没说，但他们把吕龙的接触关系和有可能落脚的地方问得很详细，吕龙的接触关系我都跟你说清楚了，若吕龙不跑的话，不可能刑警支队的人再来问我这些。”

霍英国看见杨爽因热脱掉外衣，露出了绑在胳膊上的纱布。“杨管教，你胳膊上的伤是不是吕龙跑时弄的？”

“我胳膊上的伤倒无所谓，你们的主管民警时春生，被吕龙的同伙杀害了。”杨爽觉得有必要让霍英国知道“9·28”案件的真相。

“什么时候的事？”霍英国满脸的惊讶。

“就在你给我反映线索的那天上午。”

“哎呀呀！我说时管教这些日子怎么没来，他怎么会死？他可是个好人哪！”霍英国仰脸望了会儿天棚，猛地坐正了身子问杨爽，“吕龙抓不着，案件破不了，我反映的线索是不是废了？”

“你反映的案件线索，按理说现在属于破了，在吕龙家里搜出了第四毛呢厂丢失的那把‘五六’式冲锋枪，经弹痕检验证明和证人对吕龙照片的辨认，证实吕龙一伙在林海市抢劫金店时，用这把冲锋枪打死了两名营业员。”

“那么现在能不能给我出具有立功表现的证明？”

“现在不行，因吕龙还没有缉拿归案。”

“现在开不出我有立功表现的证明，省高法这几天就会来复核我的死刑，复核完了，在今年年末，很可能就把我拉出去毙了。”霍英国把自己最担心的事说了出来。

霍英国的话，杨爽还没考虑到，这给他出了个难题，作为监管民警，应当对有重大立功表现的在押人员负责，可吕龙的案件短时间内又难以了结，该怎么办呢？

杨爽思虑片刻，说：“你说的事，过后我跟所领导商量下，鉴于具体情况，看能否给法院出个建议，对你的死刑予以暂缓执行……”

3

一阵杂乱的脚步声在14号监室的门口停下，监室里在押人员们的目光都聚在了门口。

金洪胜打开监室门，背着手，目光冷漠地打量了一遍监室里的在押人员说：“我告诉你们，从今天起，我就是你们的主管民警，你们要遵守监规，对于个别不老实的，我坚决收拾，我的话，你们听明白没有？”

“听明白了。”在押人员们齐声回答。

金洪胜扭头对站在监室门外的人说：“卢春江，进来。”

一个圆脸的胖子，抱着一摞又厚又宽的行李，挤进了监室的小门。这胖子有个明显的特点，他脸上的眼睛是月牙形的，像在眯缝着笑。

胖子的后边跟着劳动监室的在押人员小狗子，小狗子帮胖子拿着其他的行李。

小狗子是因盗窃进来的，判了一年；小狗子大名叫苟强，因他才17岁，长得又小，苟和狗是同音，因而在押人员都管他叫小狗子。

金洪胜站在胖子的旁边，冲着在押人员们说：“他叫卢春江，他在这房里挑头，你们要配合着点。”说完，他领着小狗子走出了监室。

卢春江打开小狗子放下的旅行包，从里边拿出条中华烟来，他从中拿出了两盒走到小窗口，对跟在金洪胜后边的小狗子喊：“小狗子。”

小狗子回过身接过烟："谢了，卢哥，往后有什么事尽管吱声。"

坐在霍英国旁边的何伟，低头小声对霍英国说："霍哥，你不知道卢哥吧？他家买卖大，宾馆就有两个，还有大型洗浴中心什么的。"

"你怎么了解他？"

"这你就不知道了，我小姨子就在他家开的明珠宾馆当会计，我去过明珠宾馆找过我小姨子，那次我见他和他哥正陪市领导喝酒呢。"

"看来你对你小姨子还没忘啊。"霍英国抿下嘴，笑了一声说。

"哟，这不是话赶话说卢春江吗。"霍英国的话说在了何伟的痛处，何伟说完这句话，低下了头。

何伟是强奸犯罪的在押人员，他与妻子一同和岳母、小姨子生活。不知怎的，结婚两三年，他跟小姨子扯，他跟小姨子没扯好，他在钱上没有满足好小姨子，让小姨子给告了。

何伟这个龌龊的男人，遇上了个不正经的人家，就闹出了这幕丑剧。

何伟进了监室后，别人鄙视他，常欺侮他，戏谑地称他：全家一根棍。霍英国和何伟曾是同学，霍英国罩着何伟，何伟的日子才好了些。霍英国霸道时，何伟曾侍候过槽（受人指使、打杂的）。

何伟的案件因证据不足，已有一年多没提审了。

"这铺头上是谁的行李？挪了。"卢春江对着码铺的在押人员喊。

霍英国下了铺，说："那行李是我的，你不会把你的行李放旁边，为什么让我挪？"

卢春江曾在第二看守所在押过，批捕后转到第一看守所。或许卢春江颐指气使惯了，他对霍英国的拒绝有些意外。“哟，你敢不听挑头的话。”卢春江看样子有些怒气，但他双眼仍眯缝着，让人看不出来他不满的表情。

霍英国曾霸道过，那是他以生命为赌注的霸道，现在他的死刑判决将会有转机，他暗淡的生命已经出现了些许曙光，他珍惜这一切，他不愿再跟别人一般见识。霍英国没做声，慢慢地哈腰去抱自己的行李。

“你他妈的快点。”卢春江对霍英国的慢劲不耐烦了，他骂完这句话，照霍英国的腰就踹了一脚，霍英国倒在了铺板上。

霍英国忽地站起，他想抬脚踢卢春江，可双脚被脚镣束缚，他挥拳猛击卢春江的脸，卢春江惨叫着，双手捂住了脸，鼻血顺着手指缝淌出。

霍英国和卢春江相互间虽没打几下，但霍英国戴的脚镣接触铺板时发出的“扑通”声，很快引来了坐在隔壁办公室里的金洪胜，金洪胜出现在窗口时，卢春江向窗口走去。

金洪胜见到卢春江脸上的血，愤愤地问：“谁打的？推打的？”

卢春江指了指霍英国。

金洪胜打开监室门，右手拎了根白尼龙管，他不问情由，指着霍英国说：“我让你尝尝小白龙的厉害。”

金洪胜抡圆了白尼龙管，照着霍英国抽了过去。霍英国忍了忍，可尼龙管落在身上的强烈疼楚和心中的不满，终于使他伸手一把抓住尼龙管。

“金管教，你听我解释！你听我解释！”霍英国有些哀求地对金洪胜说。

“你啥人我还不知道，我还听你解释，解释个屁，你松手。”

金洪胜对霍英国喊着。

霍英国抓尼龙管的手没有松开。

金洪胜转身对铺上的在押人员们说:“过来几个人,把霍英国给我摁倒。”

卢春江第一个向霍英国扑去。坐在离金洪胜较近的几个在押人员,胆怯地看着金洪胜的脸色,也扑向了霍英国。

几个在押人员把霍英国面朝下摁倒在板铺上,卢春江把霍英国的衬衣撕开。

金洪胜的尼龙管狠狠地抽在霍英国的脊背上,每一管下去,霍英国身上的表皮就被抽裂开一道口子。

走廊里传来了开饭的饭车隆隆的响声,金洪胜才住了手,离开了监室。

霍英国勉强地爬起,蹲在铺板上,他的后背火辣辣地疼。

卢春江用盒饭票买了几个菜,又从旅行包里拿出了一瓶矿泉水,他把矿泉水倒入碗里时,却有一股酒味弥散开来。

霍英国的碗里被倒进了没有菜叶的半碗清汤,一块被屉布沾下去半块的发糕也落在了霍英国的手里。

4

清晨,一辆本田轿车奔驰在城郊公路上,高臣娴熟地开着车,副驾驶位置坐着柯志伟,后座位坐着金洪胜。

他们去卢春江的哥哥卢春海开的翔宇山庄去钓鱼。

柯志伟掏出一支烟,金洪胜掏出了打火机打着了火,对着柯志伟嘴上的烟点去。柯志伟侧了下身,烟被点燃后,他吸了一口说:“金洪胜,在一所当管教感觉怎么样?”

“多谢柯支队的关照,我在一所当管教挺好。”金洪胜回答着说。

因高臣和金洪胜是姨舅间的亲戚，柯志伟又对高臣说：“你当教导员的要勤告诉你这个表弟该怎么干。”

高臣从反光镜里看着金洪胜说：“金洪胜，你要记住，这回柯支队为了你的事费了不少心。咱也不知道食堂管理员这活你是咋干的，账弄得那么乱，不到半年就有两万多块钱对不上，管教你再干不好哇，那就谁也帮不上你了。”

柯志伟接着高臣的话说：“食堂管理员整天进货摆弄钱，这多少双眼睛盯着，你的账整不清楚，民警食堂的伙食再搞不上去，这两样事不知道是谁都反映到丁兆柱那儿去了，我把你从食堂管理员的位置上拿下来，也是不得已啊。”

“柯支队，我很理解您，您放心，管教这活我肯定干好，不再给你添麻烦。”听着柯志伟的话，金洪胜心怀感激地说。

高臣转了个话题问柯志伟：“柯支队，公安医院‘9·28’的案件，对你有没有大的影响。”

高臣和柯志伟是一年当兵的战友，同时分配到的公安局，他问话没有遮掩。

“公安民警被杀，从上到下都非常重视，市委副书记雷正南多次向局领导过问此案的侦破情况，并批示限期破案，可一个多月过去了，案件还没有突破性的进展。丁兆柱虽没说我什么，但从他的表情可以看出，他对我是有些不满的。”

高臣说：“丁局长虽然有些不满，但应当没什么问题，你跟他的关系也不是一天两天的了。”

柯志伟把车门玻璃摇下一截，把烟蒂扔在了车外说：“无所谓，就是这案件对我有影响，又能影响到哪去，全国公安民警一年牺牲的多了……”

高臣打断了柯志伟的话说：“柯支队，到了，卢春海他们几个人在前面迎咱们呢。”

柯志伟这才注意到，车前方十余米处站着几个人，他们在向本田车招手。

“柯支队，这是大丰实业有限公司的卢春海董事长。”下了车，高臣手指着一个身材魁梧，面色红润，梳着背头的四十多岁的男子向柯志伟介绍说。

“久仰，久仰，柯支队，诚挚地欢迎您。”卢春海满脸堆笑，握住柯志伟的手说。

还没等高臣把金洪胜介绍给卢春海时，金洪胜就把手伸向了卢春海。高臣忙说：“这是我们第一看守所的金管教。”说完这句话，他又把脸凑到卢春海的耳边轻声说，“卢春江就在他主管的监室里。”

“哦，金管教，幸会，幸会，往后肯定少不了麻烦你。”卢春海握了下金洪胜的手说。

“全勇，去，把我那几把好鱼竿拿来，让柯支队他们好好钓钓。”卢春海对旁边的一个穿黑西服的服务生说。

波光粼粼的宽阔水面上，十余把钓鱼的海竿一字排开，在鱼竿后，柯志伟三人忙活地搓弄着鱼饵。

柯志伟往一个鱼饵上套完皮套，愉悦地说：“钓了十多年鱼，还头一次在这么大的鱼池里钓鱼，而且就咱们三人，肃静啊。”

高臣说：“卢总是把这最大的池子留给了咱们，其他来钓鱼的都在外围的小池子里。”

柯志伟听了高臣的话，往别处看了看，见西边几个小池子里，的确有不少人在钓鱼。

“柯支队，别往别的地方望，看你的鱼上钩了。”高臣见柯志伟跟前鱼竿上的鱼漂在水里稍一沉，边忙帮他提竿。

柯志伟跟前鱼竿上的鱼刚露出水面，高臣前面水里的鱼漂也沉了下去，他又忙提自己的鱼竿。“这的鱼挺多，还挺大。”高臣摘着鱼钩上的鱼说。

不到一上午的时间，三人已钓了100多斤鱼。刚近中午，全勇叫他们去吃饭。

柯志伟三人走进餐厅，卢春海给他们倒着茶说：“柯支队，钓得还尽兴吧。”

柯志伟说：“钓得尽兴，一上午还钓了不少呢。对了，给厨师送几条，好炖着吃。”

卢春海笑着说：“柯支队，别逗了，你们钓的都是真鱼，应该拿回家去吃，在我这儿，咱今天吃吃假(甲)鱼吧。”

不一会儿的工夫儿，餐厅中央的餐桌上摆上了炖着甲鱼和眼镜蛇的石锅。

柯志伟三人被让到桌中间，卢春海与另外几人也围着桌子坐了下来。卢春海很有些酒量，他连续跟柯志伟三人每人干了一杯白酒。一杯白酒下肚，金洪胜脸通红，他感觉到自己有些多了。

谈话间，卢春海问了句：“金管教，我弟弟在你那儿怎么样?”

“那，那没的说，有你卢总经理在，我能关照不好吗？你弟弟刚来那天，有个姓霍的小子起刺，让我用尼龙管好顿给抽……”

“咳，咳。”高臣咳嗽了两声，瞪了金洪胜一眼。

金洪胜看了高臣的眼神，意识到自己说的话有些不合时宜。

卢春海忙打岔说：“柯支队，喝完了酒，咱们搓几圈。”

高臣持欢迎态度说：“我看行。”

第三章

1

一颗四周微带凹痕的弹头,直立在写字台上。

杨爽凝视着这颗从自己胳膊上取下的弹头,自语说:“难道‘9·28’案件就这么悬着吗?”

两天前,杨爽对案件又做了番走访,他首先找到了9月28日早与时春生值班的两个保安,两个保安只说因头天晚上有一女在押人员病重,大夫在监区里忙活到半夜,他俩睡得较晚,案发时还没起来,什么也没看见。再不就抱怨公安局追究他俩没有尽职,还把他俩关了15天的禁闭。

与吕龙同住一室的在押人员和隔壁的一女在押人员,说的更是如出一辙,案发时都在睡觉,都说什么也没见到,就听见走廊里一声沉闷的枪响。那个打扫卫生的老头,因受到强烈的惊吓刺激,也说不出任何有价值的情况。

杨爽觉得,与案犯打交道的只有时春生和自己了,时春生已牺牲,那么现在唯有自己了。而自己也回忆不起更多的情况,只能说出对自己开枪的案犯戴着墨镜和左额头上的白胶布。杨爽忽然想起了左同英，案犯用的枪是左同英丢的，左同英丢枪的时候他是否注意到了什么呢？

左同英是中国刑警学院毕业的，他性格沉稳、干练、思维逻辑性很强，对刑事侦查工作有很好的悟性。他参加过很多大、要案的侦破工作，曾荣立过二等功两次、三等功四次，从警第五年，他被提为城西分局刑警大队副大队长。杨爽在城西刑警大队工作时，与左同英在一起工作过，杨爽对左同英非常敬佩。左同英比杨爽大两岁，左同英在为人做事上宽容、厚道，杨爽整日亲切地称左同英为左哥。

杨爽给左同英打了手机，约左同英下午5点，在太平路仁合酒家吃饭。

晚5点，杨爽按时到了仁合酒家，左同英还没到，他找了个临窗的桌子旁坐下，从兜里掏了支烟，吸了起来。杨爽的目光透过玻璃窗，望着店外的景致，这正是下班的时间，街上的行人大多正忙碌地往家赶，行人的表情是平淡的，或是愉悦的，他们劳作了一天，下了班便不再有工作的烦忧，尽情享受家的温馨。

杨爽看着行人又想到了自己的职业，而警察呢？他想到了在公安医院牺牲的时春生，更同情地想到时春生下岗的妻子日后领着女儿生活将是怎样的艰辛。杨爽的眼睛有些湿润。

“想什么呢？这么入神。”随着话语，杨爽的左肩被人重拍了一下，拍的力量顺着肩膀传到了胳膊的枪伤处，一阵疼痛，使杨爽虽未叫出声来，却咧了一下嘴。

杨爽侧过身子，见左同英已坐在了桌子对面的椅子上。杨爽见左同英来了，忙叫服务员把事先点好的菜上来。

“左哥干什么呢？这么忙。”杨爽看下表见已6点了，他问左同英。

“我正常的话，5 点我就能过来。这不，下班刚换衣服时，电梯出了毛病，又鼓弄了半天电梯。”

杨爽见左同英指甲的缝里还有没洗掉的油污，说：“怎么干上电梯修理工了？前段时间我听别人说，你在哪个公司干来着。”

“我原先当警察时，认识个公司经理，关系还不错，我警察不干后，他让我当他的副手。可一干，一方面我对买卖业务不太精通；再则，做买卖起家，有一部分人不是偷漏税，就有时坑别人点，骗别人点，这活我干不惯，我也不是干这活性格的人。后来就到江城宾馆干起了修电梯这活，这活也行，虽然累点，但也算门技术，收入也稳定，终归得有个事干呀……”

服务员上齐了菜，杨爽给左同英斟满了一杯啤酒，倾听着左同英的诉说。在杨爽看来，左同英的变化太大了，他不再那么坚定、果敢，他不再那么锐气四射和自信。他变得平淡，显得庸碌。唯有他健壮的体魄，和眼神中的些许敏锐，才能找出他以前职业的影子。难道这就是曾让辖区违法犯罪分子闻风丧胆的左同英吗？

左同英见杨爽注视着自己，就说：“别听我絮叨，来，喝一杯。”

两人的酒杯碰到了一起，而后一饮而尽。

杨爽指着桌上的菜说：“左哥，来，吃点狗肉吧。”

“狗肉我可好久没吃了。”左同英夹块狗肉放进嘴里说。忽地，左同英又想起什么，指着杨爽说，“你还记不记得咱俩打狗的那码事？”

“咋不记得，那次要不是左哥出枪快，我就被狗咬了。”

两人在一起工作时，一次，杨爽和左同英去抓捕一杀人逃犯，逃犯的家人把一条凶恶的狼狗用铁链子拴在了门口。杨爽和左同英进不去屋，杨爽气恼地掏枪向狗射去。枪响后，子弹没打着狗，却把拴狗的链子打断了；狗狂吠着，猛地向杨爽扑来。杨爽当时发懵，忘了再开枪，忙往后躲。左同英冲了上去，挡住了杨爽，他沉着地照狗的头部开了两枪，将狗打死。

忆起以往的事，杨爽感到愧对左同英，因左同英离开公安局后，两人在一起的时间很少，杨爽今天遇到事了，才想到了左同英。

杨爽接着斟完酒说："左哥，挺长时间没在一起了，来，咱俩连干三杯。"

左同英和杨爽的感情是深厚的，他响应着说："好啊。"

喝完三杯酒，杨爽说："左哥，你丢枪时的情形，你现在还记得吧？"

左同英有些不悦地说："你今天约我，是让我高兴呢？还是给我添堵？"

"左哥，我不是给你添赌，是你丢的那把枪响了。"

"什么？怎么响的？"左同英大惊失色地问。

"9 月 28 日上午 8 点，三名持枪歹徒在公安医院把在押人员吕龙营救了出来，值班民警时春生被歹徒用枪杀害。起因是这样的……"杨爽把案件的前后经过，和自己受伤的情况给左同英叙述了一遍。

左同英听了杨爽的叙述，把焦点聚在了拿自己丢失的枪支，开枪打杨爽的案犯身上。他问："拿枪打你的歹徒长什么样？"

"有点长方脸，平头，戴着墨镜，左额头贴块白胶布。"

"那天太阳足吗？"

"那天……"杨爽回想着当时的天气说："那天太阳不足，因我也戴副墨镜，天气阴，我又摘了下来。"

"那这么说，在外边天气阴，戴墨镜觉得暗，歹徒到公安医院里边更不需要戴墨镜了。如果说伪装的话,墨镜也遮不了多大的脸庞,再不就是掩饰明显的脸部特征。”

“左哥,你丢枪那天,旁边有没有可疑的人?”

“这我还真没注意到,事发后,我也琢磨过,也没琢磨出可疑人是谁。因那天就我自己去吃的饭,我要了碗面条,吃完面条往外走时,碰见了文化局的几个朋友,他们非让我和他们干一杯;我把包放在了后边的桌上,我起端酒杯与他们喝了一杯酒,我转身欲拿包走,这包就不见了,前后至多不超过两分钟。”

“左哥,你刚才说过,开枪打我的歹徒戴着墨镜,有可能脸部有明显的特征,你丢枪时,见没见过脸部就有明显特征的人呢?”

“你这么提示,让我记起来了,在我吃面条时,有一个眼睑下垂的男子进了饭店。”

“那个眼睑下垂的人是不是长方脸?”

“那个眼睑下垂的好像是长方脸;现在如看见了这人,备不住还能有点印象。”左同英有些兴奋地说,“如果拎我包和开枪打你的就是这个眼睑下垂这人,在加上寻找吕龙,我看案件的侦破没什么大问题。”

杨爽递给左同英一支烟说:“左哥,你丢了枪,怎么过后没好好找找?”

左同英拿打火机欲要点烟,听了杨爽的话,拿打火机的手停了下来。

“杨爽,你当时已调到了看守所,不知道怎么个情形。我丢枪后,虽然感到问题很严重,但没想到我后果会这么惨;我跟领导说给我一段时间,我会把拎包的人抓着,把枪找到。当时市局的王局长跟我说:‘枪是警察的第二生命,你枪丢了,警察的生涯就快完结了。’枪丢的第二天,我便被关了禁闭,禁闭解除后,就不让我上班了，让我限期调离，你根本就没有机会找。现在想起来，以前的荣耀和丢枪后的境况，像做梦一样。唉，这也许就是命吧！”

左同英点燃了烟，深吸了一口，而后把烟吐出，若有所思地看着烟雾在逐渐地飘散。

杨爽一时不知说什么好。

2

傍晚快下班的时候，14 监室进来一名在押人员，这在押人员进了监室门后，一句话没有，蹲在门右侧靠近厕所的地方，双手抱着行李，低着头。他的这种规矩，让人一看就知道是二进宫以上的在押人员。

“是哪个狗屎进来了，抬起头，让大爷看看。”卢春江盘腿坐在板铺上，对新进来的在押人员傲慢地说。

新进来的在押人员抬起了头，一张黝黑、尖嘴猴腮的脸展现在其他在押人员们的面前。

“朴长伟，你这个鬼子六怎么进来的？”卢春江认识新进来的在押人员，叫出了他的名字，他好像对朴长伟的进来有些意外。

“卢哥，原来你在这号啊，我心里托底了。”朴长伟看着卢春江，不觉有些惊喜地说。

“来，来，上铺上来。”卢春江向朴长伟招着手说。

旁边的在押人员见卢春江对朴长伟的热情有些不解地呆望着。

卢春江说：“你们不知道吧，这是我家的老邻居。”

朴长伟麻利地上了板铺。

卢春江问:“怎么进来的?”

“我和艳合伙放鹰,艳联系上个做买卖的老头,当艳刚引诱老头上床时,我闯进屋内,说自己是艳的老公,当场下了那老头皮包里的4万元钱,那老头穿裤子时说认栽了,谁知过后又报案了。”

“弄完钱,你没躲一躲?”

“躲了,躲我弟弟家去了,在我弟弟家刚住一晚警察就找上了。早起我正在刷牙,我开的门,两个警察问我是不是叫朴长伟,我满嘴牙膏沫,装说不清话的样子,往我弟弟住的屋指了指,那天我弟媳妇没在家,我弟弟自己在屋里住,两个警察进屋,就把我弟弟从被窝里拽了出来,我趁这空,鞋都没来得及换,穿着拖鞋就跑了。没过几天,警察把艳抓住了,艳又领着警察把我弄着了。”

“你是哪儿处理的?”

“北龙派出所。”

朴长伟说完自己的事,问卢春江:“卢哥,你怎么进来的?”

“最近不是扫黄吗,市局治安支队的人到我家开的洗浴中心查卖淫嫖娼的,我领几个看场子的不让查,与他们撕巴了起来。治安支队的警察就给我定个妨碍公务的罪名,把我押了进来,我这没多大事,过几天就放。”

卢春江说话间躺了下来,自语说:“今天不知怎么,有点犯困。”继而他又想起了什么,来了些精神,他问朴长伟,“你说的艳,是庞艳吧?”

“是庞艳,卢哥,你认识她?”

“她呀,两年前我就认识她。那会儿,她跟社会人席阳在一块儿过呢,她长得挺正点,前胸大,外号叫大奶妈,你怎么跟她扯上了,席阳不跟她过了?”

“席阳上珠海了，跟别人开公司去了，艳和我原先就认识，席阳走后，我俩就扯上了；我俩就是相互利用，弄点钱花呗。”

朴长伟的话一落，卢春江凑到朴长伟的耳边悄声说：“你把庞艳让给我吧，我过几天出去，把你俩给往外办办。”

朴长伟听了卢春江的话有些意外，但他马上应承了下来说：“女人就像衣服，咱哥们儿谁穿不是，卢哥你放心，这事就这么定了，艳出去就随你了。”

卢春江转身拿了几张稿纸和一支油笔说：“你先给艳写封信，让小狗子转到女房。”

朴长伟铺开稿纸，写了起来：“艳，今天刚进来，我就遇到了贵人，你猜是谁？是卢春江大哥，卢大哥听到你也进来了，他很关心你，我希望你从现在起，跟卢大哥好好处处，卢大哥说过几天放了后，就给咱俩办出去，走出看守所后，卢大哥肯定不会亏待你，这封信是我给卢大哥代笔与你沟通……”

朴长伟叠信时，卢春江递过来一沓盒饭票说：“你把这500块钱的盒饭票放里边，算是我的一点意思。”

庞艳是个风骚的女人，她原是一家纺织厂的挡车工，后来她跟丈夫离了婚，工作也辞了，以自己俊俏的模样，傍有钱人生活。卢春江在一个朋友的生日宴会上与席阳相识，席阳身边的庞艳那煽情的眼神和丰润的身材，顷刻间迷住了卢春江，卢春江想把庞艳搞到手，可席阳是走黑道的，他心存顾忌，没有下手，只有垂涎的份。而现在，虽在看守所内，可他贪色的个性和他对自己的案件能够早日了结的自信，面对能接触庞艳的机会，他是不会放过的。

晚间睡觉时，卢春江梦见自己在看守所的大门口迎接庞艳，庞艳从看守所出来，张开双手兴奋地向自己奔来。

何伟起铺方便时，碰了下卢春江的脚，卢春江从梦中醒来。

何伟见卢春江冷冷的面孔,忙赔不是说:“卢哥,卢哥,对不起,我不是故意的。”

卢春江没做声,他起身向厕所的旯旮走去,何伟看着卢春江,忙站在了那儿。卢春江到了旯旮处,对何伟说:“过来。”

何伟踌躇地迈动着脚步,何伟走到卢春江的面前时,卢春江猛地抬脚向何伟的肚子踢去。何伟被踢倒,坐在地上“哎哟”了一声。

卢春江说:“敢叫,住嘴!”

何伟不再哎哟,他捂着肚子,满脸苦相。

卢春江指着何伟说:“你他妈的找死,好不容易我做了个美梦,让你给搅了,怎么办吧?你给我包梦。”

卢春江提出这荒唐的要求,可难住了何伟,他不知这梦怎么包,也不知该说什么好,仍一脸苦相地望着卢春江,似乎在求卢春江的宽恕。

走廊里传来走道的声响,值班民警段刚顺着小窗口往里看,见何伟坐在蹲便上,卢春江站在边上,他问:“怎么回事?卢春江你是不是动手打人了?你过来。”

卢春江走到了小窗口说:“管教,我可没动手打他;是他自己上厕所摔的,不信你问他。”

何伟不敢说出实情,他站起身,往小窗口前挪了两步说:“管教,没有卢哥的事,是我睡觉睡迷糊了,起来上厕所时,不小心自己摔的。卢哥这是在旁边没睡,见我摔了,要过来扶我。”

段刚虽心有疑问,可在押人员没说出什么,只好对卢春江警告说:“卢春江,在我值班时,你要注意点,别给我整事,你要整事,到时候别怪我对你不客气。”

卢春江装着样子说:“段管教,你放心,我哪儿敢在你面前整事呢……”

3

杨爽把一箱方便面和一塑料袋麻花，顺着小窗口，塞进了14 监室，一在押人员接去了杨爽塞进去的食品。杨爽冲着坐在板铺头上的卢春江等在押人员说："这些食品必须得让霍英国吃上，听见没？"

板铺头上的几人应声说："听见了。"

杨爽找到冯双春说："冯所长，今晚我值班，想用一下监控室。"

冯双春从抽屉里拿出把钥匙，领杨爽打开了监控室的门。

第一看守所的监控设备已经上了两年多，刚安装完时用了一段时间，过后因缺少专职人员和监控设备常出故障，也就时常处于闲置状态。

冯双春进屋打开了灯，杨爽拽下蒙在操作台上的红绒布，红绒布上扬起些灰尘。

冯双春问："你怎么想起用监控室来了？"

"我想监控一下 14 监室里的情况。"

"监控霍英国？"

"不是，霍英国已不是牢头狱霸了，今天上午清监时，我见霍英国瘦得快皮包骨了，他说自卢春江进了 14 监室后，他就没过上好日子，始终上铐下镣地定着位，每天还吃不饱，跟我说要串到我管的监室来；我跟他解释说所里有规定，重刑犯不准串监室，告诉他有什么事找金洪胜管教好好唠唠，他一听金管教，就苦笑着摇摇头。"

"金洪胜私心太重，做事没有原则性，当时我是不同意他当主管民警的。"

杨爽听了冯双春的话，有些诧异地问："既然你不同意金洪胜当主管民警，那他现在主管监室又是谁让干的？"

"这里边有很多内容，时春生牺牲后，我是想让段刚当主管民警，谁知段刚和教导员高臣干了起来，他俩的矛盾缘于深挖犯罪的一起案件。段刚在在押人员中得知了一个杀人线索，段刚就把线索给了高臣。案件破了后，段刚和高臣各立了个三等功，可那个因盗窃1200元钱，提供线索的在押人员却没有兑现相关政策。那在押人员整日找段刚，段刚往办案单位跑了几次也没结果，段刚便找高臣，让高臣催办案单位给那在押人员兑现政策；可高臣一拖就是两个多月。段刚不满，就在背后说高臣只想争名夺利，正当的工作却不去理会。段刚在背后说高臣的话，传到了高臣的耳朵里。高臣不满，就往偏处想，认为段刚为那个提供杀人线索的在押人员奔波，肯定是收了人家的好处；高臣就暗地里打了几次电话给那个在押人员家属，了解段刚是否收了在押人员家属的钱财。经了解，段刚是清白的；后来那个在押人员家属来看守所给在押人员送衣物，碰见了段刚，那个在押人员家属无意间把高臣了解段刚的事说了出来。段刚一听，气得跟疯了一般，进了高臣的办公室，把高臣好顿骂。"

杨爽听了冯双春的这番话，为段刚抱不平地说："教导员是做思想政治工作的，高臣作为教导员不能解决矛盾，却难以客观、公正地看待问题而制造矛盾，像他这样的人也配当教导员？"

冯双春接着说："不但配，而且当得还很得意，他这个教导员比我这个所长都强。我事先跟高臣说过让段刚当主管民警，他也同意了。可自段刚跟他发生冲突后，他立刻让段刚看起了收发室，让金洪胜接替了段刚，连跟我商量都没有。过后我问他，他说是柯支队的意思，又说段刚枪出过事，暂不宜安排他具体工作；既然是领导的意思，高臣又是管狱政的，我就只好靠边站了。”

冯双春原是武警支队的，他在没转业前，在一次堵截时，认识了正在城西刑警大队的杨爽，两人挺投脾气，所以冯双春对杨爽说话不掩饰什么。

杨爽问：“对了，冯所长，霍英国的事怎么样了？”

“我把霍英国提供的线索，以及案件侦破的进展情况跟市中级法院刑庭的人说了，市中院请示了省高院，省高院已回复，对霍英国的死刑暂缓执行，就等案件彻底侦破后，给霍英国改判了。”

“这回霍英国就可以安下心来等待了。”

冯双春看了下手表说：“5点了，我该下班走了。这监控室的操作你明白吧？”

杨爽说：“我明白冯所长，你放心吧。”

杨爽望着冯双春的背影，耳际又响起了冯双春说的话，不由得感叹：这看守所上上下下还挺复杂，有些人真得好好认识认识。

4

吃完晚饭，杨爽就返回了监控室里，他把监控台上的29英寸的电视调到了14号监室，电视的右上方显示着时间，监室里大部分的空间尽收眼底，唯蹲便的墙角处有半米的死角。

19点整，码铺铃声响起，监室里的16名在押人员分成两排整齐地端坐在板铺上，两排在押人员的末尾，坐着卢春江和朴长伟，卢春江端坐了一会儿，就坐不住了，他把盘起来的双腿伸直，身体斜靠在墙上，呈半躺状。

19 点 17 分，卢春江从兜里掏出烟和打火机，站起来往铺边走。

朴长伟说："卢哥，抽烟就在铺上抽呗？下去干什么？"

"今天是杨管教的班，我发现这几天他看我不太对劲。我还是注意他点，到蹲便那儿偷摸抽两颗得了。"

卢春江到了蹲便墙角处点燃了烟，因卢春江处在死角的位置，监控器上看不到卢春江，只能见一缕缕青烟从监控器的摄像镜头前飘过。

过了半小时，卢春江起来回到了板铺上。走廊里传来值班民警的脚步声，卢春江说："过下电。"

卢春江说的"过下电"，使杨爽不解其意。

没等杨爽细琢磨，答案就显现在监控器上，只见卢春江和朴长伟把拳头握紧，照着前面的在押人员腰间打去，前面的在押人员身体自然直了起来，在押人员以此效仿，直打到最前面的两名在押人员。这样，当管教巡视到 14 监室时，14 监室的在押人员们码铺的坐姿就显得比别的监室端正。

20 点 30 分，卢春江和朴长伟一同下了铺，卢春江在铺下来回走动，朴长伟跑到蹲便处抽烟。

脸上长着络腮胡子的一个在押人员举手，卢春江问："络腮胡，啥事？"

络腮胡小声说："卢哥，我要小便。"

卢春江看了下监室门上边的石英钟说："憋着，21 点撤铺睡觉时再方便。"

"我有点憋不住了。"

朴长伟听络腮胡说憋不住了，就说："你他妈的过来尿吧。"

朴长伟扔下烟蒂，腾出了蹲便的地方。

络腮胡急忙下地，边走边解裤子。

络腮胡小便后刚要上铺，卢春江说："我让你憋一会儿你不憋，你现在尿完了就别上铺了，到门口那儿，给我来半小时倒挂金钩。"

络腮胡到了监室的铁门前，头朝下，腰弯到80度，双臂上扬到了垂直的程度。

杨爽看到这儿，他想走出监控室去制止，但又考虑，多观察些时间，卢春江或许还有别的节目。

21点，撤铺铃声响过，在押人员们起身，各自铺被睡觉，络腮胡直起了腰。

卢春江的褥子比别人多铺了几层，足有半尺厚，他占用的铺面也比别人至少大一倍，其他人显得很拥挤。

卢春江四仰八叉地躺了一会儿，忽地又起身说："对了，小狗子给我捎过来艳的信我还没看呢。"

卢春江从一笔记本里拿出一个信封，他撕开后，从里边抽出信展开，他惊异地说："这字怎么是红的，笔迹还这么粗，好像是蘸血写的。"

朴长伟瞟了眼卢春江手里的信，奉承说："卢哥，这是艳给你表真情呢。"

片刻间，卢春江看完了信说："艳这信写得不错，艳既然给我写了信，我也得给她回一封，朴长伟，给我找纸和笔。"

朴长伟麻利地找到了纸和笔。

卢春江只接过来了纸，说："笔我不用了，艳蘸血给我写封信，我也得用血给她回封信，朴长伟你再给我找个香皂盒来。"

朴长伟下地去找香皂盒。

卢春江用力地拍了两下挨着朴长伟已睡着了的何伟。

何伟醒来，卢春江说："你跟我到蹲便那儿，我跟你商量点事。"

何伟弄不清卢春江找自己商量什么事，还非得到蹲便那儿商量。他无奈地起了身。

卢春江让何伟站在监控器所看不到的蹲便墙角处，卢春江挥拳向何伟的面部打去，何伟挨打后，不由得低头，抬手擦从鼻孔里流出的血。

卢春江左手撑起何伟的额头说："你别低头，我就用你鼻孔里淌出的血。"

卢春江右手接过朴长伟递过来的香皂盒，他把香皂盒端到了何伟的鼻孔处。

杨爽在监控器里虽看不到何伟，但卢春江的动作却让他一目了然。

杨爽起身走出了监控室……

第四章

1

杨爽早上刚进办公室，办公桌上的内线电话响起。

杨爽拿起电话说："你好。"

"是杨爽吗？"电话那边问。

"啊，是高教导员，我是杨爽。"

"你到我办公室来一趟。"

杨爽走出监区的办公室，向高臣的办公室走去。

高臣办公室的门虚掩着，杨爽刚抬手敲门，屋内的高臣已知杨爽到了门口，说："杨爽，进来吧。"

屋内的两个单人沙发上坐着两个中年男子，一人穿着检察官的服装，一个穿着便装，两人的面部表情严肃。

高臣指着检察官服装的人说："这是市检察院法纪局一科的科长阎平军。"

杨爽习惯性地点头微笑了一下，而阎平军却以一种审视的目光看了杨爽一眼。

高臣又介绍着便装的说："那是跟阎平军一起的张忱。"

杨爽为避免看见与阎平军一样冷遇的面孔，他没有顺着高臣的介绍而去看张忱，他面色沉郁地从兜内掏出烟和火，把烟点燃后，深吸了一口，坐在了高臣办公桌前的椅子上。

杨爽问："高教导员，找我有什么事？"

高臣坐在椅子上直了下腰说："杨爽，不是我找你有事，是检察院法纪局的人找你有事，他们要问你些问题，你要配合好。"

高臣的话说完，对坐在沙发上的检察院的人说："今天冯所长没来，我得组织民警开早班会，你们先谈着。"

高臣拿起了办公桌上的工作笔记本，走出了办公室。

张忱起身把虚掩的门关严。

杨爽右肘放在高臣办公桌的玻璃板上，缓缓地吸着嘴里的烟，双眼注视着压在玻璃板底下的一张山水照片。

杨爽从警十余年来，虽跟检察机关打过交道，但都是业务上的往来，显然今天这种情形，检察院法纪局的人找他定是对他来进行审查的。似乎杨爽身上的问题挺严重，要不作为看守所教导员的高臣，怎会正襟危坐地告诉杨爽要跟检察院的人配合好呢？杨爽心地坦然，他没有把检察院的人当回事。

张忱把文件夹放在了高臣的办公桌上，杨爽看的山水画被遮挡住。

张忱说："知道我们为什么找你吗？"

杨爽把没抽完的烟在烟灰缸里捻灭，不经意地说："不知道。"

阎平军说："杨爽，今天我们是以工作角度来向你了解些事情，我们之间并没有什么恩怨，你不要对我们有什么想法。我们找你，只是工作而已，所以你要端正态度。"

杨爽听了阎平军的话,笑了下说:"阎平军,你们既然来找我了解情况,有问题就问呗。你让我端正态度,怎么个端正法?难道让我坐在屋中间,像个罪犯似的接受你们的讯问?"

"你言重了,那倒不必。那好,我们问你什么,你回答什么吧。"阎平军顿了顿,接着说,"你想想,你最近都干过什么?"

张忱铺开了笔录纸,记下了阎平军的问话,等待着杨爽的回答。

杨爽说:"我干过的事多了,没法回答,那你是让我回答是否干过违法乱纪的事吧?"

"那你想呢? 我们找你也不是扯家常的。"

杨爽考虑了会儿,像是自语地说:"违法乱纪的事? 干过哪些呢? 贪污,没贪过;自己也不当官,也不当会计的,想贪也没有机会。受贿,自己也没那胆……男女作风问题,也没有哇? 再说有,也不归检察院管呀。"杨爽继而说,"你们检察院拿我当什么人了? 想在我身上找出你们想要的东西,怎能会有? 阎平军,你有什么问题就直接问吧,别让我猜闷了。"

阎平军这才意识到,坐在自己面前的不是企事业的领导干部,只要检察官面色威严地一问,或许就会说出些涉及到违纪违法的问题,现在坐在自己面前的是有着十余年警龄的警察,在他的警察生涯中曾面对过许多凶残、狡猾的罪犯,对于这样的调查对象,即使他有些问题,也绝不会轻易地跟你说出来。

阎平军觉得跟杨爽兜圈子没什么意义,就说:"杨爽,你上个星期五值班了吗?"

"值班了。"

"值班期间你处理什么事情了吗?"

阎平军的这句话点拨了杨爽,检察院之所以找自己,是处理卢春江引起的。杨爽说:"上个星期五我是处理了事情,我把 14

监室的在押人员卢春江戴上了镣铐,怎么了阎平军?我处理卢春江有毛病吗?”

“你日常工作处理问题当然没毛病,但你在处理卢春江的事情上,我要问你几个问题,我问你给卢春江加戴戒具是谁批准的?”

“是带班的于兴国副所长批准的。”

“通常情况下,上铐和下镣的戒具都一块儿戴吗?”

“不一定,这要分对什么样的在押人员。”

阎平军歪着头诘问杨爽,:“难道卢春江这样的在押人员就应戴上铐和下镣吗?上铐下镣戴上你还感到不过瘾,把他给定了位。更为恶劣的是,你把卢春江的上铐和下镣用铁链连在了一起,他的手腕处已被勒肿,形成很深的疤痕,他的双臂难以活动,已造成了软组织损伤,你的这种行为根据刑法第248条已构成虐待被监管人罪。”

阎平军说完话,从沙发上站起,双手插着裤兜,眼睛逼视着杨爽。

杨爽忽地站起,阎平军一怔。杨爽说:“我可以把事情的经过告诉你,你知道卢春江是个什么样的人吗?他是典型的牢头狱霸,他经常欺侮同监在押人员,勒索他们的财物,何伟曾被他打得晕死了过去。在事出当天,也就是上个星期五,女监在押人员庞艳用来例假的经血给他写了封信,他竟将何伟的鼻子打出血,用何伟的鼻血给庞艳写回信。他违反了监规,我给他加戴戒具,这是看守所的有关条例规定的;我把他上铐和下镣用铁链连上,是我怕他用戴着的上铐砸人;这么一个可恶的人,对他采取什么措施都不为过。何况,我对他的处理,从我的角度认为,并没有违反什么规定。”

杨爽说得有些激动,他深吸了一口气接着说:“阎平军,说句题外的话，我不明白，是什么热情促使你连双休日都不休，到看守所来看卢春江这样的在押人员，并对卢春江所受的惩罚深表同情，还偏听卢春江的一面之词，来调查管束他的监管民警。我还头一次见到你这样的检察官……”

话音一落，杨爽用力推开办公室的门走了出去。

杨爽站在看守所的大门口处，望着两扇漆黑的大铁门。他心里堵得慌，到看守所一年多来，还头一次碰见卢春江这样的在押人员，想到处理卢春江时的情景，他还感到有些庆幸，当时他真想动手教训一下嚣张的卢春江，现在看来，当时没对卢春江动手是对的，若要打了他，真不知会有什么麻烦。

杨爽身旁一辆风田大吉普疾驰而过，吉普车的轱辘溅起的雨水，溅湿了他的裤子。杨爽看到吉普车副驾驶座上坐着阎平军。

杨爽正低头拍打裤子上的雨水，看守所内勤郭峰喊他：“杨爽，柯支队长找你。”

杨爽刚进柯志伟的办公室，柯志伟劈头就问：“杨爽，你怎么回事？”

杨爽以为柯志伟问的是检察院找自己的事，就说：“上星期五我给卢春江加戴戒具……”

柯志伟不耐烦地打断杨爽的话说：“我不是说卢春江的事，除了卢春江的事，你还干了什么？”

杨爽的心中有一种难以言表的愤懑，他生硬地说：“我还能干什么？”

“你还能干什么？你说你还能干什么？”柯志伟提高了嗓音，“难道14监室里的食品是我捅进去的？”

杨爽恍然明白了，他说：“柯支队，按道理说，我不应该往14监室拿食品，可是我看霍英国瘦得不成样子，他缺乏营养，他家里又没有条件给他订盒饭票,所以……”

“所以什么,所以你就给他拎食品,霍英国是个死刑犯,如果食品里边夹藏着危险品,你能负得起责任吗?”

“霍英国是死刑犯,可他具有重大的立功表现,他的死刑将来能改判。另一方面,食品里不可能有危险品,因为食品是我一手在监管支队的小卖店给他订的。”

“你跟霍英国什么关系?你怎么给他买食品?”

“我跟霍英国什么关系也没有,他当时进看守所时,就是我开枪把他击伤抓住的,他现在具有重大的立功表现,因他当时把线索提供给了我,对于我来讲,我应当给他些关照。”

“难道你关照一个人,就应违反有关规定吗?”

杨爽见自己的解释无济于事,只好说了句:“对于送食品的事,我是错了。”

柯志伟办公桌上的电话响起,柯志伟抄起了电话。不知打给柯志伟电话的对方说些什么,柯志伟对着话筒嗯了两声,便放下了电话。

柯志伟说:“杨爽,你知道是谁打来的电话吗?”

“如果电话是关于我的,应该是检察院阎平军吧?”

“对,是阎平军打来的电话,我也不想对你再说什么了,你应当知道怎么回事,从今天起,你被停职了,过几天市公安局举办不合格民警学习班,你去学习去吧。”

杨爽回家的路上,天空下起了霏霏的细雨。杨爽如在梦中,他希望刚才所发生的一切是一场梦。他茫然地掐了下自己的身体,他感觉到了疼痛,这疼痛使他意识到周围是那么的冷漠,是他平生没有过的。

2

赵旭建和李悦坐在市公安局情报资料室的电脑前，正从电脑里调杨爽所说的一眼睑下垂的疑犯。

李悦操作着电脑说：“赵大队长，绰号叫独眼龙的、一只眼有案底的重点人口都查过了，还没有符合特征的。”

“咱们这样查，也是碰运气，眼睑下垂的人，并不是就指眼睛受到损伤的，再则，杨爽说的疑犯，如果没有案底，就是把电脑里储存的所有重点人口都调出来，也是查不到的。”

“唉，对了，赵大队，前年夏天咱俩到东山派出所办案，正赶上派出所的民警处理一起伤害案件，派出所辖区一住户把一帮别人要账的人砍伤，被砍的人左额头受伤，那人说左眼看不见了，原是左眼皮抬不起来了。眼皮抬不起来，不就是眼睑下垂吗？也就是说那人眉部被砍伤，还伤到了支配眼睑的那根神经。”

李悦的话，点拨了赵旭建，他说：“是有这回事，被砍的人我还记得，叫席阳，席阳常受雇于别人干些要账的勾当，可是有一点，杨爽说的疑犯，不但是‘9·28’案件的疑犯，他还是偷左同英手枪的疑犯，左同英是城西刑警大队的副大队长，席阳在社会上混，他应该认识左同英，他敢偷左同英装手枪的包吗？再一个，左同英也应当能知道席阳呀？”

“东河市这么大，席阳也不常在城西区混，左同英和席阳互不认识也有可能。席阳也有案底，我们先把他调出来看看再说。”

说着，李悦击打着电脑的键盘，电脑的屏幕上显示出来一个留着寸头，长方脸的男子的照片。赵旭建说：“给席阳配副墨镜，左额头贴块胶布。”

李悦按照赵旭建的要求，给席阳做了修饰。

赵旭建给医院的朋友打电话，问左额头被砍伤的人，是否会造成眼睑下垂。医院的朋友告诉他，如额头受外伤，伤到支配上睑皮肌神经，是能造成眼睑下垂的。

赵旭建给杨爽打手机说：“杨爽，你现在到市局情报资料科来一趟，鉴定一下疑犯的照片。”

“我不过去了，我挺累，我要在家睡觉。”

杨爽的话让赵旭建颇感意外，赵旭建说：“你怎么了，大白天的不上班睡什么觉，是不是病了？”

“我身体好着呢，没有病。我被停职了。”

赵旭建怔了一下说：“杨爽，你怎么被停职的我不知道，你无论是停职与没停职，有关‘9·28’案件的事，你必须过来。”

杨爽把电话搁了，赵旭建手里的话筒传来嗡嗡的响声。赵旭建放下电话说：“杨爽咋会被停职呢？”

李悦说：“杨爽会过来的。”

没过几分钟的工夫，情报资料室的门被推开，杨爽出现在了门口。

赵旭建说：“嗨，还挺快。”

“我是打出租车来的。”杨爽说，“画像呢？”

李悦说：“这像是电脑中储存的重点人口的照片。”

杨爽走到电脑前，李悦把修饰过的席阳的照片调了出来。杨爽说：“还真挺像，你把照片上的墨镜再弄大点，方一些，再把额头上的胶布往太阳穴处挪挪。”

一幅与“9·28”案件现场持“六四”式手枪的案犯基本一致的图像在屏幕上显现了出来。杨爽有些激动地说：“对，对，就是他。”

赵旭建对李悦说:“你告诉队里的人过半小时在会议室开会。”

李悦应声去联系队里的侦查员去了。

赵旭建给杨爽倒了杯水,拍了下杨爽的肩说:“坐下,唠会儿嗑。”

杨爽坐了下来。

赵旭建问:“能不能跟大哥说说,你因为什么被停的职。”

杨爽和赵旭建并不是很熟,杨爽在城西刑警大队时,常遇到些疑难案件,赵旭建作为市局刑警支队的大案队长,也就常到城西刑警大队指导和剖析案情,在“9·28”案件中,两人又有了接触。

面对赵旭建的问话,杨爽的心中有些顾虑,该如何对赵旭建说呢?如自己的话语不慎,监管支队的某些领导会不会通过赵旭建这儿了解到什么,从而造成对自己更为不利的局面呢?

赵旭建等着杨爽的回答,他那一贯冷峻的目光透着柔和。

杨爽抑郁的心情是需要向人倾诉的,在倾诉的同时,他更需要些慰藉的话语。

一种直觉告诉杨爽,赵旭建是个值得信赖的人。杨爽平静了一下自己的情绪说:“我被停职,只因我整治了一个叫卢春江的在押人员……”

赵旭建坐椅子上,一声不响地默默地抽着烟,他很用心地听着杨爽说的话。

听完杨爽的话,赵旭建说:“杨爽,我向局领导建议,把你暂时抽调到刑警支队来吧,与我们搞‘9·28’案件,这样的话,你就可以摆脱目前不利的局面了。”

杨爽感激地说:“谢谢你了赵大队。”

第五章

1

早8点30分，市公安局三楼的大会议室座无虚席，参加会议的除了市公安局刑警支队的百余名侦查员外，还有四个分局主管刑侦的副局长和刑警大队长，会议由丁兆柱主持，局长陶志歆在座。

丁兆柱先讲了前段时间“9·28”案件的工作情况，他接着说：“案件的大体轮廓已清楚，现在是怎样把几名案犯缉拿归案的问题；目前又一名案犯已浮出水面，那就是席阳。为此，我们在缉拿吕龙的同时，也要同时搜寻席阳，并同时给这两名案犯上技术手段，发现线索要及时清查；市局刑警支队和各分局刑警大队要再掀起针对这两名案犯搜捕的大规模行动。另外，在行动的同时，要注意自身的安全，因为案犯手中有枪，并且胆大妄为，在这个时候，我们面对面地缉拿案犯，案犯或许会做鱼死网破的挣扎。”

丁兆柱的话说完，陶志歆面色沉郁，咳嗽了两声说：“‘9·

28’案件自发生已有两个多月了，案件虽有了些进展，查证了吕龙犯罪团伙的新的犯罪证据；但这起案件没有实质性的进展，为什么没有实质性进展，因为案犯没有到位。‘9·28’案件是东河市有史以来第一起暴力杀害警察、营救具有重案在身的在押人员的案件，这起案件市领导极为重视，市委副书记雷正南多次打电话询问案件的进展情况；因为案件没有实质性的进展，我无法给市领导一个满意的答复。”

说到这儿，陶志歆顿了下，环视了下会场，加重语气接着说：“全市有1000多名公安民警，其中刑警有300余人，这么多公安民警大规模地经营这起案件这么长时间，而且案犯还非常明朗，我们怎么就没有突破性的进展呢？是不是我们民警中还有工作不到位的地方？个别民警是不是持一种敷衍的态度对待工作？依我看，从今天起，凡是关于‘9·28’案件群众反映上来的线索和技术手段获得的情况，每件都要登记清楚；线索和情况落实到侦查员头上，要查实，查透。如果谁因工作责任心不强，贻误了战机，影响了案件的侦破，那么这个警察也就干到头了……”

陶志歆是三年前从省公安厅政治部副主任的位置调到东河市公安局任局长的，他性格随和，人们很少见他持一种严肃的面孔。陶志歆今天在会上的脸色和讲话的语气，让与会的民警们真切地感受到“9·28”这起严重暴力案犯的分量。陶志歆之所以讲这些话，他有自己的想法：还有一个月就是元旦了，接着就是春节和十五，从刑事案件发案的规律讲，“三节”前后是发案的高峰期；每到“三节”，公安机关都展开严打，抑制发案的高峰。若“9·28”的案件不破，势必影响往后的工作，再则案犯手中有枪，随时有可能再次发生严重暴力案件，影响东河市整个社会治安的稳定，面对群众的不安全感和市里领导对“9·28”严重暴力案件的催办，他这个当公安局长的心中岂能不焦虑！

2

市局和各分局刑警同时行动，搜捕吕龙和席阳，对吕龙的抓捕仍没什么进展，席阳的家和有可能落脚的亲戚朋友处也查过，没有席阳的踪影。以前与席阳接触的人均说一年前席阳就到珠海开公司去了，但又没有一个人说清楚是和谁去的，开的是什么公司。

“9·28”案件的案犯虽明朗，可案犯的去向又扑朔迷离；这些证明，“9·28”案件犯罪团伙的成员具有一定的反侦查能力，他们组织严谨，行为诡秘。

李悦把“9·28”案件的信息汇总递给赵旭建说：“赵大队，这里所列的席阳接触关系中，除了一个叫庞艳的女的没接触外，其他的都接触了。”

赵旭建问：“庞艳和席阳什么关系？她怎么没接触呢？”

“庞艳是席阳多年的相好，自去年8月份间两人断了关系后，席阳便不在社会面上混了，别人说他到珠海开公司去了。而庞艳又依托一个叫朴长伟的，两人合伙放鹰敲诈钱财，前段时间两人被北龙派出所抓获，被押进了看守所里。”

“也就是说席阳和同伙自去年7月份在林海市抢劫金店后，便隐匿起来；看样子在席阳接触的关系中，属庞艳是最亲近的了，我们或许能从庞艳那儿得到席阳点情况。李悦，你去开张提票去，咱们现在就去看守所提审庞艳。”

李悦“嗯”了一声，就去开提票去了。

赵旭建从桌子上拿起汽车钥匙和杨爽下楼了。

在看守所里，庞艳慵懒地走进了提审室。当她坐在审讯椅上，见对面坐着的不是派出所的办案人员时，她才精神了些，她有些不知所措，她不知对面坐着的是哪个部门的警察，找自己又会是什么事？

赵旭建问：“你叫庞艳？”

庞艳机械地答道：“是。”

赵旭建开门见山地说：“我们是市公安局刑警支队的，我叫赵旭建。今天我们找你，并不是你案件的事，而是通过你了解别人的一些情况。”

庞艳虽凭借着自己的姿色干些苟且之事，可她毕竟在社会面上混了多年，市局刑警支队大案队队长赵旭建的名字她是耳熟的，她意识到赵旭建找自己一定不是简单的小事。

“席阳你认识吗？”

听到赵旭建说出席阳两个字，庞艳的心倏然间紧了一下，赵旭建问席阳的情况，自己该怎么说，又敢说些什么呢？自己跟席阳两年，席阳的心狠手毒自己虽没领教过，却也目睹过，庞艳从内心里是惧怕席阳的。

庞艳的脸色有些呆板，没有做声。

李悦走到庞艳的面前说：“我们之所以找你了解席阳的情况，是因为你和席阳生活过一段日子，在席阳的接触关系中，你是最亲近的接触关系。另一方面，我们了解席阳，你心里会想，席阳肯定犯事了，所以来讲，你今天只有坦诚地把席阳的情况告诉我们，才是你唯一的选择；否则就是包庇罪，再加上原有的敲诈勒索罪，两罪并罚，你心里应当清楚会在监狱里呆上多少年。”

庞艳开口问：“能告诉我席阳犯了什么事吗？”

赵旭建看出了庞艳心中的胆怯，他放缓了说话贯有的严厉语气说：“席阳犯有什么事，我们暂时不能告诉你，我希望你能放掉心中的顾虑，你说的话，我们会保密。再则你还年轻，刚三十出头，倘若你谈的情况对我们的工作有所帮助的话，我们可以与办案单位沟通，给你减轻或免除处罚。”

赵旭建的一番话，迎合了庞艳想早点出去的愿望，她说：“那好吧，有什么话你们就问吧；但我事先说明的是，我已有一年多没跟席阳接触了，或许你们问的事，有的我可能会不知道。”

赵旭建说：“你不知道的事情，我们不会难为你，但你不要隐瞒什么，听明白了吗？”

听着赵旭建敲打的话，庞艳定了定神想：没办法管那么多了，该怎么说就怎么说吧。

赵旭建问：“你什么时间认识的席阳？又是什么时间跟他分的手？”

庞艳说：“前年春节期间，我在一个朋友家里认识的席阳。席阳出手阔绰，那时我刚离婚，在纺织厂又不干了，手头挺紧，我就跟席阳处上了。去年8月间，他说和朋友到珠海去开公司，我俩就分开了，之后再没联系。”

杨爽坐在赵旭建的旁边做着笔录。

“席阳和谁到珠海去开公司？”

“当时他到珠海去，我也问过他和谁去开公司，他没有告诉我。那时，他对我也没有什么兴趣了，他走后，我俩就拉倒了。”

“你知道席阳干过什么案件。”

“我只知道席阳帮别人要过账。记得去年6月份的一天，席阳在街上开车，半路上看见一个四十多岁的男子，他停下车，让我在车里等着，他管男子叫什么徐经理，说欠别人8万元钱为什么不还，那徐经理跟他口角了几句，他掏出刀，照那徐经理的腿就是一刀；那徐经理挨完刀后很是怕他，说一星期内肯定还钱。至于他还有没有其他什么案件，我就不知道了，他在外边干什么事也不跟我说。”

“你和席阳在一起时,在什么地方住?”

“在东二条路清福小区4号楼租的房子,他到珠海后,那房子就退了。”

“你见过席阳拿过枪吗?”

庞艳嗫嚅着说:“这,我想……我见他拿过一把手枪。”

李悦从腰间掏出自己佩带的“六四”式手枪对庞艳说:“是不是这样的枪。”

庞艳看着李悦的枪,没有犹豫地说:“对,是跟这一模一样的手枪。”

赵旭建接着问:“庞艳,你说怎么能够找着席阳?”

“席阳说去珠海开公司了,我想他还能回来,因为席阳喜欢着的一个女人还在这个城市,席阳绝对离不开她,席阳离开我,就是因为这个女人,找着这个女人,就能够找到席阳。”

“那你把这个女人的情况说一下。”

“这个女人席阳挺保密,与他接触的人一般都不知道,那是去年席阳去珠海前的一天下午,席阳在卫生间洗澡,他的手机响了,我替席阳接了电话。是个女的打的电话,我问她是谁?她说叫谢芸丽。我问谢芸丽找席阳什么事,谢芸丽说让席阳接电话,我说你往后少给席阳打手机,我是席阳的媳妇。席阳隐约听到我接电话的声音,就从卫生间里冲了出来,从我手中抢过去了电话。他接完电话后,打了我两个嘴巴,说我胡说八道,这在以前从未有过的。过后是席阳提出的分手,我跟席阳说,你不要我了,是不是跟那个叫谢芸丽的。席阳没吱声。但作为一个女人,我能感觉到,席阳是真心喜欢那个叫谢芸丽的女人。”

当杨爽听到庞艳嘴中说出的谢芸丽的名字时,他插嘴问:“那个叫谢芸丽的女人你见过吗?”

或许说到了庞艳的伤感处，她苦笑了下说："我没见过，只是我替席阳接手机时，在电话里听到过她的声音，我虽然当时说了些气话，但对方说话仍很柔和，很有分寸；我想谢芸丽肯定是个貌美、温柔的女人吧，要不席阳怎么会抛下我喜欢上她。"

3

李悦拿了两张从电脑里调出的身份证明打印件进屋说："经查证，东河市有两个叫谢芸丽的，一个是1975年3月生人，家住城西区向阳街道，工作单位是南江起重机厂；另一个是个小女孩，1999年7月生人。如果说谢芸丽的户籍关系在东河市的话，那么我们要查找的人无疑就是1975年生人的这个谢芸丽。"

杨爽向李悦伸过手去说："你把1975年生人的那张打印件给我看看。"

杨爽接过打印件，他望着打印件照片上熟悉的面孔说："这个谢芸丽我认识。"

赵旭建问："你怎么认识？"

"她原是我家的邻居，她父亲叫谢凯，原在铁路机务段当后勤主任，她母亲没有工作，她有个弟弟叫谢良。在我还没进公安局时，她跟我同在铁路机务段服务公司工作过，她喜爱文学，后来到北京鲁迅文学院去学习，三年前我见她一回，她说在生活杂志社当记者，她还说她找了个军人丈夫。"

刑警一大队的另一名侦查员徐志接着杨爽的话说："谢芸丽原先找个军人丈夫，那么她现在跟席阳搅和在一起，是不是离婚了？"

听了徐志的推测，杨爽心里想，一个文静、漂亮，又富有才气的女人，怎么跟敛财攫色的凶恶的案犯联系在一起了呢？他说出了让人颇感意外的话："依我看，我说的谢芸丽，不是跟席阳在一起的谢芸丽。"

赵旭建说："杨爽，在没有彻底了解情况之前，什么事情也不能肯定，你和李悦先查一下这个谢芸丽的住处。"

杨爽和李悦先是到了生活杂志社，杂志社的人说谢芸丽已不干有半年多了。杨爽问杂志社的人谢芸丽是因为什么不干的，以及谢芸丽的家住哪，杂志社的人说不知道。

杨爽和李悦上了车，杨爽提议到城西区向阳街道去打听。

李悦开着桑塔纳往城西区驶去。

杨爽把头仰在座椅上，想着以往的事情。

杨爽和谢芸丽从小是邻居，两人同龄，小时候两人常在一起玩，上学时，两人一同上学和放学，高中毕业后，杨爽以几分之差没能考上大学，谢芸丽考上了，却因病没能去上。谢芸丽的父亲谢凯是铁路机务段后勤主任，谢凯对杨爽的母亲提议让杨爽和谢芸丽上他们单位的服务公司。当时杨爽在家很郁闷，杨爽的母亲就同意了；两人到一起工作后，随着年龄的增长，男女之间那微妙的情感愈发显露了出来，杨爽和谢芸丽也不像原先那样无顾忌地往来，而相互之间变得拘谨，若即若离的。谢芸丽是个较完美的女孩，她的美貌和才气令许多同龄男子倾慕，谢芸丽那时就常在报纸上发表诗歌，每当谢芸丽发表一首诗歌，杨爽就从报纸上剪裁下来，并逐渐集成了一个集子。杨爽始终暗恋着谢芸丽，他与谢芸丽在一起时，他也时常感受到谢芸丽含情脉脉的目光，他很想向谢芸丽敞开自己的心扉，可每当要表达自己的感情时，一种沉重的自卑情结又使他欲言又止，直到谢芸丽去了北京上鲁迅文学院学习，杨爽心中那份暗恋的情感，一直没有对谢芸丽表白过。或许那真挚的爱恋所形成的自卑催人进取，杨爽通过努力考取了自学考试的大学文凭，毕业后赶上公安局招录民警，他进了公安局……

一声“吱”的刹车声，打断了杨爽的回忆。他见已到了向阳街道的居委会门口。

杨爽下车对李悦说：“咱俩别说是公安局的。”

李悦有些诧异地望了眼杨爽，“嗯”了一声。

进了居委会一打听，还真打听到了谢芸丽的娘家，提起谢芸丽的父亲谢凯的名字，一位老大妈说谢凯已经去世了，谢凯的老伴有病在家里，与儿子谢良在一起生活，谢芸丽已经嫁出去多年了。

随着居委会老大妈的指点，杨爽和李悦来到了向阳小区5栋楼3门洞603室的门前，杨爽按了下门铃。

片刻，防盗门上的小窗被打开，杨爽看见一张憔悴的老妇人面孔，老妇人问：“你找谁呀？”

杨爽认出老妇人是谢芸丽的母亲。杨爽说：“谢婶，您好吗？我是杨爽啊，我来看看您。”

谢母凝视了会儿杨爽，才恍然地说：“啊，原来是老杨家的杨爽呀，快进来。”

谢母打开了门，杨爽和李悦走了进去，两人被谢母让坐在方厅的沙发上。杨爽把李悦介绍给谢母说：“谢婶，这是我朋友小李。”

李悦对谢母点头微笑。

杨爽问：“谢婶，怎么就你自已在家？”

谢母说：“你谢叔今年开春扔下我就走了，我和儿子、儿媳生活，小两口都上班了，就剩我自个儿了，我有哮喘病，心脏也不好，不愿下楼，就整天候在家里。”

“我谢叔身体原先不是挺好的吗？”

“他身体是不错，可前两年退了休后，身体就开始不舒服，后来到医院一查，是肺癌，治了一年多，就去世了。”

谢母说着把两杯水端了过来，放在杨爽和李悦跟前的茶几上。

谢母在杨爽和李悦对面的沙发上坐下。

杨爽唠家常似的说：“谢婶，几年不见了，您老了不少哇！”

“我都六十多岁了，能不老吗？”谢母接着又忽然想起了什么问，“咱这片动迁后，你家没搬回来是跟别人调房了吧？”

“回迁时，我家有个亲戚因图上班近，就跟我家调了房，我家现在东平安小区那儿住。”

“你现在做什么工作呢？”

“我在保险公司推销保险呢。”

“你父母怎么样啊？”

“我母亲去世了，我父亲身体也是不太好。”

“是吗，你母亲去世了，这老嫂子咋也走得这么快……”谢母听了杨爽这句话，唏嘘不已。

杨爽转个话题问：“谢婶，谢芸丽现在怎么样？三年前我见到她，她说在杂志社干呢，她现在还在杂志社吗？”

说到谢芸丽，谢母神情暗淡地说：“我家芸丽啊，尽让我这个当妈的操心，当初她找个军官丈夫，过了两年又离婚了，听说她在杂志社也不干了，谁知道她现在忙什么呢，她有些事瞒着我，也不跟我说。”

“谢婶，怎么能联系上谢芸丽？我找她有点事。”

“她有手机，我给你找下她在杂志社时用的名片。”说着，谢母哈腰，在茶几的底下拿了张名片递给了杨爽。

杨爽把谢芸丽的名片放好，又与谢母寒暄了几句，便和李悦起身告辞了。

4

杨爽在电话里与谢芸丽约好，晚 5 点在玛格丽特西餐厅门前见面。

杨爽提前半个小时来到了西餐厅对面的图书馆里，他站在图书馆三楼阅览室的大玻璃窗前，注视着楼下的人流。

杨爽心里有些紧张，也许是因为即将见到自己心仪多年的女人而产生的激动和兴奋？也许是谢芸丽真的是席阳的情人，自己在与谢芸丽的接触中，席阳会突然出现，自己作为警察所产生的一种临战前的紧张？或许两者兼而有之。

4 点 55 分时，一个穿着灰色大衣，头发被高绾在脑后的女人出现在玛格丽特西餐厅的门前，女人左右望了望，似在等什么人。杨爽看不清女人的面容，但他猜测这女人应当是谢芸丽，杨爽观察了下这女人的周围，当他确认没有可疑之处后，转身走出了图书馆。

杨爽边走边注视着站在西餐厅门前的女人，是她，谢芸丽，八年的时光，她变得丰腴了些，她头发往上梳得很是整齐，露出了整个额头，使她端庄的容貌更加轮廓分明，她的眼神透着一种宁静与柔和，似乎她的心情很平淡，她从容地等着杨爽的到来。

杨爽走到谢芸丽的跟前说："芸丽，你好！"

谢芸丽显然没有注意到杨爽的到来，她正注视着左前方广告牌上的巨幅婚纱照，杨爽的话语，才使她把目光移了过来，谢芸丽打量了一眼杨爽，说："杨爽，几年没见，你显得更加稳健了。"

"外面有些冷，我们进去坐吧。"杨爽说着走到西餐厅的门前，推开了玻璃门，示意谢芸丽进去。

这家西餐厅并不大，能容十余张餐桌的大厅里，有一半的餐桌前坐着三三两两就餐的人，大厅里放着舒缓的钢琴曲《秋日私语》。

杨爽和谢芸丽找处僻静的角落里坐了下来，服务生走了过来，把一个插有一朵红玫瑰的细小的花瓶放在了方桌中间，又点燃了方桌边上蜡台上的蜡烛。

服务生问："先生，女士，需要点什么？"

杨爽原先没有进过西餐厅就餐，他不知西餐的菜名，他对谢芸丽说："芸丽，你喜欢吃什么就点吧。"

"那好，我就不客气了。"看来谢芸丽对西餐是熟悉的，她随口对服务生说，"来个牛排，沙拉，法兰西多士……再来一瓶长城牌干红葡萄酒。"

点完菜，谢芸丽问："你怎么知道我的手机号？这么多年没见，你又怎么想起来找我？"

"因为我想找你，也就知道了你的手机号，也就找到了你。"

"嗨，这么行，想找到谁就能找到谁？你是公安局查案的吧？"

杨爽听了谢芸丽的话，内心忐忑起来。他稳定了下情绪，掏出了一支烟点燃，自嘲地说："看你说的，我要是公安局的，岂不混得不错，起码也是个公务员呢。"

"跟你开句玩笑呗，其实我知道，你从我妈那儿得到的我的名片，唉，杨爽，你现在干什么呢？"

"你上了鲁迅文学院后，后来我考取了自学考试文凭，毕业后始终也没找着正经活，这不，最近朋友介绍我到保险公司推销保险，我刚去了没几天，还没摸着门路……"

说话间，服务生把谢芸丽点的西餐端了过来。

杨爽把两支酒杯斟了些红酒，举起酒杯说："来，芸丽，这么多年没在一起了，碰下杯。”

喝了口红酒，杨爽学着谢芸丽的样子拿着刀叉吃着东西。杨爽接着说：“芸丽，你这些年怎么样？”

谢芸丽低着头，右手把叉子轻放在盘子上，沉默了会儿说：“我这些年可并不如意，我以前崇尚军人，结果找个军人丈夫……唉，不说了，反正也离了。”谢芸丽说这话时，眼中透着怅然和迷离。

“那你现在自己生活吗？”

“怎么说呢？也算是自己生活吧，我离婚后，又处了个朋友，还没结婚。”

“你这朋友干什么的？”

“他具体干什么我还不太清楚，他说帮别人开公司，经常不在本市，他待我很好，等哪天有机会，我给你引见一下。”

“那好哇，等哪天认识一下。”

谢芸丽觉得自己跟杨爽在一起，不应过多地谈论与自己亲近的男人，毕竟自己与杨爽有那么一段没有表诉的，但两人又心知肚明的至诚的爱恋。杨爽此时对谢芸丽谈到自己身边的男人，并没有嫉妒和失落。从他的角度讲，谢芸丽是个离婚的女人，她应当重新寻找自己的婚姻幸福，当谢芸丽谈到自己身边的男人愈趋向于席阳时，他没有其他警察获得重要线索时的那种兴奋，而他的心情愈发沉重。如果谢芸丽身边的男人就是席阳的话，那么谢芸丽的心灵又会遭到重创，这是他所不愿看到的。

谢芸丽岔开了话题，望着桌上的红玫瑰说：“杨爽，你约我见面，怎么选择在西餐厅，这好像是过西方人的情人节。”

“说实话，或许服务生认为咱俩是对情人，便把玫瑰摆在了你我的面前，又点燃了蜡烛，营造出了一种温馨浪漫的气氛。我原先并没来过西餐厅，听别人说，西餐厅环境挺幽雅；这样我就约你到这儿来了。”

“谢谢你这么郑重地约我。”

“能问你一个问题吗,你现在的男朋友叫什么名字?”杨爽终于说出了重要的话题。

“这,他叫……”谢芸丽踌躇了下,继而用商量的口吻说,“杨爽,咱俩今天在一起,不要谈他好吗?”

杨爽见谢芸丽这么说,就没再问下去。

谢芸丽问:“杨爽,你现在的生活怎么样?”

杨爽低下头黯然地说:“我吗?一个人领女儿和父亲生活,我和妻子离婚了……”

听着杨爽的话,谢芸丽的眼睛若有所思地望着他。

一个小时后,两人走出了玛格丽特西餐厅。

两人自然地坐到了一个出租车里,谢芸丽对司机说:“到城西农贸市场。”

不一会儿的工夫,出租车停在了城西农贸市场大厅的门前。

杨爽付了车费,与谢芸丽下车后说:“怎么你在这儿住哇?”

“我家就住在城西农贸市场大厅的楼上二楼,从农贸市场大厅门前边儿上的楼梯上去,走过大平台,正对着楼梯口的门洞二楼中间的那一户,就是我的住处。”

“我送你上楼吧。”

谢芸丽没有作声,杨爽就随着谢芸丽往楼梯口走去。

到了谢芸丽住处的门口,谢芸丽掏出钥匙打开门,对杨爽说:“进来喝杯咖啡吧。”

杨爽没有推辞,只客气地说:“那岂不麻烦你了。”

谢芸丽娇羞地说:“客气啥,老朋友了嘛。”说着拿了双大号的拖鞋放在了杨爽的脚前。

杨爽进了屋,环视了下房屋的格局,这是间一室的居室,进屋是方厅，正面对着厨房，左侧是卫生间，右侧是卧室。

谢芸丽进了厨房，她对杨爽说："你进屋待会儿，我烧水冲咖啡。"

杨爽走进了卧室，卧室的面积不大，冲门并排摆着放电视的角柜和一个书柜，书柜前放有两把椅子，屋里侧靠墙处放有一张双人床。屋内的摆设简单、整洁。

杨爽见书柜的底层格放有一本影集，他便把影集上的书轻挪开，把影集打了开。

影集里基本上是谢芸丽的单身照，每张照片里的谢芸丽都是那么靓丽，充满着朝气。杨爽无暇欣赏照片里谢芸丽的倩影，他寻找着自己需要的东西，他快速地翻着影集，当翻到最后一页时，他叹了口气，整个影集里没有谢芸丽和男人的留影，可就当他要把影集合上，放回原处时，在最后一页和封底的中间掉落下一张照片，他意识到最后一页还没有翻过。他把最后一页翻过，又把掉出的照片拿在手里仔细地看着，见照片上谢芸丽和一个男人在海边奔跑，嬉戏着，那男人的面部在照片上不是正面，看不清，杨爽注意着最后一页背面的照片，见有三张照片都是谢芸丽和一个男人的合影，其中中间一张男人的面部很是真切。这张照片是在北京天安门前照的，谢芸丽站在那男人的右前方，那男人的一只手放在谢芸丽的肩上，那男人脸上的墨镜对杨爽来说很是刺眼，杨爽在心里确认：没错，就是席阳。

杨爽迅速地把照片抽出，揣在了自己衬衣兜里，而后又把掉落下的那张照片放在了三张照片中间抽出来一张的空缺处。他合上了影集，把影集放回了原处。

"咚咚"，寂静的屋内，突然传来了敲门声。

敲门的声响虽不大，却彻底惊扰了杨爽和谢芸丽，两人不约而同地想，敲门的极有可能是席阳。

作为警察的杨爽，他知道遇到席阳该怎么做，他屏着呼吸，条件反射般地把手伸进了外衣兜里，紧紧握住了兜里的“七七”式手枪。

谢芸丽有些不知所措，在这个时间见到席阳，难以向席阳说明杨爽和自己的关系。谢芸丽手持舀咖啡的勺，僵立在厨房里。

敲门的人见屋内没有反应，就又“咚咚”敲了两下。

谢芸丽问：“谁呀？”

杨爽用食指轻扣手枪扳机的护围，随着轻微的“咔嚓”声，子弹上了镗。

门外一个女人的声音传来：“是我呀，楼上你刘婶。”

谢芸丽深嘘了一口气，打开门说：“刘婶，有事吗？进来说吧。”

“我不进去了，跟你说声就行了，这不，今天下午派出所来查户口，你家没人，派出所的民警说明天上午还来，让你家留人，把户口准备好。”

“知道了刘婶，谢谢您了。”

谢芸丽把门关上。门外的脚步声渐远。

杨爽把手从兜里抽出，他的手掌心里沁出了汗。

“杨爽，愣着想啥呢，来喝咖啡。”谢芸丽把两杯热咖啡端了进来。

第六章

1

半夜，睡在第一看守所值班室里的段刚，被闹钟的铃声吵醒，他看了下闹钟，见到了自己下半夜值班的时间，他拿了件警服外衣穿上，走出了办公室。

空旷的监区走廊很是寂静，这寂静加之昏暗的灯光，给人一种阴森、萧瑟的感觉。忽地室外下起了雨，随之起了风，风把走廊窗户刮得“砰砰”作响，段刚挨个关严着窗户。

14 号监室里的霍英国此时正瞪着无神的双眼，痴呆地望着窗外。他仍被定着位，因定位用的连接脚镣子上的地环在板铺中央，所以他只能在半截板铺上缩着身子；他想睡，可饥饿又使他无法安眠。自他与卢春江动了手，被金洪胜定了位后，他每顿只能吃到别人挑剩下来的小块发糕和半碗清汤。前两天是双休日，每天开两顿饭，卢春江不知怎么发了慈悲，在双休日里每顿给他四五块发糕吃，他吃得很饱，可一过了双休日，每顿还是一块小发糕，这一饱一饥，使他备感饥饿的折磨。他深知，若这样长久下去,他会因营养不良而引发其他疾病致死。

想到了死,霍英国不由得打了个寒战,他意识到死对自己来讲是个很恐惧的事情,不,不能这样死;我虽判了死刑,但一定能改判,我还有活的希望。

卢春江也没有睡着觉,他眯缝着眼睛在看着霍英国。其实卢春江对霍英国的愤怒来自于他从金洪胜那儿得知的霍英国对吕龙的检举,吕龙曾是卢春海雇过的一个杀手;多年前,卢春海是靠一个生意上的合伙人齐国栋起的家,后来生意大了,两人有了分歧,卢春海便雇吕龙把齐国栋给杀害了;卢春江当时协助吕龙杀的齐国栋。卢春江看着睁大眼睛的霍英国想:你他妈的多亏知道吕龙的事少,若知道吕龙的事多了,得把我哥哥扔进去;你不想活命吗?那我就让你生不如死!

饥饿迫使霍英国做出了自己从未想过或不屑去想的念头:每天晚上趁人不备偷点别人的盒饭吃,岂不就能捱过饥饿的折磨?他疏忽了因自己是个重刑犯,加之卢春江对他的施虐,轮流坐班相互监视的在押人员对自己的特别监视。

霍英国扫视了眼坐班的两个在押人员,见吴佳才正底头打盹儿,朴长伟似乎无意间瞟了自己一眼,又低头接着看一本杂志。

卢春江眯缝的眼睛闭了上,他睡着了。

"轰隆"一声炸雷响起,走廊里昏黄的灯泡闪了两下,灭了,四周顿时一片漆黑。突然的停电让段刚始料不及,他怔在了走廊里。

段刚听到左侧的一个监室门在"吱嘎"响,"难道有人想趁机暴狱?"他这个念头一冒出,便把右手伸向了腰际,打开了手枪套,握紧了"六四"式手枪的枪柄。

监室的门响刚消失,段刚又听到身后有响动,段刚迅疾掏枪转身，而他身后却什么也没有，他只感到脚面上有什么东西在爬动，他脚猛一甩，一只大耗子落在地上，“吱吱”叫着跑了。

这当口，霍英国的胳膊伸向放食品的碗柜。霍英国拿到两袋方便面，他把被蒙在头上，在被窝里撕开一袋方便面，狼吞虎咽地啃着。

霍英国虽在被窝里吃东西，可他吃东西的声响还是传了出来，本在注意着霍英国的朴长伟，把卢春江轻轻地唤醒，俯在卢春江的耳朵边告诉他：“霍英国在偷吃东西。”

朴长伟在前，卢春江在后向霍英国奔去，路过吴佳才跟前时，卢春江扒拉他一下，骂道：“你他妈的还睡呢，过来。”

朴长伟走到了霍英国的跟前，用脚把蒙在霍英国头上的被挑开，接着狠狠地朝霍英国的头上踹去。

霍英国投入地啃着方便面，还没反应过来是怎么回事，双眼便被踹得直冒金星，他本能地直立而起，挥拳向对方打去，霍英国的一拳没有打着对方，却紧接着被吴佳才扑倒，卢春江扯过被，捂在了霍英国的头上，他死死地按着被骂道：“你这狗卵子，偷吃东西还敢还手打人。”

霍英国被捂得喘不过来气，他奋力挣扎着，朴长伟和吴佳才也伸过手来，死死地按在捂着霍英国的被子上。在走廊里巡视的段刚，听到14号监室的方向有响动，便向14号监室走去，当他快走到14号监室时，卢春江已听到了段刚在走廊里的脚步声，三人住了手。

段刚站在14号监室的小窗口往里望，见里边人影绰绰，他没发现异常，就问：“刚才是哪个监室弄出的响声？”

朴长伟在厕所处假装小便的样子说：“段管教，没听见哪儿有响声，是不是你听错了。”

段刚离开14号监室的小窗口，又向别的监室走去。

朴长伟望了眼头上还捂着被的霍英国，对卢春江说："唉，卢哥，这小子怎么没动静了？"

卢春江过去把霍英国头上的被掀开，扒拉下霍英国，霍英国没有反应。

天空亮起一道闪电，三人借闪电的光亮见霍英国脸色蜡白，双眼睁着，嘴微张，嘴角边上粘着方便面的渣子。

朴长伟看着霍英国的样子说："卢哥，他是不是死了？"

电来了，监室里的灯亮了起来，卢春江把右手两手指放在了嘴边，示意朴长伟不要说话，他又扫视了一遍监室，见除了他们三人，别人都酣睡着，他凑到霍英国的跟前，用手指在鼻前试了试，见霍英国真的没了呼吸，他不由得倒吸了口凉气。

吴佳才把声音压得很低，结结巴巴地说："卢、卢哥，怎么、怎么办哪……"

卢春江缓过神来，对朴长伟和吴佳才说："记住，咱们没有跟霍英国动过手，待明早再说。"

朴长伟和吴佳才各自回到自己的铺位上。卢春江拿了条手巾，把霍英国嘴角擦干净，又把他的眼睛抹上，收拾了下他身边吃剩下的方便面，卢春江觉得一切妥当后，他又把被蒙在了霍英国的头上。

卢春江心惊胆战，再也无法安睡，他两眼直盯着蒙在霍英国身上的被，他期望着霍英国没有死，只是暂时的窒息，他盯霍英国一直到早6点起铺铃响起，霍英国身上的被也没动弹一下。

卢春江镇静地起身，揉了下眼睛，像是刚睡醒的样子张罗说："起来，起来。"

在押人员们大都起床，收拾着自己的行李，唯霍英国仍躺在那儿。

卢春江对一个年龄较小的在押人员说："你去把霍英国叫

起来。”

年龄较小的在押人员过去扒拉了霍英国两下，霍英国没反映，他又把霍英国的被子掀开，见霍英国直挺挺地躺在那儿，没有呼吸，那在押人员转身对卢春江说：“卢哥，他好像死了？”

卢春江故做惊讶地说：“是吗？昨天他不还好好的吗？你好好看看。”

年龄较小的在押人员有点不敢靠前，有一在押人员好像明白点什么，他走到霍英国的跟前，用手剥开霍英国的眼皮，仔细看了下说：“死了，像死了有段时间了。”

卢春江对年龄较小的在押人员说：“快报告管教。”

年龄较小的在押人员趴在小窗口，惊恐地大声喊着：“报告管教，报告管教……”

2

霍英国的尸体被送到了东河市医学院的解剖室里。

上班时间刚到，柯志伟开车进了监管支队的院里，他在车里对扫院子的清洁工老吴头说：“老吴头，你去把段刚找来。”

柯志伟进了办公室，坐在转椅上刚点燃一支烟，外边就有人敲门，他说：“进来。”

段刚推门走了进来，他点头说了声：“柯支队。”便有些惶恐地站在门口处。

柯志伟的脸色很难看，他狠瞪了眼段刚，把刚点燃的烟在烟灰缸里捻灭，恼怒地从转椅上站起，他指着段刚说：“段刚，你到底怎么回事？开枪打人的事刚平完，虽然检察院给你定个正当防卫，可你也没少给伤者花医药费呀！昨晚值班你又出了事，看守所里的在押人员非正常死亡；你知道你这个值班民警该负什么责任吗？最低得给你个记过处分，说不上你身上的这身警服都保不住。”

柯志伟的话犹如一盆冷水浇在了段刚的心上。自段刚上次自卫开枪打伤人后，检察院虽给他定了个正当防卫，可伤者家属仍四处告状，市委副书记雷正南为此便做了个批示：“从稳定大局出发，酌情包赔医药费用。”这个批示，使家庭本不宽裕，与母亲一同生活的段刚借了两万余元钱，包赔给了伤者。而如今，正常值班的他又摊上监室里死人的严重事件，他不知道这件事会给自己造成什么样的后果，一种悲凉无助的感觉充溢着他的身心。

高臣匆忙地走了进来，他对柯志伟说：“柯支队，检察院的刘法医已到了医学院的解剖室，准备给霍英国做死因解剖，我们是不是得过去？”

“我们当然得过去。”柯志伟把衣架上的外衣拿起，又对段刚说，“你也跟着过去。”

柯志伟他们到了医学院时，解剖室里已准备就序。

秦明见到柯志伟，上前与柯志伟握下手说：“柯支队，过来了。”

“啊，秦科长，你也过来了，看守所里死人，又给你们检察院监所检查科添麻烦了。”柯志伟谦恭地说。

秦明没跟柯志伟再说什么，他转身对一穿白大褂五十余岁的男子说：“刘法医，开始吧。”

刘法医拿把手术刀，向解剖台上的霍英国走去；旁边一穿检察官制服的年轻女子，手拿着纸和笔，准备着做尸检记录。

霍英国赤裸地躺在不锈钢的解剖台上，他的嘴大张着，鼻孔处流出了少许黄色的黏液；他全身灰白，身体极度消瘦，每一根肋骨都清晰地凸现了出来，他的双脚腕处因长期戴脚镣，留下了皮肤被磨损后所形成的褐色的痕迹。

随着刘法医手术刀的移动，尸体上那干燥、毫无柔性的皮肤向两边紧缩着……

两个小时后，尸检结束。

刘法医往下摘着胶皮手套说："尸检的初步结论是：有大量的食物残渣堵塞气管，肺组织充血水肿，造成窒息死亡。"

第七章

1

在单位食堂吃了午饭，杨爽到收发室取报纸。

一辆桑塔纳“吱”的一声停在了杨爽的跟前，李悦从车里探出头说：“杨爽，今天午觉你是睡不成了，上车吧。”

杨爽看赵旭建在李悦旁边坐着，他知道肯定是有事，便打开了车后门上了车。

赵旭建说：“昨天城西分局刑警大队和派出所片警在查户口寻找嫌疑对象时，把吕龙的侄子吕玉柱抓到了，咱们现在去看看。”

杨爽有些不明白地问：“吕龙是‘9·28’案件的案犯，吕龙的侄子吕玉柱跟‘9·28’案件有什么关系？”

“吕玉柱两年前因盗窃被向阳派出所抓获，后他又在派出所脱逃，最近刑警大队的人和向阳派出所查户口时发现了他，又从他的住处搜出了些金饰品，我们去看看，吕玉柱的金饰品，是不是去年7月间吕龙等人在林海市抢劫金店的物品；如果是，林海市金店被抢案他肯定参与了,他很有可能还参与了'9·28'的案件,如果这样,我们或许能从他身上打开突破口。"

"现在案犯在哪儿?"

"在向阳派出所。"

赵旭建说完这句话,又忽然想起什么,问李悦:"哎,李悦,林海市金店被抢的协查通报和被抢物品的照片你都带齐了吧?"

李悦指了下身边的一个皮包说:"都在这里呢。"

城西刑警大队大队长龙贵成站在向阳派出所门口等赵旭建一行,赵旭建等人一到,他便领着他们进了向阳派出所的会议室。

会议室中央有个大茶几,上面放一台临时搬来的当审讯监控器用的电视机,旁边还有一部录像机。

龙贵成指了指电视画面里戴着脚镣和手铐的二十多岁的男子说:"他就是吕龙的侄子吕玉柱,是我们在清查人口时,听群众反映他已返回本市租房居住,我们蹲了两天坑,昨天下午才把他抓来,审到现在快 24 小时了,他现在还没说出实质性的问题。"

赵旭建说:"你们跟他唠到正题了吗?"

"没有,就问他金饰品是怎么来的,他不说实话,只说是在大街上买的存着;我们连他三年前盗窃的事还没跟他提呢。"

赵旭建看了眼杨爽说:"9 月 28 日,吕龙在公安医院被营救出的那天,你见过这小子吗?"

杨爽盯着电视里的吕玉柱看了一会儿,摇下头说:"我就对席阳有点儿印象,其他的人我没有看清楚。"

这时,龙贵成捧着一个小红包裹放在电视机旁打开说:"看,这就是从吕玉柱住处搜来的,全是金饰品,鸡心坠金项链

12 条,金脚链 7 条,金手镯 5 对。”

李悦打开皮包,展开林海市金店被抢物品的有关材料,与大家一一核对着茶几上的金饰品。

核实完,赵旭建直起腰说:“可以初步确定,吕玉柱住处所搜出的金饰品,就是去年 7 月 5 日,林海市德胜金店被抢的物品。”

赵旭建显得很兴奋,他拍了下龙贵成的肩膀说:“好小子,真有你们的。”接着他又端起茶几上的一杯白开水一饮而尽,而后重重地喘出一口气,好似自“9·28”案件发案以来郁积在心中的压抑一吐而出,他拢了下垂在额头前的头发,开始安排起了工作。他问龙贵成:“你们在这向阳派出所的有几个人?”

龙贵成说:“加上我,在这儿的有四人。”

赵旭建对李悦说:“李悦,你开车回去,把这包金饰品带回去,让技术科的人再分析分析,另外把队里所有的人都召集到向阳派出所待命。”

“是。”李悦答应了一声,拿起装有金饰品的小包转身走了。

赵旭建从上衣兜里摸出一支笔说:“杨爽,咱俩去审审吕玉柱,我先进讯问室,你过几分钟再进去。”赵旭建走到会议室门口,提示杨爽说,“你知道我让你晚几分钟进去是啥意思吧?”

杨爽说:“知道。”

赵旭建进了讯问室,城西刑警大队的两名侦查员跟赵旭建打了个招呼说:“赵大队来了。”

一名侦查员给赵旭建搬了把椅子放在桌旁。

赵旭建坐下对两名侦查员说:“怎么他还没撂呢?”

一个侦查员说:“他还挺着呢。”

坐在讯问椅里的吕玉柱听了侦查员的话很反感。他犹如受了冤枉而又气不公地说:“什么叫做挺?我没什么事,我跟你们说什么？从昨天下午你们给我弄来，手铐脚镣给我戴着，到现在已经超过24个小时了，当心我告你们。”

“我现在问你，你能告我们什么，你以为你是好人吗？你别以为我们刑警大队的人找你，向阳派出所的人不在这儿，你就装做冤枉的样子，三年前你在向阳派出所管区内干的盗窃案你忘了，我告诉你，你现在是在逃犯，我还可以告诉你，之所以我们在此之前没提起你三年前的盗窃案，是因你有比这盗窃案还大的事，否则我们刑警大队不能找你。”侦查员拍了下桌子，对吕玉柱厉声地说道。

侦查员的话，并没有对吕玉柱产生震动，他似乎心里早有准备，他只是没有了气不公的劲头。他干脆耍起了无赖，他往肚里咽口唾沫眼睛一闭，头靠在椅背上，养起神来。

杨爽走了进来，他到了吕玉柱的面前，抬手拍了两下吕玉柱的脸说：“你小子怎么这么面熟呢，干啥呢，睡了，唉，醒醒。”

吕玉柱睁开了眼睛，摸了下被杨爽拍红的脸，他发怔地望着杨爽。

杨爽把手放在吕玉柱的额头上，把他的头发用力地向上撸起说：“你好好看看我，还记得我吗？”

吕玉柱不言语，他的眼睛游动着，在尽可能地躲开杨爽咄咄逼人的目光。

“在公安医院见面后才两个多月的光景，难道你就忘了吗？”杨爽低头，凑近吕玉柱的耳朵大声说着。

赵旭建注视着吕玉柱面部的表情。

吕玉柱忽地变得面色煞白，身体颤抖了下，像是得了急症，与刚才和城西刑警大队侦查员顶撞时的劲头判若两人。

赵旭建说：“吕玉柱，别挺了，到了法院是重证据不轻信口供，即使你不说，仍会照样判你刑，再则你还有同案吧，你同案也会把事撂出来,何不趁现在争取个好点的态度。"

吕玉柱变得口吃起来:"你,你让我说什么……"

赵旭建冷笑了声说:"你还在那儿嘴硬,我让你说什么你还不清楚吗?公安医院的事你心里清楚,我再给你提示个醒,去年林海市德胜金店的事……"

吕玉柱不敢注视屋内的一切,他只是底着头沉默不语。

讯问室里出现了暂时的寂静。

赵旭建知道,给吕玉柱一段考虑的时间是必需的,这也是讯问走向良好开端的契机。

吕玉柱终于抬起了头,他抿了下干涩的嘴唇说:"给我一杯水喝好吗?"

2

李文彬上班时刚踏进刑警支队的大门,听值班民警说赵旭建等人在向阳派出所搞'9·28'案件,他立刻又折回门口上了车,开车往向阳派出所驶去。

正在派出所的会议室与大家一道吃大果子喝豆浆的赵旭建,见李文彬走了进来,忙擦下嘴,站起身说:"李支队,刚一上班你就过来了。"

"来看看你们,昨晚又辛苦一宿吧?"

"没啥,只要案件有进展,再苦再累也值。"

"怎么?看样子你们有了很大的收获?"

赵旭建把放在电视机上的一摞材料拿起来递给李文彬说:"这是我们搞的材料,李支队,你先看看。"

李文彬坐在沙发上,仔细地看着赵旭建给他的材料。

李文彬将要看完材料时,赵旭建补充说:"吕玉柱这个案犯是昨天中午我们接手的，他虽然才二十六岁，但干起事来沉着、老练，心狠手毒，若他原先没有盗窃的行为，不被公安机关抓捕，‘9·28’这样的大案和林海市德胜金店被抢案，谁也不能把他纳入视线；吕玉柱陆续交代了两起大案中包括吕龙在内的四名案犯，其中一名案犯更出乎我们的意料，那就是‘9·28’案件的主犯，东河市工商银行办公室副主任兼保卫干事陆学成，这人是四年前从部队转业到地方的营级干部，特种兵出身。”

“这个陆学成你们查了吗？”

“我们一大队和城西刑警大队的人今早4点就分成两路查实吕玉柱所交代的问题，一路去吕玉柱的亲属家去搜吕玉柱在‘9·28’案件中打死看守所民警时春生所使用的鹰牌猎枪，另一路去抓捕陆学成，两组人回来后，鹰牌猎枪起回来了，陆学成却没有抓到，陆学成每天晚上都回家住，不知怎么，昨天晚上就没有回家。”

“他是不是听到什么风声溜了？”

“不可能，因城西分局的人抓吕玉柱的时候，是在吕玉柱自己单独租的房内抓的，没有走漏风声。”

“吕玉柱真的不知道他叔吕龙的去向吗？”

“他说不知道，我想他能知道，只不过暂时还没有交代。”赵旭建说这话时，心里暗想着：吕玉柱，日后我一定让你把吕龙的下落说出来。

赵旭建之所以有这个想法，是因他在讯问吕玉柱时，当说到吕龙，吕玉柱便不再坦白地谈下去，他一味地搪塞，当他搪塞的话被揭穿后，他便缄默。吕玉柱的表现，使赵旭建认定他知道吕龙的下落。

李文彬清楚，现在案件的轮廓已基本呈现了出来，“9·28”案件之所以发生，是吕龙因交通肇事被抓后，席阳、吕玉柱、陆学成是怕吕龙泄露出他们去年7月份在林海市所干的抢劫德胜金店的案件,因而他们铤而走险,从公安医院里把吕龙营救了出来,现在吕玉柱已落网,另外三人如果知道吕玉柱落网,那么结果就是:不是隐藏得更深,就是跑得更远;所以应在最短的时间里,把其他案犯缉拿归案。

李文彬想到了席阳,他问:"从材料上看,吕玉柱和席阳并不很熟,他没能说出席阳的下落,你们抓捕席阳的布控有信儿吗?"

赵旭建说:"目前还没有。"

李文彬从沙发上站起,环视了下屋内的人们,最后把目光落在了赵旭建身上,他对赵旭建做着布置说:"现在不能等了,你琢磨琢磨和杨爽跟谢芸丽正面接触一下,好好做做她的思想工作……"

李文彬正说话间,徐志走了进来,很是高兴的样子说:"有信儿了,有信儿了。"

赵旭建问:"什么信儿?"

"陆学成和席阳的信儿。陆学成之所以昨晚没有在家住,是因他今年春天时卖过些黄金,昨天下午,刑警支队二大队怀疑陆学成的黄金不是好道来的,就将其抓获,陆学成昨晚始终在刑警二大队接受讯问来着。另外,从技术侦查获悉,谢芸丽今早7点32分接到了一个男人的电话,通话内容极其简练,谢芸丽接电话说了句'喂'。那男人说:'是我,你这两天把东西收拾下,告诉你家里人一声,就说上外地走走,我22号去接你。'说完这些,那男人就把电话撂了,那男人可能就是席阳。"

李文彬问:"查到对方从哪儿给谢芸丽打的电话了吗?"

徐志说:"查到对方电话号了,是深圳市区的一部公用电话。"

赵旭建自语说："今天是 12 月 19 日，离 22 日还有三天。"

李文彬拿着手机，边在手机上查找起杨枫的手机号边说："我们还是先看看陆学成怎么样吧？"

3

杨枫开着车，后边挨着两个车门坐着二大队的侦查员姜琦和大李子，在他俩中间夹坐着陆学成。

杨枫有些费解，像陆学成这样的人——部队转业，中共党员，工商银行的职员，妻子是教师，这让人羡慕的工作和家庭——为何还做法律所不容的事，去倒卖黄金呢？杨枫这个有着二十余年警龄的老警察，他压根没有想到，陆学成是披着耀眼的外衣，干着杀人越货勾当的亡命之徒，他所卖的黄金就是持枪杀人抢劫而来的。杨枫对陆学成的疏忽给他造成了终生的自责和懊悔。

陆学成的神情充满了沮丧，仅一夜间，他干净的面颊上就长起了一层密密的胡茬。他的身心处在一种极度的恐慌状态，这个从来没有进过公安机关的人，当他的双腿迈入公安机关大门的那一刻，他便觉得自己迈入了万劫不复的深渊，虽然刑警支队二大队的侦查员认同了他持有的黄金是倒卖，但他感到想躲过自己以前的罪恶不被侦查员们查出那是很难的，只要侦查员们搜查自己的办公室和住处，将自己所谓倒卖而实则抢劫而来的金饰品起出，那么自己所有的罪恶便会一览无遗地暴露出来。

陆学成在刑警支队时就考虑如何脱逃，只是没有机会；此时，他准备利用侦查员们押解他到单位搜查时脱逃，他微闭着眼睛静静地想着脱逃的每一个环节，首先要说服侦查员们把自己的手铐打开，自己先打开办公桌的两边抽屉，趁侦查员们搜查时，再打开中间抽屉，而后拿出文件柜的钥匙，打开文件柜，取出文件柜里平时值班用的“五四”式手枪。

警车在工商银行的大门口停下，杨枫询问了陆学成办公室的位置，陆学成说自己的办公室在三楼。在下车的时候，陆学成提出要求让把自己的手铐打开，杨枫琢磨陆学成也跑不了，就把他手上的铐子给打开了。

陆学成摸了摸被手铐铐痛的手腕处，随着杨枫他们走进了工商银行的大门。

在三楼的楼梯口，杨枫把陆学成的钥匙还给了他，陆学成拿着钥匙串，捻出了办公桌抽屉上的三把钥匙。

陆学成进了办公室，与一戴眼镜的五十多岁的男子打了声招呼：“老吴，来得挺早哇。”

俯在办公桌上写字的老吴抬起头说：“唉，来了小陆。”

陆学成把老吴对面办公桌两边抽屉的暗锁打开，并把抽屉抽出放在了桌上，对杨枫他们说：“查吧。”

大李子说：“把所有的抽屉都打开再说。”

老吴不解陆学成的举动，诧异地望着杨枫他们。

杨枫笑了下对老吴说：“我们是公安局的，让陆学成协助我们找些东西。”

杨枫腰间的手机响了起来，他掏出手机接听电话：“喂，喂，是我。李支队……”

陆学成把右手上的钥匙放在左手上，他把右手放在裤腿上擦了擦手掌心上的汗，而后右手又重新握着钥匙打开了中间的抽屉；他把中间的抽屉急切地抽出放在办公桌上，拿出抽屉里的一把钥匙，向靠墙的文件柜奔去。

大李子发现了陆学成举动的不正常，问：“你要干什么？”

陆学成把钥匙插入文件柜的锁眼上，头也不回地说：“我这儿还有个文件柜，我打开让你们看看。”

老吴惊喊了一声：“那柜里有枪！”

大李子猛地扑向了陆学成，但为时已晚，陆学成已把手枪握在手中，就在大李子从后边抱住他的同时，陆学成枪管冲后，照着大李子的腹部开了一枪，大李子顿时瘫倒在地上。

姜琦站在陆学成的对面，陆学成的动作，姜琦看得很清楚，当姜琦条件反射地把枪从腰间掏出时，陆学成又开火了，子弹击中了姜琦的左胸，姜琦仰身向后倒去。

瞬间两声清脆的枪响，正在打电话的杨枫的脑海中猛地出现了一片空白，他扔下电话侧过身时，见两位同事已倒在了地上，陆学成背对着他正端着枪，发了懵的杨枫没来得及掏枪，而是急切中操起了跟前的一个气管子，就在陆学成欲转身向他开枪时，杨枫手中的气管子重重地落在了陆学成的头上……

第八章

1

天色已晚，在街上逛荡了一天的段刚，精疲力尽地坐在一家商店的橱窗前。

段刚自从值班时监室里打死人后，他便被停职了。柯志伟让他在家反省，等待处理结果。段刚不愿把实情告诉母亲，仍每天早晨从家走出，在下班时间再回到家里。

段刚白天的时间不是坐在电影院里看电影，就是闲逛。

段刚半年前处了个叫小倩的女朋友，那时小倩师范学校刚毕业，还没有找到工作，段刚对小倩很是倾心。段母见自己的儿子与小倩在一起开心的样子，没有过多地考虑两人过后是否能走到一起，就通过自己丈夫生前的好友，现在的教育局局长，给小倩安排了份小学教师的工作。小倩在段刚没有见义勇为开枪打人前，对段刚也可以。段刚开枪打人后，因包赔伤者的医疗费用，经济拮据的段刚曾向小倩开口借过钱，市侩的小倩没有铭记段刚家人对自己的恩情，只是一己私利考虑到：你段刚家里困难得连两万元钱都拿不出，结婚的费用更是拿不起了，跟了你岂不受穷。小倩不但以没钱为由没有借给段刚钱，而且对段刚冷落了起来。段刚被停职的当天晚间，他约小倩唠唠，以期在小倩那得到些慰藉，可小倩却说没时间。

小倩的态度，使段刚焦虑的心又被撒上了一层盐，以致让段刚觉得生活已失去了意义，若不是头脑中时常闪现出母亲的影子，他说不上会干出什么傻事。

一名乞丐手捧着半盒盒饭坐到了段刚的旁边，乞丐打开盒饭盖，狼吞虎咽地吃着。段刚嗅到了盒饭里飘出的香味，这香味使他有种饥肠辘辘感觉，段刚意识到该回家了，他起身欲往家走。

前面的情景使段刚停下了脚步，他见一个小偷，掏出一步行女子挎包里的钱夹，便折身要溜。

段刚喊了一声："站住。"就冲了上去。

小偷扭身看了眼段刚，撒腿就跑。

段刚穷追不舍。

段刚的喊声，使被偷的女子发现了钱夹的丢失，她也跟着段刚去追小偷。

段刚边追边指着小偷对路人喊："拦住前面的那人，他是小偷。"

路人事不关己地没有理会段刚的话，大多行色匆匆，有的驻足观望。

追出百余米，段刚与小偷只几步之遥，他累得气喘吁吁难以支撑。段刚不甘心让小偷跑掉，他一个爆发力把小偷扑到在地。

小偷翻身刚要反抗，段刚亮出人民警察证对小偷说："警察。"接着他趁小偷惊悸的一刻，夺下了小偷手里的钱夹。

在段刚拽着小偷的衣领站起时，小偷拉开外衣的拉锁，褪去外衣，跑掉了。段刚的手里只剩下了小偷的外衣。段刚已无力再追赶小偷，他哈着腰，大口地喘着气。

被偷的女子赶了过来，她对段刚说："多谢你了。"

段刚抬起头看着女子说："怎么是你？"被偷的的女子长得像段刚的女友小倩，段刚冷不丁把被偷的女子认做了小倩。

被偷的女子说："怎么你认识我？"

段刚确定对方不是小倩后说："对不起，认错人了。"

段刚核实了被偷女子说的钱夹里的物品，把钱夹还给了被偷的女子。被偷的女子从钱夹里拿出300元钱感谢段刚。段刚说我是警察，这是我应该做的，怎么能收你钱呢。被偷女子感谢再三，走了。

段刚望着被偷的女子，他又强烈地想起小倩来。段刚给小倩打了手机，手机响了半天，就是没人接。

段刚决定上小倩的家里去。

小倩的家住一楼，段刚离得很远就见小倩家关着灯。段刚知道，小倩的母亲开超市，小倩的父亲常陪母亲在超市里住，这个时间，小倩应该在家。段刚想：小倩去哪儿了呢？

段刚准备等小倩回来，跟小倩好好唠唠。段刚给母亲打了个电话，说晚间有事，不回家吃饭了。然后他就进了旁边的一家小饭店，自斟自饮了起来。

段刚喝着酒，想着沉重的心事，他最担忧自己的工作，如果组织上对自己的处理结果是辞退或开除的话，自己不仅失去了钟爱的警察职业，问题是自己又会干什么呢？他突然感觉到自己除了干警察的职业，别的是一无所长；他想到了自己的母亲，若自己没有稳定的收入，该如何赡养母亲呢？他想到了小倩，回忆着母亲给小倩跑工作时那种美好的愿望和良苦的用心……

段刚从小饭店出来时，喝得有些晃荡。

一辆出租车在段刚的面前停了下来,一对男女从出租车里走出,女的不是别人,正是小倩,男的付完车费,把手搭在小倩的肩上,两人向小倩家走去。

段刚挡在了两人面前,直视着小倩。

小倩看见段刚,惊诧地说:“段刚,你怎么在这儿?”

“我给你打电话,你为什么不接?”段刚指着男的问,“他是谁?”

“你给我打电话,我没听见。”小倩冷下脸来说,“至于他是谁,跟你没关系。”

男的手从小倩的肩上挪开,疑惑地看着段刚和小倩。

小倩的态度惹脑了段刚,他大声地说:“你我是恋爱关系,你是我女朋友,我母亲对你很好,他是谁怎么就跟我没关系?”

小倩语塞了一下,说:“你别在这儿吵好不好,你我的恋爱关系已经不存在了,难道我对你的态度,你还看不出来吗?你母亲对我好,我日后会还这个人情。”

小倩冰冷的话,使段刚认清了小倩的真面目。段刚抑制着内心的愤懑和痛苦,双手擦拭了两下脸,冷静地说:“好,小倩,难得你能说出这样的话,今天算我打扰你了,再见。”

段刚头也不回地走了一段路,他觉得自己憋闷得不得了,他左右挥舞着拳头发泄着,继而把拳头打在一棵杨树上,他一拳拳地打着树,树干上落下了斑驳的血迹……

2

在悦来茶艺室的一单间内,大丰实业有限公司董事长卢春海一支接一支地抽着烟,虽说是冬季最冷的时候,他穿得也不多,可他脑门上还是沁出了汗珠。

卢春海从软椅上站起，脱掉身上的西服，焦虑地踱着步。

卢春海不能不焦虑，吕龙从公安医院逃脱后，无处可去，就跑到了他那里。吕龙有卢春海雇自己杀人的把柄，卢春海不敢怠慢他，把他藏匿在了翔宇山庄里。谁知吕龙的事刚消停了，卢春江在看守所里又闯了祸。自卢春江进了看守所后，卢春海始终在外面活动想把卢春江弄出来，刚活动出了些眉目，办案单位答应可以先给卢春江取保候审，可就在这办取保的当口，卢春江却在监室内打死了人。卢春海心中明白，自己无论在社会面上影响多大，再花多少钱，如果打死人的事就是卢春江直接参与的，那么就很难保住他。

因卢春江的事，卢春海打了两次电话约高臣，高臣总是借故推脱，今天早晨，卢春海再次打电话给高臣就有些急赤白脸了，高臣在电话那头说他要参加个必须得去的葬礼，之后就跟他见面；卢春海订好了地方就放下了电话。卢春海看了下表，见已是近中午 11 点，自语说："怎么还没来？"

卢春海的话音刚落，外面响起了脚步声，接着拉门被拉开，高臣闪了进来。

卢春海把手伸进了内衣兜里，按动了兜里的微型录音机。

高臣脱着大衣说："不好意思卢哥，让你久等了。"

卢春海阴阳怪气地说："我还以为你不来了呢，我一琢磨不能啊，高教导员一贯是守时的，即使不来的话，也该给我个信呀。"

高臣端起茶壶倒了两杯茶水，自己先端起一杯喝了，一年轻的女服务员走了进来，给高臣又续上了茶水。

卢春海看了眼服务员说："小姐，你先出去吧，我们唠会儿嗑，等有事再招呼你。"

服务员指了下茶壶，礼貌地说了句："好的，二位慢用。"

就在服务员走到门口时，卢春海说："唉，小姐，你去告诉你们老板给我准备点鲜族风味的酒菜，过半个小时后上来。"

服务员听了卢春海的话愣了，说："先生，我们这儿是喝茶的地方，没有菜。"

"我和你们老板是朋友，你告诉你们老板，是3号单间姓卢的让准备的就行了。"

"唉，好的。"服务员拉上门，走了。

高臣说："卢哥，我最近确实有些忙，你不要有什么想法，你我接触也不是一天两天的了，你应当了解我。"

高臣的解释，卢春海心中的怨气似乎消了些，他沉默了一会儿，关切地问高臣："今天上午你参加谁的葬礼？是亲属呀？"

"不是亲属，是我们公安局的民警。就是前几天，我们刑警二大队抓着个银行的，以为是倒卖黄金的呢，谁知那姓陆的银行的小子，是'9·28'案件的主犯，在姓陆的办公室搜查时，那小子把平时押款用的手枪亮了出来，警察一死一伤。这不，今天牺牲的那位出殡，我能不去？"高臣说这话时一脸沉重。

"刑警二大队不就是杨枫那队吗？是谁死了？"卢春海好像认识杨枫似的问。

高臣靠在软椅上，左手挠了挠头想了想说："死的那个我还真不太熟，叫李什么来着，别人都管他叫大李子，那受伤的姜琦我认识，因他常到我们看守所来提审。唉，干我们这行真不知哪天会出事。"

卢春海见高臣有些伤感，就说："不谈这个了，你也别想那么多，待会儿吃完饭，去洗桑拿。"

"桑拿今天就不用洗了，我看先谈正事吧；卢哥，你找我就是关于你弟弟的事吧？"高臣开门见山地问。

"啊，对，我听说我弟弟的监室里打死个在押人员。"卢春海把眼睛瞪大了些,俯下身往高臣前凑了凑说。

“你弟弟的监室里是有个在押人员被打死了,而且这个在押人员是在你弟弟指使和参与下被打死的,你弟弟是主犯。”

卢春海摇了下头,有些不相信的样子说:“真的是这样吗?”

高臣有些冷淡地说:“这还能有假吗?人死后的第二天早上,我和柯支队去医学院解剖室随检察院的解剖死者,我们所的副所长于兴国在所里调查死者的死因,经查实,是死者霍英国在较长的时间里受饥饿折磨后,夜晚偷食方便面,被你弟弟和另外两名在押人员发现,对其进行殴打,霍英国在叫喊时,被你弟弟他们用被给捂死了。”

“高臣,那你说这事该怎么办?”卢春海惊慌失措地问。

高臣摊了下手说:“这事不太好办,如果就按着我说的这种情况,把材料报到检察院,你弟弟是会判死刑的。”

“那你说……唉……”卢春海忽然想起了什么说,“能不能把材料重新做做,把我弟弟给择出来。”

从高臣的角度而言,他也想把卢春江从监室致死人命案中摘出来,这里固然有卢春海的金钱诱惑,同时还可以推掉自己的表弟金洪胜所承担的一部分责任,因金洪胜是监室主管民警,卢春江是监室里挑头的,霍英国在监室里被虐待,殴打致死,说明监室里存在的问题是长期的;霍英国之死,这与金洪胜平时疏于对在押人员的管理和教育有直接的关系,这直接的关系就意味着负霍英国之死的直接责任。如把卢春江从中择出,那么霍英国之死就是因为偷东西吃,被监室里坐班的朴长伟和吴佳才发现,朴长伟和吴佳才教训霍英国时,怕霍英国叫喊,意外地把霍英国用被捂死,这纯属难以预见的突发性事故。酿成事故的原因,是值班民警巡视不到位,发现不及时所致。这样的话,不但把卢春江从中择了出来,也把金洪胜择了出来。

卢春海见高臣半天没言语，知道这事有门，他站起身拍了下高臣的肩膀说：“饿了吧，咱边吃边唠。”说着走到门口，对着没有关紧的拉门缝喊，“服务员，上酒菜。”

外边的女服务员说：“听着了，马上就上了。”

高臣瞟了眼卢春海说：“你刚才出的主意，依我看不是不能办，但这毕竟是件大事，有些条件我必须跟你事先谈清楚……”

高臣与卢春海商量的结果是，卢春海先拿出 20 万元钱给高臣，用以运作卢春江的事。卢春海很爽快地打电话让自己企业的员工，送 20 万元现金到悦来茶艺室来。

不一会儿，服务员把酒菜端了上来。

高臣想着既将到手的 20 万元钱和办完事后自己所得到的那部分，不由得兴奋了起来，他忘记了刚才送别牺牲战友时的伤感，以及这种伤感所产生的对罪恶的憎恨；他拿起了酒瓶斟满了两杯酒，举杯说：“来，卢哥，干。”

卢春海心中的一桩要事有了谱，心气不由得顺畅了些，他端起酒杯，迎合着高臣说：“来，干，我弟弟的事就拜托给你了。”

高臣摆下手说：“咱啥也别唠，你就等信吧。”

3

段刚早晨出去买完早点，他刚踏进家门把早点放在厨房的饭桌上，段母就在里屋招呼他：“段刚，你过来。”

段刚走进了屋内，他见母亲一脸严肃。

段母说：“你最近始终在上班吗？”

“我可不每天都在上班，我不上班我还能干啥去？”段刚装做不解地回答母亲。

关于自己的事，段刚瞒母亲已有一段日子了，他不知道母亲现在怎么起了疑心，问起了自己是否正常上班。

“段刚呀段刚，你现在怎么学会撒谎了？而且撒谎的对象是对你含辛茹苦的母亲，刚才你单位的人打来电话，让你今天去单位一趟，如果你要是整日上班的话，怎么还会特地打来电话告诉你去单位?”段母动了气，她说完这句话，不住地咳嗽了起来。

段刚愧疚地低着头，他把双掌叠放在一起不安地用力搓着，他见母亲咳嗽，忙起身倒水，找药。

“其实也，也没什么……”段刚有些口吃地说着，他必须要编一个理由来搪塞母亲，他暗自地告诫自己：一定不能把实情说出，否则母亲是承受不住的。

他想到了个理由，说话顺溜了些：“妈，是这样，最近我在警校学习来着，单位如有什么事找我，往家打电话不也正常吗?”

听段刚这么一说，段母消除了疑虑，两人便走到了厨房的饭桌前吃饭，段母吃了口馒头，又想起段刚因开枪正当防卫，却又包赔了两万余元钱的事，她念叨说：“段刚呀，你在工作上千万别再有什么闪失了，咱家没什么背景，也没什么经济条件，真出了什么事，那就……”

“妈，你别说了行不行。”段刚眼里噙着泪，忽地站起，背对着段母说。

段母把话打住，不再言语了。

段刚拿了件外衣往外走。

段母问：“你饭不吃就走哇?”

段刚说话有些哽咽：“不赶趟了，我先走了。”

走到公共汽车站台处，段刚扶着站台上挂有线路图示的铁杆，再也抑制不住自己，呜呜地哭了起来。段刚的哭泣，引来了一些路人的目光。谁能理解一个年轻警察内心的悲苦和茫然呢?

跨进监管支队的大门口，段刚见柯志伟和冯双春在院内的花池旁正谈着什么。

柯志伟见到段刚，招呼说："段刚，你过来。"

段刚走到了柯志伟和冯双春的跟前。

柯志伟说："段刚，今天让你来，就是告诉你对你的处理结果；经你们所的教导员高臣，对你在值班期间监室内在押人员被打死一事的深入调查，现已得出结论，由于你的巡视和观察不到位，造成霍英国因偷吃东西，被同监在押人员殴打和用被捂住头部，使食物阻塞气管致死。对你的处理结果是禁闭 15 天，行政记大过处分；另外，出事监室的主管民警金洪胜，对霍英国的死也负有一定责任，给予他行政警告处分。"

当段刚听到给自己行政记大过处分时，脑袋嗡的一声，一种虽预感到，但不敢去想象的处理结果终于出现了。根据局规，行政记大过处分的民警，必须限期调离公安机关，这就是说段刚身上的这身警服或许穿不了几天了。

段刚说："柯支队，霍英国死时身体很瘦，他身上还有陈旧性的伤痕，这说明他在监室里受折磨已不是一天两天了，他的死，是监室平时疏于管理的结果，我怎么会负主要责任呢？"

虽然段刚不知道自己所受到的过于严重的处分，是高臣为把卢春江和金洪胜从霍英国之死中择出，与卢春海所做的循私枉法交易的结果。他只是单纯地希望领导能听取自己的意见，还给自己一个公正的处理。

柯志伟皱了下眉头说："段刚，你也不要推脱责任，有些事情你是推脱不掉的，在这件事情上的调查和处理，我们是认真和慎重的，因为这里边不单是民警承担相关责任的问题，这里也还有对霍英国动手的两名在押人员刑罚的加重。"

柯志伟说完这些，顿了一下，放缓了语气，又劝慰地说："段刚,你呀也别觉得太委屈,因为这件事,我还得上主管局长那儿作检讨呢。还得作检察院的很多工作,若不作检察院的工作,你或许早被检察院传去了,那样的话,结果会更糟。”

冯双春过来拍了拍段刚的肩膀小声说:“记大过处分的事,支队只是报上了纪检委,现在纪检委还没批下来呢,等我到纪检委做做工作,看看能不能对你的处理从轻些,过后我再跟柯支队好好商量商量,你现在别顶牛,别再把事情弄僵了。”

冯双春的话起了作用。段刚问:“那么现在我只能听从处理意见了?”

冯双春点下头说:“只能如此了。”

柯志伟见段刚没有了异议,就叫出内勤郭峰,让郭峰开车把段刚送到行政拘留所禁闭室去。冯双春关切地拿出200元钱给段刚,让段刚买些吃的。段刚没有接冯双春的钱,冯双春把钱塞给了郭峰。

段刚临上车时,告诉冯双春打电话转告母亲,就说自己出差了。冯双春点了点头,他的心情也很不得劲。

在半路上,郭峰用冯双春给的钱买了些熟食、易拉罐啤酒和饮料什么的,准备着段刚在禁闭室里吃。

行政拘留所在市公安局院内的一溜黄房里。禁闭室是行政拘留所的一个监室,与别的监室不同的是,里边的设施要好一些。

走过市公安局院落时,郭峰给段刚拎着吃的,段刚低着头,他唯恐熟人见到,他的精神变得有些恍惚。

当段刚自己站在寂静的禁闭室里时,他抬起胳膊狠劲地抽打自己的嘴巴,边打自己,边自问:“这是我自己?这是我自己吗……”

接着,他撕开易拉罐啤酒的外包装,拿出易拉罐啤酒打开,一罐罐地喝了下去……

翌日,人们在禁闭室里发现段刚自杀身亡,段刚是将墙上的镜片打碎,用碎镜片割断手腕上的静脉流尽体内的血致死。

禁闭室的墙上留有段刚临死前写下的血字,这些血字是:我宣誓:我志愿成为一名中华人民共和国警察。我保证忠于中国共产党,忠于祖国,忠于人民,忠于法律;下句该是什么,严守纪律,不怕牺牲,这些我都做了,他们说我犯了大错,把我关在这里,可我又不知我在哪方面犯了大错,谁能告诉我?谁能告诉我?

第九章

1

天空明月朗照。

杨爽穿了件棉军大衣，在谢芸丽家楼梯口大平台边上的角落处席地而坐，市局刑警一大队和城西刑警大队的侦查员们，已在谢芸丽家附近蹲坑守候一星期了，仍没见到席阳的踪影。天寒地冻的，每守候一天都付出一定的艰辛，已有好几名侦查员患上了感冒。

杨爽望着二楼谢芸丽的住处，见窗户挂着粉红色的窗帘，屋内的灯光透过这窗帘，辉映出柔和、温暖的光亮。

一个姣好的女人轮廓出现在窗户上，那是谢芸丽，她在梳头。

杨爽想起了谢芸丽写的一首题目叫《写给情人》的诗：

如果
因我今日的瑰丽

你将不再接受我的凝视
我的柔情我的祝福
就让我站立在你的窗前
抚摸你户外的日子吧

我不在乎
岁月将怎样辗过我这张年轻的面孔
更不在乎
它将我嬗变得怎样沧桑年迈
如果
如果能守候在你的身边
能倾听你的声音
看到你的模样
涅槃成一颗有血有肉有泪的石子
慢慢老去
有什么不好

杨爽望着窗户上谢芸丽朦胧的身影，背诵着她写的诗歌，加上自己有些说不清的情感，这一切构成了虽带有伤感却又不失和谐的意境。

在屋内站在梳妆台前的谢芸丽，看着镜中自己秀美的容颜和丰满的形体，不由得有些顾影自怜，心中自叹，自己的命运怎么这样多舛。

自谢芸丽从鲁迅文学院学习完，到了杂志社上班后，已年龄不小的她，自然会考虑到自己婚姻的事，她的美貌和才气，吸引了不少男子多情的目光；在众多的男人中，她寻找着自己的意中人，但近三十岁时，也没中意的；谢芸丽心中明了，自己之所以没有找到中意的男子，是自己始终有种怀旧的恋情，每当一个男人出现在自己的面前时，杨爽的影子总是在她脑海中闪现。谢芸丽告诫自己，必须忘却怀旧的恋情。后来，别人给她介绍个部队的连职军官，那军人高大、英俊，有个挺完美的外表，谢芸丽对那军人印象很好，两人很快建立了恋爱关系，半年后结了婚。那军人虽在城市的近郊驻防，可除了节假日外，平日是不能回家的；谢芸丽采编稿件，也是东奔西走，那军人在多次回家的过程中，有两次恰巧谢芸丽出差，他没见到谢芸丽，便怀疑谢芸丽在外边另有男人，那军人为了证实自己的想法，有时在部队请假，回到市内暗中跟踪谢芸丽，一旦发现谢芸丽和哪个男人接触，过后他会突然回到家里质问谢芸丽，如谢芸丽顶撞，他便动手殴打她。谢芸丽对那军人的狭隘和暴戾很是失望，不到一年，两人离了婚。

离婚后郁闷的愁绪还没散去，谢芸丽的父亲在医院里被诊断出患有肺癌，谢芸丽和弟弟陪父亲四处求医，不但花光了家中的积蓄，可怕的是接连的打击，使谢芸丽的精神变得脆弱了，她敏感、多疑、易怒。一天傍晚，她拎着饭盒去医院给父亲送饭的途中，心事重重的她被一辆轿车撞倒，她当即昏了过去。

当谢芸丽在病榻上醒来，站在床边的母亲和弟弟焦虑的面容才舒展开来，一旁还站着个左眼睑下垂的三十余岁的男人，这个男人就是席阳。席阳被谢芸丽的美貌和气质所倾倒，谢芸丽住院观察三天，席阳始终陪伴在她的身旁，这期间，席阳还给住院病危的谢父垫付了一笔不小的医药费用，谢父去世后，一切事宜也都是席阳办理的。席阳为追逐到自己所钟情的女人，不遗余力地做着一切。谢芸丽乍开始是厌恶席阳的，席阳的所为，逐渐感化了谢芸丽，席阳左额头上的疤痕和下垂的眼睑，在谢芸丽看来，也成为了一种刚毅个性的表现。那时的席阳与别人开公司往俄罗斯过货，让谢芸丽感觉不到他是个走黑道的人物，谢芸丽受到感情创伤后，见到倾心于自己的男人，她的情绪慢慢好了起来。席阳不让她上班，两人租了间房子，也没履行结婚手续，便生活在了一起。

最近一断时间，一种不安常涌动在谢芸丽的心头。9月下旬的几天，席阳很是心神不宁的样子，一天，他对谢芸丽说自己要到南方去考察，说自己不开公司已经有一段时间了，老无所事事也不是办法，到了南方，看有没有好做的生意。席阳说要去南方，谢芸丽感到很唐突，因两人从没有商量过到外地去的事，席阳没有听谢芸丽的劝阻，断然走了。

席阳的出走让谢芸丽感到了不解，静下心来的谢芸丽回想起了以前的诸多疑惑。两人租房住在在一起后，为什么席阳不让告诉任何人，包括自己的家人；席阳说他因开公司有债务往来，怕别人知道家门来索账闹心，难道就是理由吗？紧接着多年不见的杨爽出现在自己的面前。杨爽说他在保险公司工作，可一个老邻居说他是警察，难道杨爽会对自己撒谎？还有，席阳来电话说这几天回来接自己，却又没了音讯……

谢芸丽想得有些头痛了，她坐在梳装台前的椅子上，她抬起右手按着头两侧的太阳穴，她劝慰自己：不要去想那么多。

杨爽的手机在腰间振动，他站起身掏出手机，见手机上有一条赵旭建发的短信：你到楼上来一趟，有事商量。

杨爽向楼上走去。

为了便于观察谢芸丽和给侦查员们一个轮流休息的地方，赵旭建在谢芸丽住处对面的3楼上临时租用了个房间。

杨爽进了屋，赵旭建指着方厅桌子上的几碗已泡好的康师傅方便面说："来，先吃一碗再说。"

杨爽点了下头，脱下了大衣，端起碗方便面，拿了双方便筷子吃了起来。几下子吃完了方便面，又喝了一大口汤，杨爽觉得身子暖和了起来，他抬起头问："赵大队，啥指示？"

赵旭建说："蹲守已有些日子了，可还没有结果，我们不能这样被动地守下去了，你说呢？"

杨爽心里明白，赵旭建说这话是想要正面接触谢芸丽。他说："赵大队，你的意思是跟谢芸丽把事摊开，让她配合咱们工作。"

赵旭建看了眼坐在旁边的龙贵成说："刚才我和龙大队商量了这事，我们是这么考虑的，谢芸丽是否配合咱们工作，关键是你要做好她的工作，你要把事情给她摆明，把利害关系给她讲清。"

"唉。"杨爽叹了口气，拿起桌子上的一盒烟，抽出一支点燃说，"不瞒你说赵大队，至于我跟谢芸丽能谈到什么程度，能否谈到她完全配合咱们工作，我心里没底。我是跟她相识，可人会变的，再则她表面上说配合咱们工作，而背地里再跟席阳通风报信，那么咱们一切的努力岂不都白费了！"

"没别的办法，我们只得这么做了，如果谢芸丽不配合我们的话，那就只有把她先刑拘起来，直到抓到席阳后再说；杨爽，你酝酿酝酿，见到谢芸丽后，你该怎么说。"

杨爽默默地抽烟，心里念叨：席阳呀席阳，你怎么还不出现，你若出现了一切不都了结了吗？

2

晚9点，在东河市军分区的大门口，左同英坐在大门口一家商店的台阶上，注意着从大门里往外走出的人。

自从杨爽找左同英了解他当时丢枪的情况后，左同英便向单位辞职了，他要把自己丢的枪找回来。虽然他已不是警察了，可他见到自己丢的枪伤到了自己的好友，说不定以后还会造成什么恶果，由此，他的心里不仅有丢枪后的耻辱，更充满了愧疚和忧虑。

左同英深知，如果不把丢失的枪找回来，自己是不可能心安理得平静地生活的。

左同英根据杨爽说的和自己也认同的偷枪人的体貌特征，他很快得知那个左眼睑下垂的人就是席阳。几天前，左同英打电话想约杨爽唠唠案件的事，杨爽说他在城西农贸市场附近蹲坑没有时间，左同英问是抓席阳吗？杨爽说你别问了，等有时间咱俩再唠吧。之后，杨爽就关了手机。

左同英认定杨爽他们蹲坑是在抓席阳，他心里一阵激动，他跑回家找了身轻便的服装和鞋换上，又匆忙地出了家门。

左同英来到了城西农贸市场，他见到了城西刑警大队里一个熟悉的侦查员，那侦查员告诉了他抓席阳的实情。左同英观察了下情况，进了谢芸丽住处楼下一楼楼梯口处一间空闲的门市房里，从这里正好能看见上下楼的人。

左同英琢磨，丢枪那回自己与席阳打过了一次没有准备的交道，正因为那次交道，自己对席阳的感触肯定是与别人不同的，如果席阳真的出现了，自己或许会先发现。

左同英在门市房里蹲守第三天的时候，他真的发现了席阳。席阳坐一辆出租车停在了楼梯口，稍候了一会儿，席阳走下车，席阳穿了件蓝色的大衣，手拎一个皮包，一副阔绰的打扮。席阳之所以引起左同英的注意，是席阳下车时，左手就放在了左眼处，好像眼睛痒似的，在不经意地揉挠，可他的左手难以完全放下，刚要往下放时，见对面走过人，他便又抬了起来，他这样做显然是在遮掩着什么；另一方面，左同英与席阳一打照面，就有种似曾相识的感觉。为此，他认定从出租车里下来的人就是席阳。

席阳向楼梯口走去，左同英掏出手机给杨爽打电话，他要告诉杨爽席阳已出现,可他打了两遍,杨爽的手机都占线。他揣好手机起身要出去看看情况,当他从门市房里出来时,见席阳从楼上疾步走了下来,他打了辆出租车向北奔去。左同英也随后打了辆出租车跟踪席阳,席阳坐的出租车直开到尽头北山脚下,北山脚下的南侧是东河市军分区所在地,出租车在军分区大门口停下,席阳下了出租车经过哨兵直往大门里走去。左同英坐在出租车里望着席阳,心里嘀咕,席阳怎么进了军分区,难道他住在军分区?

左同英抬起手腕看了眼表,见是下午 4 点,他准备在此蹲守,他付了出租车费,下了车,就在军分区大门左右转悠了起来,可左同英一直守候到第二天凌晨两点,也没见到席阳的影子……

这是左同英发现席阳后第二天的再次蹲守,他已蹲了一白天。对于抓捕席阳,他想等到时机成熟时,再告诉刑警大队的弟兄们。

晚 9 点 20 分,军分区大门里走出一个人,从走道的姿势看像席阳,左同英注视着那人,当那人走到路灯下时,左同英看清了,那人就是席阳。席阳换了装束,他上身穿了件黑皮夹克,下身着了条深色的裤子,左肩背了个挎包。

席阳在大道边上站立了一会儿,他没有打出租车,犹如闲暇的人散步似的,向谢芸丽家的方向走去。

左同英与席阳保持一段距离紧随其后,走了半小时左右,谢芸丽住的那幢楼在夜色中影影绰绰地展现在左同英的视野里。忽然,席阳在左同英的前方消失了,左同英仔细地向前搜寻,不料,左同英前面的路灯出了故障,倏地灭了,左同英有种不祥的感觉,他掏出手机,拨通了杨爽的电话。

杨爽和赵旭建正在谢芸丽的家里,两人虽是有备而来,可两人说明来意后，无论怎么做谢芸丽的工作，谢芸丽除了沉默，就是用困惑和仇视的目光看着杨爽。

方厅里，赵旭建眯缝着眼睛踱着步，他在想着席阳现在会在哪里？

杨爽站着对坐在椅子里的谢芸丽说："芸丽，你和我从小就是好朋友，在这段时间我与你的接触中，从本意讲，我不想对我的职业进行隐瞒，可我的任务是抓捕席阳，而你又与席阳存在着特殊的关系，所以当你问我的职业时，我说我在保险公司工作，或许你因此认为我不诚实，可这是我的职业特性所在，希望你能够理解。再进一步说，我们向你了解席阳的情况，你应当如实地跟我们反映，这对你也有好处，席阳是集抢劫、杀人于一身的严重的刑事犯罪分子，即使你对他有一定的感情，可是在大是大非面前，在善与恶的分界岭上，你要把握好自己，如果你不协助我们工作，放纵了席阳，你岂不是助纣为虐……"

杨爽说的话没有打动谢芸丽，相反却惹恼了谢芸丽，她打断了杨爽的话说："杨爽，你不用说了，说多了也没用，关于席阳，至于我知不知道他的情况，我都不能跟你们说。我不说，顶多是个包庇罪，判我几年，我认了。"谢芸丽说这话时很坦然，接着她看了下手表，对杨爽和赵旭建下了逐客令，"挺晚了，我要休息，你们走吧。"

杨爽兜里的手机响了起来。杨爽掏出手机，接通了来电："喂……噢，你等一下。"

杨爽把手机递给赵旭建说："赵大队，左同英打来的，有重要情况。"

赵旭建接过了手机，他听了手机里讲的话好像有什么触动，他瞟了眼谢芸丽。

在谢芸丽家的不远处那盏坏了的路灯下，左同英拿着手机说着跟踪席阳的情况:“……赵大队,他肯定会过去……”

“左队长,一向可好,跟谁聊呢?真不好意思,当初没想到拎的包是你的,而且枪还在包里。”一句阴森的话语和顶在左同英头上的手枪使左同英僵在那儿,刚才跟踪时浑身出的汗,此刻已变得冰凉。

席阳从左同英手里夺过手机,放在耳边嚣张地说:“那边是哪一位呀?啊,是赵大队,你们等我等急了吧,可惜我就在你们附近,你们怎么没有发现我呢……”

一股冷风吹过,左同英打了个寒噤,他稳了稳自己惊恐的情绪,他急切地思考着自己下一步的举动……

左同英疾速转身,左手抓住席阳持枪的右手向上抬,右手掏出手铐同时扣在席阳的右手腕上。

“砰!”一声,席阳手中的枪响了。

在谢芸丽住处的赵旭建虽不知左同英和席阳他俩之间发生了什么事,可是枪声在手机里面是听得真真切切。

赵旭建把手机还给杨爽说:“杨爽,快跟我下楼。”

杨爽刚转身往外走,谢芸丽一反常态地突然用双手拉住杨爽,面带乞求地说:“杨爽,别,求求你们,放了他吧。”

杨爽盯了谢芸丽一眼,说:“松手。”

谢芸丽聋了一般,她的手仍紧紧地抓住杨爽,杨爽用力把她推开,谢芸丽一个趔趄,摔倒在地上。

在谢芸丽家附近蹲坑守候的十余名侦查员蜂拥着向枪响的方向奔去。一路上,又听到了两声枪响。

席阳的周围站满了警察,每个警察手中的武器都对准着他。

在多支手电筒的照映下,一个惨烈的场面展现在众人面前,席阳拿枪的右手戴着手铐,手铐的另一端戴在左同英的左手上,左同英从头到身上的衣服均被血浸染,他脸上没有血的地方也满是灰尘，他闭着眼睛，不知是死是活。席阳冷笑着，把手枪扔在地上。

人们把左同英的左手手铐打开，手脚忙乱地把他抬到随后到的警车上。警车拉着左同英，鸣着警笛，疾驰而去。

席阳的双手被反铐在身后。当人们要把席阳押解到另一警车上时，一个披散着头发的女人挡住了去路。

杨爽见是谢芸丽，他几步小跑到了谢芸丽的跟前说："别挡道，快走开。"

谢芸丽不做声，虎视眈眈地看着杨爽，仍站在那儿。

杨爽往一旁推她。

杨爽没有注意到谢芸丽手中拿着东西，谢芸丽见杨爽推她，她抡起手中的啤酒瓶照着杨爽的头部砸去，啤酒瓶在杨爽的头上破碎。

两个侦查员见状，麻利地蹿过去，把谢芸丽手中半截带尖的啤酒瓶夺下。

血，从杨爽的头部流到了面颊。

赵旭建指着谢芸丽说："把她带回队里，整份材料，押起来。"

杨爽用手擦了把脸上的血，望着赵旭建，恳求地说："赵大队，放了她吧。"

赵旭建瞪了眼杨爽，没有说什么。那两名侦查员一看这情景，便放开了谢芸丽。

3

席阳被抓时的冷笑，是绝望的笑。

绝望后的席阳有种如释重负的感觉，这种感觉使他很疲倦，当他坐在市公安局刑警支队的讯问椅上时,他顿感身体的乏力缓解了许多。对于被公安机关抓获,席阳的心里是有准备的;可他没有料到的是,抓获自己的竟是已不是警察的左同英,左同英抓他时的冒死一搏让他心悸,在左同英拿着手铐铐上他的右手,并同时夺手枪时,席阳匆忙开枪,子弹打在左同英的肩上,可左同英却没有什么反应,他仍在夺枪,席阳努力把枪口放低,当枪口接近左同英的胸部时,他又连扣两下扳机,把枪中仅有的两发子弹射出,左同英就在倒下的瞬间,他用尽最后力气把手铐的另一端扣在了自己的手上。席阳在左同英身上想找出手铐钥匙,可左同英身上没有手铐钥匙,在没有找出手铐钥匙那一刻,席阳心里在说:完了,一切都完了。

席阳费解的是,已不是警察的左同英为什么在抓自己时,会拿自己的生命作为赌注。

左同英的那种面对罪恶无所畏惧的品性以及对席阳毁了自己钟爱的警察职业所产生的憎恨,席阳是永远也不会明白的。

赵旭建坐在席阳的对面,他观察着席阳的表情,席阳的表情除了漠然什么都没有,他的心里活动在脸上是不会表现出来的。赵旭建明白,对席阳这样的罪犯,讲什么法理、政策是无济于事的,只有用如山的证据来压制他,他才有可能交代问题。

徐志拿来一摞子有关的卷宗,放在赵旭建的面前。徐志转身拍了拍席阳的头部说:"哎,干啥呢,到这儿来养神来了,把眼睛睁开。"

席阳把眼睛睁开,正了正身子。

赵旭建问:"席阳,我们查找你已经几个月了,我们因为什么找你,想必你很清楚吧?"

"当然清楚,一个是我拎包偷左同英枪的事,再一个是9月份在公安医院作的案件。"席阳利索地回答。

“那你就先把这两件事说说。”

“拎左同英包的事纯属偶然，那天我也到城西分局附近的饭店吃饭，我见左同英把包放在一旁的桌子上与别人喝酒，我就趁人没注意把包拎走了。”

“你没想到包里会有枪吗？”

“没想到，因为我当时不认识左同英，没想到他是警察。后来公安局查这件事，我也听到了风声，才知道我拎的包是城西分局刑警左同英的包。”

“席阳，我问你个问题，你说一个刑警在天热的时候，没有穿外衣，腰间也没别着枪，你说他会把枪放哪儿？”

“可能没带吧，或、或者放在包里。”

“那么说你拎左同英的包是冲着枪去的了？”

“可我根本就不认识左同英。”

“你撒谎！你拎左同英的包是去年的 6 月 15 日，就在半个月前，你和几个社会的闲散人员在东河宾馆赌博时，被左同英领人抓获，左同英在工作中接触人较多，或许会把你淡忘，可你不可能忘了处理过你的警察；我们查了你原先的案底，你没有犯过偷窃、拎包的案件，所以你拎左同英的包就是冲枪去的，而后在第二个月，你和吕龙几个人就到了林海市，干了持枪抢劫金店的案件。”

赵旭建说话的语调不高，却透着威严，句句说在了点子上。

席阳没想到被赵旭建问了个话题，就把自己绕了进去，使自己无法推脱，而且话还说得这么透。

席阳一时说不出话来。

赵旭建从桌子上的一烟盒里拿出了支烟，在手里掂来掂去的，他接着说：“席阳，别避重就轻了，你干了多大案件，能否有活口，你心里清楚，不如来个痛快，把事抖搂完得了。”

席阳断断续续地交代了去年7月份在林海市持枪抢劫德胜金店的案件，和“9·28”在公安医院发生的持枪营救在押人员的两起严重暴力案件。

在讯问席阳的同时，赵旭建又指派人去搜查谢芸丽的住处。

搞笔录材料的徐志问：“席阳，‘9·28’案件发生后，你去哪儿了？”

“到了深圳。”

“你这次回来的目的是什么？”

“是想把谢芸丽接走，因为我很爱她，她已是我生命的一部分……如果不是因为谢芸丽这个女人，你们是抓不到我的。”

赵旭建把手中的烟点燃，他随着徐志的问话，也在想着席阳回来的理由，谢芸丽是他回来的一个因素，但至于为此冒这么大的风险吗？

赵旭建起身向隔壁办公室走去，他给搜查谢芸丽住处的李悦打电话，问是否搜到了什么？李悦说没搜到什么，他叮嘱李悦要仔细地搜。

李悦在谢芸丽的住处，他从居室到方厅，再到厨房，一点点地巡视着，在厨房里，他在排烟罩上排烟管的后边找到一个小皮包。

别的侦查员纷纷走来看李悦搜出的皮包。

李悦把皮包打开，见里边有不少钱和一本护照。经清点，皮包里有3万元钱，那本护照的名字是张芸岭，照片上的人则是席阳，护照是去往韩国的，已签完证，再过一星期签证就已超期。

当谢芸丽看到皮包里的物品时，她险些跌倒，继而大哭。

李悦问谢芸丽事先是否知道被搜出的黑皮包时，谢芸丽只是摇了摇头。

赵旭建见到李悦拎回来的黑皮包里装的钱和护照时，满意地笑了。

几天后，谢芸丽因患有精神方面的疾病，被家人送到了精神病防治院治疗。

第十章

1

身中三枪的左同英，在医院抢救了一个星期，竟奇迹般地脱离了生命危险。

“9·28”的案件因吕龙仍杳无音信，便暂且搁置了起来。

从上层领导角度讲，吕龙虽在逃，但其他案犯均以落网，案犯手中的枪支也被收缴了上来，那种对再次发生严重暴力案件的担忧，得以了释然。

柯志伟给杨爽打电话，催他回来上班。

杨爽回所里上班后，惦念着左同英，他跟冯双春商量说自己和左同英不错，自己每天处理完单位的事，再到医院去照顾左同英。

左同英的事，冯双春心里也清楚，他答应了杨爽的要求。

一个星期天，杨爽去百货大楼买些过年的物品，一个一手拎着撮子，另一只手拿着笤帚的妇女在杨爽的眼前走过，杨爽看得眼熟，他思忖：怎么像段刚的母亲？

杨爽走到那妇女跟前，那妇女能有五十多岁，正低着头扫柜台边上的纸屑，杨爽只能见到她脑后灰白、干涩的头发。杨爽试探性地问了句："你是段婶吧？"

妇女抬起了头，仔细看了眼杨爽说："啊，是小杨呀。"

"真的是您，段婶。"杨爽朝圆柱旁的圈椅指了指说，"来段婶，坐这儿唠会儿嗑吧。"

两人坐在了椅子上，杨爽打量了下段母，见段母脸上的皱折明显比过去多了，眼神沉郁。

杨爽问段母怎么到商店打扫卫生来了？段母说原先有段刚在，自己还有个依靠，这段刚不清不白地走了，自己不找点活干，难以维持生计。段母对段刚的自杀在悲伤之中又存有疑问，他说段刚自杀或许是满肚子冤屈，有话说出来了没人听，他是被人逼到自杀的份上的。

杨爽和段刚关系很近，段刚自杀时，他借调到刑警支队，对一些事不甚了解。他听了段母的话，很是难过，他安慰了一番段母，把自己刚买的一大塑料袋年货递给段母说："段婶，这里边装的是食品和饮料，您拿着吧，快过年了，这是我的一点心意。"

杨爽没等段母推辞，就转身擦拭着眼泪走了。

杨爽买了几罐啤酒和一些熟食来到了公安医院看望左同英。

左同英见到杨爽兴奋地说起下午市公安局政治处来人，让自己写份自丢枪以来的思想汇报和因协助搞"9·28"案件负伤的详细情况，说自己有希望还能回公安局工作。

杨爽说你要是回公安局工作，咱俩还作搭档。

左同英说八字没一撇呢，能否回去还两码事呢；还有人说我搅乱了侦查计划，蛮干，我差点没被打死是自找的。

杨爽感慨地说现在的人怎么都这样，"9·28"案件抓捕席阳若没有你，将会是什么结果，谁都难以预料，说不上会抓不着席阳，说不上会造成更大的伤亡；再者说最重要的一方面，有哪个警察被公安局辞退了，又去拼着性命去抓捕罪犯，就单纯这一点，谁说三道四，都他妈的没人味。

左同英则大度地笑着说无所谓，别人愿意咋说咋说吧，我大难不死，一切都看开了。

杨爽看了下表说："5 点多了，该吃饭了。"

"待会儿，食堂就会来推车卖饭了，我打两份饭，你就在这儿吃吧。"

杨爽把塑料袋拿到小方桌上打开说："我已准备好了，今儿个咱哥儿俩喝点。"

左同英看着杨爽从塑料袋里拿出的熟食说："你买得挺丰盛，遗憾的是我现在不喝酒。"

"也不让你喝白的，喝罐啤酒怕啥，再说这屋里就咱俩，没人管你。"说话间，杨爽拉开了一罐啤酒放在了左同英的跟前。

左同英不再推辞，端起啤酒喝了一大口。

杨爽拿起半拉猪手，啃了口说："哎，左哥，下午我上街时，见到了我原先的同事段刚的母亲，段刚前段时间自杀了，段母说他儿子自杀，说不定是让人逼的。"

"会有这样的事，段刚为什么自杀？"左同英问。

"详细情况我也不知道，我听别人说，段刚在一天晚间值班时，因巡视不到位，造成监室内在押人员被打死，被打死的就是检举吕龙有可能在公安医院脱逃的死刑犯霍英国。事出后，段刚给予禁闭 15 天，行政记大过处分，禁闭期间，段刚就在禁闭室里自杀了。"

"段刚太想不开了，就是不当警察了，干别的不也一样活。"

"我看他不像是想不开的人，几个月前，他曾见义勇为，开枪把行凶的歹徒击伤,组织上不公正地让他包赔对方两万多元钱医药费,我也没听到他发什么牢骚。”

“这样的人,怎么会自杀呢?”

“难道真像段母所说,他是被人逼死的?”

“如果真是这样的话,那这件事后肯定有很复杂的背景……”

听着左同英的话,杨爽想着自己在单位的遭遇和听到的一些事情,有所触动地说:“若领导都能公正地看待和处理事情,就不会发生不该发生的事了……

2

通勤车在离看守所还有一段距离的地方停了下来,申德林问司机:“王师傅,怎么不开了?”

“前面堵车,开不过去了。”开车的王师傅说。

申德林抬起屁股向前望了望,只见看守所门前不宽的路面上停着一溜高档轿车。申德林说:“这准是哪个领导来视察工作来了。”

郭峰说:“这肯定不是领导来视察的,有哪个领导会这么早来,再说了,如果是领导坐的车,早开进看守所院里去了,还能在这儿挡道。”

不知谁冒出一句:“说不上是接犯囚子的?”

大家议论着下了车。

一个肥胖的男人披着件风衣,在几个人的簇拥下,走出了看守所的大门。

肥胖的男人就是卢春江。

杨爽放缓了脚步,他想待卢春江等人走过后,再进看守所院里。他不想与卢春江打照面,因卢春江没被追究应负的刑事责任,他或许会在整治过他的人面前摆出一副狂傲的样子,这样的在押人员杨爽以前曾经见过。

其他坐通勤车的人从杨爽的身旁陆续走过。

卢春江走到轿车前停了下来,他深吸了一口气,挥动双臂做了个阔胸的动作说:“没想到我卢某人会在看守所待上这么长时间。”

有人打开了轿车的后门,卢春江低头欲上车,他见到了不远处的杨爽,他直起了身,往杨爽跟前走了几步,故做惊讶地说:“哎呀,杨管教,好长时间没看见你了,我还琢磨,杨管教哪儿去了?我离开看守所怎么也得跟你打个招呼呀,我在里边你对我是那样的照顾。”

卢春江边说,边撸开两个胳膊的袖子,看着杨爽给他戴戒具时在手腕处留下的疤痕。

跟在卢春江旁边的全勇双眼紧盯着杨爽,充满敌意地说:“你就是杨管教,我早就听说你挺操蛋,整过我卢二哥,你往后小心点。”

杨爽瞟了眼全勇说:“怎么,恐吓我?你还嫩点,像你这样在警察面前说话没规矩的人,一看就没有太大的出息。”

“是吗?那我让你今天认识认识我。”全勇说话间突然出手向杨爽打去,杨爽猝不及防地挥手挡了下全勇的拳头,可全勇的拳头仍结实地打在了杨爽的前胸上,杨爽险些跌倒。

卢春江怕在看守所门前把事闹大,忙拉住全勇说:“全勇,你这是干什么?退后去。”然后对杨爽双手抱了下拳说,“我小弟不懂事,请多包涵。”

杨爽用手指着卢春江和全勇正色说:“我警告你们,别太嚣张了。”

卢春江皮笑肉不笑地说:“我小弟冒犯了你,我不已赔不是了吗?你何必说这话呢,拿警察的身份来吓唬我,没用。我卢春江是怎么进的看守所,不就是给我定个妨碍公务,殴打警察的罪吗?那又怎么样?我在看守所押了不久,今天不也照样回家吗?杨管教,这年头,别什么事都叫真,叫真的人到头来都会吃亏的,你信吗?”

卢春江说完这些话,转身和全勇上了轿车,车队从杨爽的身边扬起了尘土示威性地驶过。

杨爽回味着卢春江的话,他觉得卢春江说的话挺现实,但他又随即否认了这种现实:难道这种现实就是道理吗?不是,这种现实是有悖于法律的,这种现实势必影响那些遵纪守法,安分守己且处于弱势的平民百姓,如果任由这种现实发展,那社会又该会是什么样?

卢春江能大摇大摆地从这看守所大铁门里走出,又行为肆意地对待监管民警,这一切,使杨爽心里有种悲愤的感觉。

杨爽脑海中冒出个巨大的问号:是谁放纵了卢春江这样的在押人员?

杨爽感到胸部闷胀,他在办公室换警服时,见胸部被全勇打过的地方已青紫。

杨爽心气难平,他拨通了刑警支队的电话,他找到了李悦问:“今天看守所释放了个叫卢春江的在押人员,其中有个叫全勇的来接他,你认识这个人吗?”

“这个叫全勇的人我知道,今年二十八岁,住向阳派出所管内,他会武功,曾获得过全省散打亚军,去年春天因伤害他人被刑警支队刑事拘留,后来卢春海给他摆平的事,把他从看守所里保释了出来,全勇现在是卢春海的保镖。”李悦在电话那头听出了杨爽说话的冲劲,末了他在电话里问,“杨爽,你打听全勇干什么,他得罪你了?”

“我看这人太嚣张。”

“杨爽,你听我一句劝,这样的人没必要搭理他,话又说回来,他就是有点违法的事,咱就是真搭理他,有卢春海给他做靠山,咱们也不好弄他,知道不?”

“唉,”杨爽叹了口气说,“李悦你说的话我明白……”杨爽挂断了电话。

“看来有些再不平的事情也得自己承受,没别的办法。”杨爽告诫自己。

可杨爽的心里仍憋着一股劲,这股劲就是他的那种难以逆来顺受,难以向邪恶妥协的个性。

3

左同英伤愈出院的第二天,他就到市公安局打听自己能否回公安局工作的事。政治处的韩主任对左同英很热情,他把左同英让在办公室的沙发上问:“你现在身体康复得怎么样了?”

左同英很少跟领导打交道,韩主任的热情让他感到有些意外,也使他手足无措,他双手不自然地搭在一起揉搓着说:“韩主任,我现在身体挺好的,也没留下什么后遗症。”

韩主任从抽屉里拿出一盒中华烟打开,从中抽出一颗递给左同英说:“来,吸一支。”

左同英忙摆手谢绝说:“韩主任,我最近气管有些不好,我不抽。”

韩主任见左同英不抽,便把那支烟放在自己的嘴上又用打火机点燃使劲地吸了两口,把烟再缓缓地吐出,屋内出现了短暂的寂静。

“韩主任，前段时间我负伤住院时，政治处的人去问过我的情况，说根据我的表现，领导已考虑再让我回公安局工作，所以今天我、我来看看。”左同英有些吞吞吐吐地说明了来意。

韩主任把烟灰弹进烟灰缸里说：“关于你工作的事，局党委已经研究过了，定下来让你重新回来工作，这点你放心……”

左同英听了这话，他心里虽有些准备，但还是充满了惊喜，他没想到只来了这一次，就听到了关于自己重新回公安局工作的肯定答复。

韩主任接着用商量的口吻说：“你想回局里哪个部门工作？”

左同英心中只有惊喜，韩主任简单的问话，却把他给问愣了：自己能干什么呢？

“你有什么特长吗？你原先在局里干什么来着？”

经韩主任这一提示，左同英缓过劲来说：“韩主任，你给我分配到刑警支队吧，因我是刑警学院毕业的，在学校学习时，我还学过武术，在我没离开公安局前，在城西刑警大队干来着。”

韩主任考虑了下左同英的话，说：“那好吧，就给你分配到市局刑警支队，再过一个多星期就过年了，你过完年来上班，那时，你直接到刑警支队报到就行了。”

“韩主任，我待着没事，你能不能让我现在就上班？”

韩主任不知左同英离开公安局一年多来的那种沮丧和苦闷的心理，他不解地打量眼左同英，见左同英目光中透着迫切。韩主任拿起了电话，他边拨电话号边说：“那你明天就到刑警支队上班吧……”

左同英从市公安局出来，他去了商店买了一瓶好酒和一些熟食，他因工作的事很开心，想回家庆贺一下。

当他走到自己家所住的楼四楼时，见自家的门虚掩着，他纳闷：妻子和儿子还没到下班和放学的时间，是他俩谁早回来了？

左同英推开了门，见方厅中间摆着饭桌，妻子樊玲正在厨房里炒菜。

“你怎么回来这么早就做饭？今天有客人来呀？”左同英问。

“我知道你下午去了公安局，我想肯定能听到好消息；所以今天我就提早回来会儿，做点好吃的，给你庆贺一下。”

“咦，你怎么今天跟我想的一样呢？”左同英说着，把手里拎的东西放在饭桌上，挽着袖子欲上厨房帮妻子炒菜。

樊玲见左同英往厨房走，就说：“我做得差不多了，你别过来了。”

左同英坐在方厅的沙发上，点燃了一支烟，深吸了一口，又长长地嘘了一口气，将烟从嘴和鼻中呼出，一副极度放松，如释重负的样子。

樊玲端了盘菜放在了桌子上，她看了眼左同英说：“自你离开公安机关后，眉头始终是皱着的，好久没见到你现在这样轻松的表情了。”

左同英头仰在沙发上说：“了却了一桩压抑了我一年多的心事，能不轻松吗？”

不一会儿，儿子小强放学回来了，他见到饭桌上的菜，高兴地说：“哇，这么多好吃的呀。”说话间，他拿起了一块排骨塞进了嘴里。

樊玲拍了下小强说：“去，洗完手再吃。”

小强转身去洗手，樊玲打开白酒瓶的封口，斟满了两杯说：“你又能回公安局工作，今天我也喝一杯白酒。”

左同英说：“来，干了。”

两个酒杯碰到了一起，两人同时一饮而尽。

樊玲喝了杯白酒，脸上出现了红晕，使她美丽的面容更加妩媚。

樊玲说：“局里给你分配什么工作了？”

“政治处的韩主任问我要干什么，我说回刑警支队吧，他就把我分配到刑警支队去了。”

樊玲听左江说又干刑警了，就急切地说：“什么？你怎么回刑警支队了？你原先干刑警时经常冒风险，整日地加班，这活你还没干够呀！”

“我是刑警学院毕业的，我不当刑警我能干什么？再则我要到其他部门，我能否去得上还两码事呢。”

“韩主任不是征求你的意见了吗？”

“说不上韩主任说的是客套话，怎么可能我想去哪儿就去哪儿？”

“怎么不可能？那边已经给你安排好了……”樊玲说了半截话没有说下去，她夹了口菜放进了嘴里。

左同英听了樊玲的话，他盯着樊玲说：“那我工作的事都是你找人给安排的了？”

樊玲没做声，似乎在考虑着什么。

左同英脑海里呈现出了政治处韩主任对自己的热情，他现在对这种热情有了答案。

樊玲是市人事局办公室主任，她虽有些能力，可如果让自己的丈夫重新回到公安局并随意挑个好警种干，她是办不到的。

左同英没好气地问：“这肯定是你们朱局长的功劳了？”

“他是在这件事上帮了你的忙，其实这件事情我并不想跟你明说……”

左同英不愿听下去，他摆了下手说：“你别说了。”就若有所思起来。

左同英之所以这样，一方面不耐烦樊玲这么多年对自己性格的不理解；更主要的是这里面有段不愉快的记忆。

左同英从刑警学院毕业后，经人介绍认识了在人事局办公室当秘书的樊玲，樊玲出生于书香门第之家，她的父母都是大学教授，左同英很是欣赏樊玲的美貌和高雅的气质，樊玲也很是倾心出生于工人家庭的左同英；两人恋爱不久，便结了婚。

樊玲生了孩子后，因左同英和樊玲都属于事业型的人，孩子小的时候便交给了已退休在家的樊玲的父母看管。左同英和樊玲一切都在愉悦和平顺中生活着。

一个女人意外的出现打乱了他们平静的生活。一次左同英协助几个外地刑警搞完案件后，在一家酒店吃饭，席间，一个服务员过来跟左同英说门外一个女士找他。

左同英起身到了门口。他见一四十多岁，穿戴讲究，容貌富态的女人站在那儿。那女人指了下一空桌前的椅子说："是我找你，请坐吧。"

左同英谨慎地坐下说："这位大姐，我不认识你，你找我有什么事？"

那女人矜持地笑了下说："你不认识我，可我认识你，你叫左同英，是城西公安局刑警大队的副大队长，你妻子是市人事局的办公室主任，叫樊玲；我找你，是想告诉你妻子的事。"

左同英寻思，她会告诉我妻子什么事？他不禁问："那你是哪位？"

"我是市人事局朱忠伟局长的夫人，姓关。"

左同英听了这话，心里一沉；朱局长的夫人在这种场合贸然地找我，难道是樊玲和朱局长……左同英不愿再想下去。

"我想我跟你说出我的身份，你会料到我找你该是什么事了吧？"

左同英心里很乱，但他仍坦然地笑了笑说："我怎么会料到你找我会是什么事？"

"当然是我丈夫和你妻子樊玲两人之间暧昧关系的事，如樊玲不跟我丈夫好，她怎么能当上办公室主任？"

"你怎么会这么认为呢？你说他俩有暧昧关系，你有证据吗？"

"没有。"

"既然没证据，那就不可能有这样的事，我相信我的妻子，我不愿听你的这些话。"左同英一脸严肃，轻拍着桌子说。

"无论你愿不愿意听，今天我跟你说的，是我考虑过后，始终想跟你说的。今天偶然遇见了你，才跟你说了这些，其实这些话我也不愿说，我只希望你我之间，要多注意些自己的妻子或丈夫，这样对各自的家庭都会好些。"朱局长的夫人扔下这些话，转身走出了酒店的大门。

回到餐桌前，左同英用劲揉了揉面部，想把刚才的一幕忘却……

一天，左同英晚间9点多钟回家，他见家里没人，便打开方厅的灯，自己下了楼。其实左同英在单位已熬了一天一宿，他往家走时觉得自己很困乏，可他见樊玲不在家，他又忽地来了些精神；左同英心里清楚，他这样做，就是想观察下樊玲。在通常情况下，樊玲这么晚不回来，肯定是有重要的客人需要接待，这种场合，朱局长是必不可少的。左同英站在楼下的背角处，望着小区洞开的大门。半小时左右，一辆车号为00124的黑色奥迪轿车停在了大门口。朱局长从前面的副驾驶位置的车门下的车，樊玲从后边的车门下了车。

朱局长告诉司机说："你等一会儿，我送送樊主任。"

樊玲说："朱局长你今天喝了不少酒，赶快回去吧，不用送我，这小区里边也不黑。”

朱局长执意要送，他手指着大门说：“走吧，走吧。”

朱局长送樊玲到楼梯口稍暗处时，他猛地搂住了樊玲的腰，他的嘴同时贴在了樊玲的脸上。樊玲推搡着朱局长说：“朱局长，你别这样。”

站在不远处的左同英用力咳嗽了两下，朱局长见到左同英很惊讶，他忙松开樊玲，低着头，慌张地从左同英的身边走过。

樊玲整理了下衣服，有些不安地说：“他，他，真喝多了……”

左同英手持着酒杯，发愣地看着酒杯里的酒。

樊玲用筷子敲了敲盘边，说：“哎，哎，你想什么呢？吃呀。”

左同英抬起头，淡淡地说：“你说我想什么呢？”

樊玲犹如被针扎了一下，挺了下腰说：“我告诉你左同英，你别想些你主观臆断的东西，你应当相信我。这次我找朱局长帮忙也是迫不得已，要没有他出面做工作，你能否回到公安局还两说着呢，你别以为你不顾性命地擒住罪犯，什么事就理所应当了。”

左同英想说些什么，可他看了眼儿子小强，又把话咽了回去。

一种难以化解的郁闷在左同英的心中涌动。左同英端起酒杯，又一扬脖把酒喝光。

樊玲心虑地说：“你少喝点吧……”

第十一章

1

监管支队的大门口停了辆丰田吉普车。龙贵成和一个男子坐在车里，那男子看了下表说："都 5 点多了，杨爽怎么还不出来？"

龙贵成说："别着急，他肯定在所里面，我今天白天跟杨爽定好了，说晚间找他有事，他如果在这之前走了，他能告诉我一声。"

龙贵成的话音刚落，杨爽就从大门里走了出来。

龙贵成在车里喊："杨爽，过来。"

杨爽从车后门上了吉普车。

龙贵成在驾驶员的位置上侧了下身，对杨爽说："我给你介绍一下。"他指了下副驾驶座上的男子说，"这是我大学时的同学，叫祁民，在工商局工作。"

杨爽握了下祁民伸过来的手说："你好。"

祁民说："我经常听龙贵成说起你，今天很高兴认识你。"

杨爽在城西分局刑警大队工作时，龙贵成虽是杨爽的大队长，可杨爽调到监管支队后，两人的接触就少了，祁民说龙贵成常提起杨爽，显然是在奉承他。杨爽猜测，或许是祁民找看守所的人办什么事，他找龙贵成帮忙，龙贵成便找到了自己。

祁民问龙贵成："咱们到哪儿吃饭去？"

龙贵成问杨爽："杨爽，你想吃点啥。"

杨爽说："随意找个地方就行啊。"

龙贵成自语说："随意，上哪儿去随意呢？"他自语完这句话，对祁民说："我想起个地方，不过稍远点……"

祁民问："你说啥地方？"

龙贵成说："咱们到翔宇山庄吃吧，那地方挺火。"

祁民说："行。"

吉普车向城郊驶去，开了近半个小时，进了一个山庄，来到了一个古色古香、灯火辉煌的三层楼前，楼前停放着许多高级轿车。

三人走进楼里，找了个单间坐了下来，服务员拿着纸和笔问："三位想吃点什么？"

祁民点了几个海鲜，要了瓶五粮液酒。

席间，龙贵成说出了找杨爽的目的，原来祁民的舅周景扬原在石油公司当经理，因为经济的事，被市检察院押进了第一看守所，周景扬年龄大了，身体不好，他们找杨爽就是让他在看守所里照顾周景扬。

杨爽说周景扬在自己管的监室，照顾他应该没问题。

祁民又提出了一个要求，意思让杨爽串供，把周景扬的案件情况通过书信转出来，他好在外边摆平相关的事情。

祁民提的要求对于杨爽来说是违反原则的，杨爽不宜直接回绝，他点支烟，没做声。

龙贵成见杨爽有些为难，便打着圆场对祁民说："咱先别说这个，来喝酒。"

龙贵成刚端起酒杯，一个粗声粗气的声音从外面传了进来："是哪位稀客到这了？"

三人不约而同地把目光聚在了门口，只见一个身材魁梧、红光满面的男子走了进来。

"是卢大哥。"龙贵成欠身把手向来人伸去。

来人跟龙贵成握了下手说："好长时间没见到你了，今天怎么这么有时间？"

龙贵成说："前段时间搞专案，始终忙忙碌碌的。"

来人看了眼杨爽和祁民问："这两位是你同事吧？"

龙贵成对卢春海介绍说："这位是我们局监管支队的，叫杨爽；这位是我同学，叫祁民，工商局的。"

"杨爽，我听谁说过这名字。"来人听了龙贵成的介绍说。

龙贵成又对杨爽和祁民介绍了来人："这位是咱们省的人大代表，民营企业家，也就是这翔宇山庄的总经理卢春海。"

卢春海握了下杨爽和祁民的手。

卢春海让服务员给他倒了杯啤酒，他举起酒杯说："来，龙大队长，还有这两位新朋友，我敬你们一杯，你们喝白酒，随意。"

卢春海把啤酒一饮而尽。

卢春海对龙贵成说："你们先慢用，我那边还有些事。"

龙贵成欠了下身说："你忙你的。"

卢春海吩咐门口的服务员说："照顾好这桌客人。"

服务员点下头说："卢总，您放心，我会照顾好这桌客人。"

卢春海离去，杨爽问龙贵成："卢春海是不是有个弟弟叫卢春江？"

龙贵成说："对，他是有个弟弟叫卢春江。帮他照管着洗浴中心，怎么你认识？"

杨爽说："前段时间，他弟弟在看守所押过。"

龙贵成说："怪不得他说听过你名字，可能他弟弟在他面前说起过你。"

祁民打断杨爽和龙贵成的谈话，端起酒杯说："来，杨爽，今天通过龙贵成认识了你，以后咱们就是朋友了，今天我有事麻烦到了你，往后你用到我的地方，你尽管吱声，这杯里的白酒咱们一起干了吧。"

杨爽刚想推脱，话还没出口，祁民和龙贵成就把酒喝光了，他只有响应了，他看了眼杯里的多半杯白酒，只好张开嘴，一下子倒进去。

杨爽头有些晕……

因头一天晚上喝多了酒，早晨该起床时，杨爽仍在梦乡中。

床头柜上的电话响了，杨爽被电话铃声唤醒，他抓起了电话说："喂。"

"是杨老弟吗？我是祁民，怎么你今天休息呀。"

"我不休息。"

"不休息你怎么现在还不上班？"

杨爽抬头看了眼墙上的石英表，见已 7 点 40 分，还差二十分钟到开早班会点名的时间，他说："睡过头了。"

"杨老弟，你下来吧，我开的丰田吉普车就停在你家楼下。"

"那好，我这就下去。"

杨爽起床，穿上衣服，洗了把脸，就匆忙地到了楼下，一辆丰田吉普车缓缓地停在他的跟前，杨爽打开车门上了车。

祁民开着车说："我不到 7 点半就到你家楼下等你出来，可见你7点40还未出来，我就给你家打了个电话，多亏昨晚龙贵成告诉了我你家的电话号。”

“今天若没有你给我打电话，我肯定得迟到了。”

“今早上班时，我先送儿子上学，我儿子的学校就在你家附近，我想顺便把你带上送你上班；你怎么就一个人在家住哇?”

“啊，我是一个人住。”

两人聊着，车就开到了监管支队的门口。

祁民把车停下，从皮包里拿出个信封，放在了杨爽的腿上。

“祁哥，你这啥意思?”杨爽看了眼鼓鼓的信封，不解地问。

祁民双手扶着方向盘，撑直了腰，恳切地说：“杨爽，我坦诚地跟你说，我舅的事，只有你能帮他了。”

“你舅的事，昨晚我不是说了吗，我会照顾好他的。”

“杨爽，你听我说，照顾他是另一码事，我也相信你会照顾好他，可我现在要着急办的事是，我不知道他的案件到了什么程度。你能不能给他手机让他跟我通个电话，或把他案件的事写在信上，你再把信转交给我，我知道他的案件情况后，好在外边做工作给他疏通。我也知道，我给你说的这些，在原则上是不允许的；但你相信我，咱俩办事，肯定不会出现什么差错。这信封里是5000元钱，是我的一点心意，我希望你能帮我这个忙。”

“祁哥，我理解你的心情，但你说的这个忙，我是帮不了你，不要难为我好吗，好了，我该走了。”

杨爽把装钱的信封放在祁民面前的仪表盘上，接着他下了车。

祁民的脸上满是愁苦，他叹了口气，把车开走了。

开完早班会后，杨爽给周景扬订了200元钱的盒饭票。

杨爽到了监区，把周景扬从监室里提了出来。周景扬是很有气质，面容清癯的老人，因为瘦，他走起路来使穿在他身上的号服左右晃荡。

周景扬像其他在押人员似的，蹲在杨爽坐的聊号桌旁，杨爽指了指不远处的一把椅子说："你拿过来，坐下吧。"

周景扬规矩地说了句："谢谢管教。"便把椅子搬了过来，坐在了杨爽的对面。

杨爽掏出了一支烟递给了周景扬说："抽一支吧。"

"好，好。"周景扬见到烟挺兴奋，他接过了烟，叼在了嘴里。

杨爽拿着打火机，帮周景扬把烟点燃。周景扬用力吸了几口烟，或许吸得猛了些，他"咳咳"地咳嗽了两声。

杨爽调侃了一句说："我这烟是灵芝牌的，挺冲，好像有些不对你的口味，像你这样的正处级干部，没进来前肯定整天抽玉溪和中华吧。"

周景扬苦笑了下说："那都是过去的事了，现在在这里捡个烟蒂抽都很难。"

杨爽问："你在监室里怎么样？有人欺负你吗？"

"没有，他们见我这么大岁数了，对我还行。"

"这两天办案单位来提你了吗？"

"没有，我是检察院直捕的，我在检察院交代的事情，他们得去外地核实，我估计他们一时半会儿查不完。"

"祁民是你什么人？"

"祁民是我外甥，在市工商局当办公室主任，怎么杨管教你认识？"听到祁民的名字，周景扬显得有些兴奋。

"我原先不认识，是经同事的引见才认识的他，他对你这个当舅的非常惦记。"

"唉，杨管教，你不知道我俩的亲情关系，祁民七岁的时候，他母亲就去世了，他父亲给他找了个继母，继母待他不好，我就把他接到了我家。我这个当舅的供他从小学一直到大学，连他成家都是我给张罗的，你说，我俩之间的感情能不深吗？”

杨爽从谈话记录本中拿出了一沓盒饭票说：“周景扬，这是祁民托我给你订的200元钱盒饭票。”

“不对吧，杨管教，昨天他刚给我订了500元钱的盒饭票，怎么又让你给我订，你这盒饭票我不能要。”

“让你拿着你就拿着，给。”杨爽把盒饭票推到了周景扬的面前。

周景扬只好把200元钱的盒饭票接了下来。

“你先回去吧，有什么事随时跟我说。”杨爽把监室的门打开。

“杨管教，我还真有点事。”周景扬刚要往里进时，像想起了什么，转过身说。

“你说吧。”

“我年龄大了，就是晚间睡觉时，我有些睡不好，号里的人多被少，有的就两个人盖一个被，我就和别人盖一个被，别人在被窝里翻个身什么的，我就睡不着。”

“那好，我告诉号里人一声，从今晚开始，你就自己盖一套行李。”

“待我出去，我定要好好感谢你。”周景扬犹如一个难以实现的奢望一下子得到满足似的，真诚地说道。

2

朴长伟被市检察院的人提到了提审室，讯问朴长伟的是一男一女两个检察官。

男检察官问话，女检察官在旁边做笔录。

“朴长伟，我们是市检察院起诉科的，知道因为什么提你吗？”

“不就是敲诈勒索的事吗？”

“你和庞艳敲诈勒索的案件基本已经终结，再说那案件归区院管，今天提你的事，是你和吴佳才在监室内殴打霍英国致死的案件，希望你好好交代。”

男检察官的话犹如一记重锤，击得朴长伟乱了方寸，他害怕检察院问及霍英国之死这天的到来，而这天终于到了。高臣领人重新调查霍英国的死因时，朴长伟的心里曾慌乱过，可当他听别人说：“霍英国是个死刑犯，早晚都是死，你们给他打死了，也没有多大的事。”这句话使他的心稍安稳过，霍英国已死了两个多月了，没人再提及这事，他虽然明知这事不可能完，可他还是自欺欺人地希望这件事就这么过去，以后也不会有人提起。

朴长伟结结巴巴地说：“霍英国不是死刑犯吗？他的死不是，不是……”

“霍英国的确是已判死刑的在押人员，他该死的时候，政法机关会给他执行死刑，由不得你们在监室里去处置他；你不要以为霍英国罪责深重，你们打死了他，就可以逃避或减轻刑罚。在这一点上，你必须要端正态度。”

朴长伟机械地说：“那是，我该怎么说就怎么说呗。”

“不是你该怎么说就怎么说，而是事情怎么回事，你就应该如实说。”男检察官站在他的面前，纠正他的话说。

“嗯，我说实话。”

“那好，我先问你，你在公安机关交代的你和吴佳才打死霍英国的事，是事实吗？有没有补充？”

“我和吴佳才打死霍英国的第二天，看守所就调查了这事，我说的是事实……”

“有没有人指使或其他人参与？”

“没有。”朴长伟说这话时，眼神中流露着些许飘渺。

女检察官做完笔录后，把材料递给了朴长伟说：“你看看，与你说的是否一致，如没有问题，你在材料上签个字。”

朴长伟看完材料，对男检察官说：“我这事会怎么处理？”

“回去看看刑法第二百三十四条，比照一下，你就知道了。”

“你就告诉我能判多少年就得了。”

女检察官把钢笔放在桌边，替男检察官告诉他说：“那我告诉你能判多少年，像你这事得判三大刑；材料看完了吧，过来，在材料后边签个字，按个手印。”

朴长伟走到桌边，他拿起钢笔在材料上签字时，手在一个劲地抖。

在申德林送朴长伟回监室的路上，高臣叫住申德林：“小申，你忙去吧，我问朴长伟点事，然后我送他回去。”

高臣在走廊聊号桌旁的椅子上坐了下来，他往自己的脚前指了指，示意朴长伟蹲在那儿。

朴长伟低着头蹲在了高臣的跟前。

高臣掏出烟盒和火机放在了聊号桌上，对朴长伟说：“抽吧。”

出乎意料的是，朴长伟没有像以往似的见到烟就挺欢喜，而是摇了下头说：“不抽了。”

高臣笑了下说：“怎么了？检察院提完审就没精神了，来抽一支吧。”说着，高臣从烟盒里抽出一支烟递到了朴长伟的嘴边，朴长伟只好接下烟，叼在嘴里。

高臣又替朴长伟把烟点燃，他哈下腰，把脸靠近朴长伟的耳边问：“检察院的人都问你啥了？”

“问了些案件的细节，还问除了我和吴佳才之外，有没有其他人参与打霍英国，我说就我和吴佳才打的，没别人参与。”

“嗯。”高臣神情凝重地点了下头。

“高教，听检察院的人说，我得判死刑，死缓，或无期。”朴长伟像受了委屈似的苦着脸说。

高臣生挤了些笑容说：“没事，别信他们的……”

检察院的人对朴长伟说他能判三大刑时，他心里虽然没底，可他对事情的看法毕竟肤浅，高臣几句安慰的话，使他没底的心又充实了些，他不由得附和着高臣的话，往好的方面想着说：“我寻思着也不会那么严重。”

“那好，你先回去，等过后有什么事，你直接找我就行。”

朴长伟说了声：“谢谢高教。”起身朝自己所在的监室走去。

高臣拿起聊号桌上的烟，塞进了朴长伟的号服里。

高臣回到办公室，坐在办公桌前发呆，他不得不考虑自己的处境。他当时收了卢春海的 20 万元钱，后来卢春海又陆续给了高臣 22 万元钱，卢春海给高臣的钱前后加起来共 42 万元。这些钱高臣拿出一部分用于疏通关系了。他的目的就是为了把卢春江从打死霍英国的事中择出来，也为了表弟金洪胜少承担些责任。经柯志伟应允后，他又重新开始了霍英国死因的调查，他推翻了原来正确的调查结果，最终把卢春江从中择了出来，又把段刚弄成了第一责任人，致使段刚在禁闭室里自杀身亡。而现在霍英国被殴打致死的案件到了起诉环节，如朴长伟和吴佳才喊冤叫屈地讲出实情，再把卢春江扯进来，那后果就难以预料了。

高臣的心里很恐慌，他的额头冒了层虚汗。

高臣在考虑，无论如何得先稳住朴长伟和吴佳才。

“高臣，高臣。”冯双春走到他桌前叫他。

“啊，冯所长。”高臣缓过神说。

“想啥事呢？”

“没想啥。”高臣揩了把额头上的汗说。

“高臣，我要告诉你件事，刚才检察院的人跟我说朴长伟和吴佳才这两人判死刑的可能性很大，你告诉这两人的主管民警，给他俩戴上戒具。”

“行。”高臣刚答应完，又改口说，“对了，最近中院判处死刑的在押人员较多，铁柜里的脚镣子用完了，可能就剩下个三十八斤的大镣子了，我看他俩挺稳定，暂时不用戴也可以。”

冯双春见高臣这么说，就说：“你管狱政的，那你就看着办吧。”

说完，冯双春就往外走，到了门口，冯双春回过头，疑惑地看了高臣一眼。

3

除夕悄然而至。

这天晚上杨爽值班，午夜时，柯志伟陪同丁兆柱来所里看望值班的民警。丁兆柱和柯志伟进了监区先见到了杨爽，杨爽向两位领导拜年说：“丁局长、柯支队，过年好。”

丁兆柱握住杨爽的手说：“节日值班辛苦了！”

“谢谢丁局长的关心，两位领导屋里坐吧。”说话间，杨爽打开了办公室的门，把丁兆柱和柯志伟让进了办公室内。

柯志伟说：“杨爽，你把其他值班的都叫过来。”

杨爽通过内线电话，把领导的到来告诉了其他五名值班民警。

不一会儿的工夫，其他几人都到了杨爽办公室。

丁兆柱挨个儿和值班民警握手问候，并从兜里掏出盒中华烟来让大家抽。

丁兆柱说："去年的一年，大家都很辛苦，监管民警与别的警种不同，因你们每天都要同在押人员打交道，随时都要绷紧一根弦，我说的这根弦牵扯两头，一头是防止在押人员自杀、自残，以及脱逃，这是安全方面的；另一头是我们时刻要掌握好原则，不能接受在押人员家属的贿赂，更不能勒卡在押人员的家属，如果接受在押人员家属的财物，提供方便让他们有机会串通案情，就会使在押人员逃避打击，所以我们要多注意呀！去年的一年，第一看守所出了不少问题，有监室在押人员互殴致死的，还有民警自杀的；这些都是大问题，我们再也经不起这些大问题的折腾了，在新的一年里，我希望大家共同努力，不要再出什么差错了，从看守所的角度来讲，安全是第一要务，只要每年都能平平安安地度过，这就是成绩了。"

丁兆柱顿了一下，看了眼柯志伟说："你说呢，柯支队？"

丁兆柱的话中说出的问题使柯志伟这个监管支队长有些被动，他不自然地附和着点了两下头说："是，是。"

丁兆柱和柯志伟临走时，柯志伟叮嘱于兴国说："在节假日期间，你这个带班所长一定要把班带好，有什么事，给我打电话。"

于兴国边开监区铁门的锁边说："柯支队，你放心吧。"

丁兆柱和柯志伟离开了监区。

杨爽是上半夜的班，下半夜他休息，他跟大家送完了两位领导，回到了办公室，躺在了床上。

杨爽脚底下的床头处，是他的办公桌，桌子上有只保温杯，保温杯是段刚送给他的，看到了保温杯，他想起了段刚。

去年的除夕，他和段刚一起值班，晚间在食堂吃饭时，段刚对他说："杨哥，大过年的咱俩半夜喝点？"

杨爽说:“算了,值班不允许喝酒,若让领导发现了,再挨个处分,不值得。”

“怕啥的,你我都是上半夜的班,值完班去你办公室,门一关就喝,喝完睡觉呗,谁还能注意咱俩。”

杨爽有些犹豫。

“那就这么定了,待会你走时拿点菜,就说半夜饿了吃,我到门外小卖店买点酒。”

刚值完班,段刚拎了个兜子,内装了四瓶啤酒,杨爽说没杯,段刚便去自己的办公室拿了个保温杯过来,他让杨爽使保温杯,他用瓶喝。

去年的除夕,杨爽和段刚谈了许多。

喝了些酒的段刚说他很想谈恋爱,只不过没碰到适当的,他让杨爽有合适的给他介绍介绍;他还给自己的将来假设一个英雄救美的故事,他说有一天说不准下班挺晚,在往家走时,路过一个僻静之处,忽听有女人喊救命的声音,我见两个无赖正在非礼一个漂亮的姑娘,我叫无赖住手,无赖冲我来了,我亮出人民警察证说我是警察,并与无赖动了手,我三下五除二把无赖打跑了,我走到漂亮姑娘面前安慰她,并把她送回了家里,之后我们就有了来往,也就有了恋情……

“段刚是个很不错的小伙子。”杨爽自语说,他闭上了眼睛,好让自己的思绪与眼前的保温杯隔断,不再去想让人伤感的往事。

杨爽做了个梦,梦见段刚从走廊里走进了办公室,他手里拿瓶白酒,用塑料袋拎了些菜。他对躺在床上的杨爽说:“杨哥起来,大过年的睡啥觉,来喝点。”

杨爽下了床,坐到了办公桌前,段刚把白酒打开,拿起了他送给杨爽的保温杯倒满,自己又拿起白酒瓶说:“咱还跟去年一样，你用杯，我使瓶；不同的是去年喝啤酒，今年来白酒。”

杨爽端起酒杯说：“大过年的，今儿又聚在一起值班，来，喝一大口。”

段刚响应着把酒瓶碰到杨爽的杯上，两人喝了一大口。

酒到杨爽的肚里，他猛然想起：对了，段刚不是自杀了吗？他怎么又到我办公室跟我喝酒来了？

杨爽瞪大眼睛，仔细地瞧着段刚，段刚被瞧得有些恐慌，他扑通一声跪在杨爽的跟前，声泪俱下地说：“杨哥，你别这么看我好吗？我是死了，按理说死了的人，不应再找你，可我的死是他们逼的呀！”

“你不要这样，你先起来。”杨爽伸出手去搀扶段刚，而段刚转瞬间却消失了。

杨爽被惊醒，他打着了灯，见屋里静静的，只有墙上挂着的石英钟在滴答滴答地走着。

杨爽双手揉按着太阳穴，寻思着：咋做个这样的梦？

4

春节刚过，局党委任命左同英为刑警支队一大队副大队长。刑警支队长李文彬一天在一大队的早班会上宣读了局党委的任命后，拍了拍左同英的肩膀说：“这是组织上对你的信任，也是你从警十余年来一贯的表现所决定的，好好干吧。”

对于局党委的这份任命，左同英颇感意外，他原先虽是城西分局的刑警副大队长，但他现在认为能够重新回到公安局工作已很不易了，从来没有考虑能当上基层领导；他琢磨着这份任命的因由，他没有从自身的素质以及自己对工作的努力，从而得到了局党委器重这方面去寻找答案；而他首先想到了自己的妻子樊玲,他耳边又响起了樊玲的话:“要没有朱局长做工作,你能否回公安局,还两说着呢……”

“难道这次又是朱局长……他妈的,我为什么要戴这个绿帽子,我为什么需要他帮忙。”左同英心里暗骂着。

左同英没有得到重用后的那种兴奋,他的心中却涌动着嫉恨。

早班会散了,左同英仍坐在会议室的沙发里,一颗接一颗地抽烟。

李悦凑到左同英的跟前说:“左哥,高兴得想啥心事呢?你提拔了是不是请我们撮一顿,要不今晚……”

没等左同英回话,赵旭建在旁边说:“今晚恐怕不行了,今天下午省公安厅刑警总队的过来,要抓两个公安部通缉的A级逃犯,今晚咱们要统一行动,搜查各宾馆、酒店。”

“唉,干刑警就是老加班呀,不是这事,就是那事的。”李悦说完悻悻地走了。

也就是晚间的统一行动,出现了让左同英难以忍受的意外事情,导致了他和樊玲婚姻的彻底破裂。

下午,左同英给樊玲打电话说:“樊玲,晚间单位有事,说不上什么时候回去,你下班到学校直接把孩子接了吧。”

“你单位有什么事?”

“有案件呗。”

“上班没多长时间,怎么老是案件案件的,今晚我也有事,省人事厅的人到我们的局里检查工作,晚间得招待他们吃饭,要不你抽时间把孩子送他姥姥那儿。”樊玲在电话里不耐烦地说。

左同英把话筒从耳边挪到眼前,似乎在看着樊玲说话,电话那头的樊玲没听到回音,一个劲地说:“喂,喂,左同英你听见了没有?”

左同英什么也没说，把话筒放在了话机上。

晚 11 时许，统一行动结束，刑警支队的人陆续回到了局里。左同英在走廊遇到了徐志问："你们搜查得怎么样？"

"没什么成果，不过带回来一对男女，这对男女在东河大酒店开房间没有登记，他俩也掏不出什么证件，那男的还挺傲，说跟我们说不着，要找李文彬支队长。"徐志说完，去了卫生间。

左同英到了徐志办公室的门口，从虚掩的门往里看，只见墙角处，一个中年男人蹲在那儿正愁眉苦脸地抽烟，那男人头上的头发散落下来，露出了头中间的秃顶，中年男人不是别人，正是朱局长；在朱局长的旁边，面冲墙站着个女人，左同英虽看不清女人的面容，但从背面看那女人披肩的长发和身着的紫红色驼绒大衣，左同英认出那是樊玲。

这一情形，使左同英的心中充满了羞辱和愤怒。对樊玲的红杏出墙，左同英虽有耳闻和觉察，可他没有见到实情，他便始终怀有一种希冀，别人说的和自己的感觉，或许是错的，有时他也扪心自问，自己的心态，是不是一种无奈和逃避？而现在，他已无法逃避，也更不能表现出无奈来。

"左队，在门口站着干什么？进去吧。"徐志从卫生间回来说。

"我不进屋了，你把你屋里的那对男女带到我办公室来。"

"是，左队。哎，左队，你脸色不太好，怎么了？"徐志见左同英面色煞白，嘴唇青紫，不由得问。

"啊，没事。"左同英掩饰地用手抹了下脸说。

徐志进了办公室，朱局长问："唉，我说同志，你跟你们李文彬支队长说了吗？我要找他。"

徐志挥了下手说："你不用找我们支队长了，你有什么话跟我们大队领导说就可以了，你俩跟我过来。"

徐志把朱局长和樊玲领进了左同英的办公室。

朱局长见到左同英，瞠目结舌地伫立在门口处。

樊玲望了眼左同英，胆怯地低下了头。

左同英喘着粗气，直视着朱局长和樊玲。

徐志看出了些端倪，他走出了左同英的办公室，便直奔李文彬的办公室，他觉得有必要去找李文彬支队长，否则左同英难以控制住自己，那一切都晚了。

左同英从办公桌后边的椅子上猛地站起，他端起桌上的一个水杯，一仰脖，咕噜咕噜地把满杯水喝进了肚里。左同英先到门前，把门从里边给反锁上了；他又缓缓地走到了樊玲的近前问："你不是说晚间陪省人事厅的人吃饭吗？怎么陪朱局长到酒店床上去了？"

樊玲往后退了两步，默不作声。

"你他妈的倒是说话呀？"左同英大声地质问，同时，啪的一声，一记响亮的耳光，樊玲的左腮处留下了几个红指印。

朱局长见樊玲挨打，结结巴巴地说："左，左同英……"

还没等朱局长说全一句话，朱局长的左腿膝盖挨了一脚，不由自主地单腿跪在地上。

左同英从腰间掏出"六四"式手枪，拉开了机锤，顶在了朱局长的秃头上。

朱局长平生没遇到过这种场面，他吓得右腿也跪在了地上。他双手举在自己的胸前左右摆动说："别，别，左同英你千万别冲动。"

左同英说："我这枪膛里早已顶上了子弹，只要我一扣动扳机，就要你的命；姓朱的，你太不仗义了，你搞我的女人，我不说什么，但你也不能得寸进尺，把脸丢到我单位里来呀！"

"左同英，你听我说，今晚我和樊玲送省人事厅的人回酒店，我喝多了，顺便开个房间想休息一下，我和樊玲没干什么呀，再一个更没料到你们今晚会有统一行动……”

“你还有理了，你不觉得你的解释都是徒劳的吗？”左同英说话间，用枪重重地点了两下朱局长的头顶。

“咣咣咣。”一阵急促的敲门声响起，门外有人喊：“左同英，开门。”

“谁？”

“李文彬。”

一听是李文彬，左同英愣了下神。

见左同英没有立即开门，李文彬又在门外喊：“左同英，听到了没有，我现在让你开门。”

李文彬命令的话语，使左同英恢复了常态，他收起了枪，踢了脚跪在地上的朱局长，指了下旁边的沙发说：“起来，过去坐着。”

朱局长站了起来，他不想让李文彬看到自己的丑态，他掏出手帕擦了把脸和额头上的汗，又把散落一边的头发往头中间捋了捋，坐在了沙发上。

左同英打开了办公室的门。

李文彬进了屋，瞪了眼左同英问：“干什么锁着门？”

左同英肃立在旁说：“没干什么。”

“李支队长，您好。”朱局长见到李文彬，似乎是到刑警支队来办事，平常般地要和李文彬握手，李文彬则背着手，转过了身，没理会朱局长伸过来的手。

朱局长尴尬地站在原地。

李文彬望着天棚说：“我说老朱，今天我就不称呼你局长了，你今天的事做得可不好，我也不多说什么了，你马上走吧。”

朱局长踌躇了片刻，想说什么，欲言又止，他慢慢地挪动着脚步，走出了办公室。

樊玲用手遮掩着脸上的红指印，对左同英说：“左同英，那我……”

左同英坐在椅子上，一副不经意的样子说：“事已至此，你也可以走了，跟朱局长走也行，回家也可以，不过有一点，你要做好明天办离婚手续的准备。”

李文彬对樊玲说：“天这么晚了，我让人送你吧。”

“李支队，谢谢你了，不用。”樊玲说完这句话，低着头走了。

“唉。”李文彬叹了口气。他转身见左同英靠在椅子上，微闭着眼睛，两行泪水从他的眼角处溢出。

5

祁民把车开到了第一看守所门口，他掏出手机给申德林打了电话，让申德林到门口来。

祁民自上次找杨爽，想给自己的舅舅周景扬串通案情遭拒绝后，他始终在寻找能够帮舅舅串通案情的人，当他得知第一看守所的提审员申德林的妹妹申德娟在石油公司下属的一个加油站工作时，他便通过熟人找到了申德娟，又通过申德娟结识了申德林；在酒桌上，申德林爽快地答应了祁民的要求。

不一会儿的工夫，申德林从看守所里走了出来，祁民打开轿车副驾驶位置上的车门，申德林上了车。

祁民问：“你见到我舅了吗？”

申德林说：“见到了，我看他在号里精神还行，吃住也挺好的。”

“那我还放些心，我这儿有封信，你转给他，再让他给我写封回信。”祁民拿个信封交给了申德林。

申德林看了眼手里的信说:“那我告诉他,给你写些什么?”

“他写什么,我这封信里写得很清楚,他一看这封信就明白了。”

“那你在这儿等着吧。”

“我没事,不着急,你就稳当地办吧。”祁民对下车的申德林摆摆手说。

左同英和龙贵成到看守所提审,龙贵成在门口看到了坐在奥迪车里的祁民,他打了声招呼:“过来了。”

祁民在车里冲龙贵成笑着点了下头。

在监区,杨爽胳膊夹着谈话本欲要找在押人员聊号,可他见申德林正在自己主管监室的门口,与周景扬交头接耳地说着什么。杨爽只好止步,他心里说:这肯定是祁民找自己办的事自己没给办,祁民又通过别的渠道找到了申德林,让申德林帮忙,申德林这个人,只要是对方肯花钱找他办事,一般是来者不拒的。

眼前的情景,又唤起了杨爽的一段记忆,去年夏天,市局经侦支队办了起诈骗案,诈骗的在押人员的父亲找申德林办私自接见,申德林给办了,没想到,晚间申德林与在押人员的父亲在酒店吃饭时,被案件的被害人跟踪录了像,后录像带附带举报信到了丁兆柱手里,申德林为此挨了个记过处分。

“杨爽,过来下,有人找。”冯双春在监区铁门外的叫声,打断了杨爽的思索。

杨爽到了监区门外问:“冯所长,谁找我?”

“刑警支队的左同英,在提审室呢。”

杨爽走出监区,在第4提审室门口,他见左同英和龙贵成正审着吕玉柱,左同英也见到了门外的杨爽,左同英走了出来。

“左哥,什么时候来的?”

“刚过来不一会儿。来,咱俩找个空屋,我找你有话说。”

杨爽和左同英到了隔壁没人的提审室。

“吕玉柱还在你管的监室吗?”

“在。”

“他现在还没有说出吕龙的下落,你想办法给他施加点压力,另外找个可靠的在押人员套套他。”

“吕玉柱自批捕到一所后,我始终压制着他。按常规,只有高法复核完的死刑犯才能定位,在他与其他在押人员有点矛盾时,我就找了个借口给他定了位,我也想找个脑瓜好使的在押人员跟他接触,好从他嘴里套出点东西来,可吕玉柱这小子比谁都明白,使他就范的人真不好找。现在只有一个办法,那就是靠时间了,时间一长,他对自己在监室里的处境难以忍受了,而他自己也想开了,反正左右是一个死,还顾虑那么多干什么?说不上就会妥协。”

“如果没别的办法,那就只好这样了。”左同英想了会儿说。

“左哥,过年这段时间我也没跟你联系,嫂子和孩子挺好的。”杨爽换了个话题说。

杨爽的话,说到了左同英的痛处,他说:“别提了,我跟你嫂子离婚了。”

“净瞎扯。”杨爽笑着说,可他又想到左同英很少说玩笑话,不由有些惊讶地问,“真的?”

左同英沉重地点了下头。

“因为啥呀?”

“他妈的,说这事丢人哪……”左同英把事情经过跟杨爽说了遍。

“怎么还会发生这样的事!”杨爽不敢相信地说。

这时,龙贵成推门走进来说:“你俩避着我在这唠啥呢?”

左同英说:“唠吕玉柱的事呢。”

杨爽说:“龙哥,提审完了?”

龙贵成说:“完了,快,也没太多的内容审。”

左同英说:“在押人员送回去了吗?”

龙贵成说:“送回去了,没啥事咱俩也回去吧,我队里还有事呢。”

左同英说:“那行,走吧。”

左同英和龙贵成向提审室的门外走,杨爽在后边送。龙贵成说:“杨爽,我看祁民开着车在门口停着呢,他是来找你的吧?”

龙贵成的话,证明了杨爽的猜测,杨爽说:“祁民他没找我,可能是找别人吧。”

龙贵成说:“那这小子能找谁呢?”

杨爽岔开话说:“你俩一个市局的,一个分局的,今儿个怎么凑到一起来了?”

龙贵成说:“‘9·28’案件是刑警支队一大队主办,我是协助他们搞案件。”

快到看守所大门口了,左同英说:“你回去吧,杨爽。”

杨爽因不想见到在大门外的祁民,就顺势说:“左哥,龙哥,改日再见啊。”

第十二章

1

一名年轻法官走到11监室的小窗口处，他打开小窗口，从手中的夹子里拿出份起诉书，对监室的在押人员们喊："吴佳才，过来。"

吴佳才在铺位上站了起来，走到了小窗口处。

"这是你的起诉书，你看完后，在这张纸上签名，写明你请不请律师，如不请，好给你指派个律师。"法官把起诉书递到了吴佳才的手里。

当吴佳才听法官说要给他指派律师时，他的心咯噔了一下，他认为，法院要给哪个犯人指派律师，这个在押人员十有八九是判死刑的。

吴佳才仔细地看起了起诉书，在看起诉书的过程中，他的脸逐渐涨红了起来，五官也变得有些扭曲，他看完起诉书，一语不发地把起诉书给撕了。

"唉，你怎么把起诉书撕了？"法官质问说。

“你管我撕不撕，这起诉书全他妈的是谎话。”

“这起诉书是依据你本人的交代和证人的证言写的，要是谎话的话，说明你当时说的也是谎话。”

“别看你是法官，你懂得个屁。”面对法官不无道理的话，吴佳才无言以答，嘴里却骂骂咧咧。

“你怎么骂人？”

“我骂你怎么的，我要是能够着你的话，我还打你呢。”吴佳才隔着小窗口，把撕碎的起诉书向法官扔去。

法官在看守所内，或许没见过这样对他极不尊重的在押人员，他气得直哆嗦，他没法跟吴佳才较真，转身去找值班民警去了。

吴佳才见法官走了，气呼呼地转过身来，他见身后有一在押人员正看自己，抬手照那在押人员的脸就是一嘴巴，骂道：“看你妈什么……”

挨打的在押人员不甘示弱，也抬起胳膊还了手，两人厮打了起来。

“还打，还打，你们管教来了。”申德林出现在小窗口。

挨打的在押人员听到申德林的声音住了手，可吴佳才却像没听见一样，仍抓着对方不放手。

杨爽打开监室门，走进监室费力地把两人拉开。

杨爽先把挨打的在押人员叫到走廊问是怎么回事，挨打的在押人员抹了下嘴角的血，把经过说了一遍。

杨爽又找周景扬问了下情况，周景扬说的与挨打的在押人员一致。

杨爽最后把吴佳才叫了出来，吴佳才耷拉着脑袋站在了监室门口。

因申德林制止打架时，吴佳才没听，他心中憋着气，他见吴佳才站着,就一脚踢在了他的肚子上,同时喝令说:“蹲下。”

吴佳才不得不蹲了下来。

杨爽问:“吴佳才,你是怎么到的11监室的?”

“是因为在14监室打人被调过来的。”

“怎么打人?打成了什么后果?”

“用拳脚打,用、用被捂,把人给打死了。”吴佳才支吾着说。

“那你到11监室为什么还打人?”

吴佳才没吱声。

“那我先不问你打人的事,那我问你和法官的事,你因为什么骂法官?并说要打人家?”

吴佳才还是没言语。

杨爽气愤地拍打了两下聊号桌说:“你倒说话呀?”

申德林指着吴佳才说:“你这号人就欠整。”

杨爽从聊号桌旁的椅子上忽地站了起来,吴佳才以为杨爽会动手打他,身子不由得向后退缩着。

谁知杨爽没有动手,他拉开监室的门说:“吴佳才,你先进去,你不是死猪不怕开水烫吗,我照样有办法收拾你。”

吴佳才胆怯地看了看杨爽,低头钻进了监室。

杨爽找到戒具使用审批表,写上了吴佳才所犯的监规,在戒具使用一栏里,填上了:戴上铐下镣,四肢定位。杨爽对吴佳才戒具使用的方法,是监管场所对在押人员较严厉的惩治措施。

杨爽到了冯双春的办公室,见法官正在那儿对冯双春诉说着心里的怨气,杨爽把戒具审批表放在了冯双春对面的茶几上,冯双春拿着笔看着审批表上的内容,脑中闪现出高臣推脱戒具缺少,不给吴佳才和朴长伟戴戒具时的关照态度,便犹豫了一下,可他见法官也看了审批表的内容,他抛开了杂念,用极快的速度签下了同意二字和自己的名字。

吴佳才成大字形，被牢固地定位在板铺上，杨爽站在监室的门口，指着吴佳才对在押人员们说："每顿给他半块发糕，半碗清汤，省得他大小便不方便。"

吴佳才的下场，使在押人员们心里发怵，他们齐声响亮地答道："知道了。"

吴佳才吃力地抬了下头说："杨管教，你是不是狠了点。"

杨爽说："不对你狠，能对得起别人吗？"

锁监室门时，杨爽顺便捡起了被吴佳才撕碎扔在地上的起诉书，可他拼凑了会儿，没有拼凑完整，就来到14监室的小窗口叫了声："朴长伟。"

朴长伟在便池处撒尿，听杨爽叫自己，忙提上裤子过来说："杨管教，找我什么事？"

"把你的起诉书给我看看。"

朴长伟从上衣内兜里掏出起诉书，递给了杨爽。

杨爽看起了起诉书，起诉书上全文写道：

东河刑诉(2006)58号

东河市人民检察院

起诉书

被告人吴佳才，男，1972年10月20日出生于东河市，身份证号码为871……汉族，初中文化，无职业，住H省东河市城西区。

被告人朴长伟，男，1971年9月16日出生于东河市，身份证号码为871……汉族，高中文化，无职业，住东河市景福区。

被告人庞艳，女，1976年8月27日出生于东河市，身份证号码为871……汉族，高中文化，东河市纺织厂工人，住东河市景福区。

吴佳才因盗窃于2005年9月2日被东河市公安局刑事拘留，同年10月8日经东河市城西区人民检察院以盗窃罪批准逮捕，次日由东河市公安局执行。朴长伟、庞艳因敲诈勒索于2006年10月9日被东河市公安局刑事拘留，同月20日经东河市景福区人民检察院以敲诈勒索罪批准逮捕，次日由东河市公安局执行。羁押期间，吴佳才与朴长伟除犯有前款罪行外，并犯有故意伤害罪；以上三被告现羁押于东河市第一看守所。

经依法审查表明：

2005年8月27日10时许，被告人吴佳才窜至曼哈顿商城十二号柜台前，趁人不备，盗窃裘皮大衣一件，价值人民币13000元，案发后，裘皮大衣被缴回返给失主。

2005年9月初，被告人朴长伟、庞艳预谋用色相敲诈勒索他人，同月8日14时许，庞艳在清福宾馆将被害人刘军勾引至客房内，朴长伟随即出现，称庞艳是其妻子，用胁迫手段，敲诈勒索刘军人民币40000元，赃款被其二人挥霍。

2005年12月22日晚12时许，吴佳才、朴长伟因同监在押人员霍英国偷吃方便面，二人便对霍英国大打出手，又用被将其头部捂住，霍英国因大量食物残渣堵塞气管，肺组织充血水肿，造成窒息死亡。

以上犯罪事实清楚，证据确实、充分，足以认定。

本院认为被告人吴佳才以秘密手段窃取他人财物，数额较大，其行为触犯了《中华人民共和国刑法》第二百六十四条之规定，构成盗窃罪；被告人朴长伟、庞艳敲诈勒索他人财物，数额巨大，其行为触犯了《中华人民共和国刑法》第二百七十四条之规定，构成敲诈勒索罪；因庞艳具有重大立功表现，根据《中华人民共和国刑法》第六十八条之规定,可以减轻或者免除处罚;被告人吴佳才,朴长伟用残忍手段致同监在押人员霍英国死亡,其行为触犯了《中华人民共和国刑法》第二百三十四条之规定,构成故意伤害罪;二人在犯罪中起同等作用,系共同主犯;被告人吴佳才,朴长伟犯数罪,根据《中华人民共和国刑法》第六十九条之规定,应数罪并罚。根据《中华人民共和国刑法》第一百四十一条之规定,对被告人吴佳才、朴长伟、庞艳提起公诉,请依法惩处。

此致

清河省东河市中级人民法院

检察员:张国盛

2006 年 5 月 20 日

附:1. 证据目录一页;

2. 证人名单一页;

3. 本案诉讼卷宗二册。

杨爽看完起诉书,把起诉书还给了朴长伟,他站在走廊的窗台前,望着窗外,陷入了沉思。

2

就在吴佳才被整治的第二天,高臣找到杨爽问:“吴佳才咋回事?”

“吴佳才把中院送起诉书的法官给骂了,我训他,他还跟我起劲。”

“你找他唠唠,教育教育他,把他定位给解除了吧。”

杨爽说:“那我就跟他唠唠,看看他的态度怎么样。”

高臣见自己说的话,杨爽没有无条件地应承下来,就接着说："杨爽，我要告诉你，该让吴佳才吃饭吃饭，别给他半块发糕和半碗清汤。"

听了高臣这句话，杨爽怔了下说："高教你误解了，那是我当时说的气话，其实并没有那么做。"

高臣显然有些不耐烦，他说："行了，往后多注意点吧，这事别传出去影响看守所的声誉。"

杨爽心里憋得慌，他真想说：高教，我哪儿得罪你了？我整治在押人员还整出错来了，我给吴佳才戴戒具也是经过所长审批的，是符合程序的。你关照一个人就想怎么关照就怎么关照，完全不考虑别人感受，我如照你说的话去作，那我的监室怎么能管理好？吴佳才的事不处理好，再管别的在押人员，别的在押人员能服吗？

杨爽没有按照高臣说的去做，他有自己的打算：现在已是中午了，中午我不可能提在押人员谈话和打开戒具，下午去市局开大会，开完大会就下班了，明天是星期三，明早我跟着去外地监狱投送已判完刑的在押人员，投送来回最少得三天时间，这样这个星期就会过去，吴佳才的事，虽然你领导交办了，那也只好等到下星期了。

在杨爽去外地投送在押人员期间，吴佳才几次报告高臣，高臣被喊得只得进了监室，他见吴佳才的戒具还没打开，就让站在旁边的金洪胜去找杨爽，金洪胜说杨爽跟于兴国去外地投送在押人员去了，高臣只得朝吴佳才努下嘴，吩咐金洪胜说："你给他把戒具打开吧。"

金洪胜掏出钥匙，忙活了半天，才把锁在吴佳才双手的锁头打开，而脚镣定在板铺上的锁头怎么也打不开了，金洪胜站起身，直了直腰说："锁脚镣子的不是看守所的通用锁头，打不开。"

高臣说:“那就先这样吧,等明后天杨爽回来再打开脚镣吧。”

吴佳才揉着被勒疼的手腕说:“谢谢高教了。”

高臣对吴佳才的谢声没作反应。

谁知就在下午,吴佳才他们开庭,申德林见吴佳才没法提出,就找了把电砂轮把锁在吴佳才脚镣上的锁头磨开了。

星期一早晨,杨爽走在去往通勤车站点的路上。

一辆红色宝马跑车驶进了人行道,宝马车超过杨爽,往左猛打方向盘,吱的一声,停在了杨爽的前面,把杨爽的去路堵了个严实。

前车门打开,卢春江扶着方向盘微笑着望着杨爽。

杨爽侧身退了一步,说:“卢春江,你要干什么?”

卢春江下了车,摘下了墨镜,打开后车门说:“杨管教,别紧张,我只是想送你上班。”

杨爽的脸上充满了疑惑。

见杨爽不说话,卢春江说:“你可能对我的举动感到费解吧,因为在看守所你整治过我,你便始终认为我是恨你的,其实你这种认识是错误的,有些事过去就过去了,我何必恨你呢?我今天请你上车,主要是我也要去看守所,我要到看守所去接一个人,这个人给我带来了好心情。”

杨爽对卢春江很反感,他说:“你心情好,你自己慢慢地去品味吧,我到前边要办点事,所以我不能坐你车。”

见杨爽不买他的账,卢春江摇了摇头,关上了后车门,回到驾驶员的位置上,把车开走了。

开完早班会,杨爽见卢春江开着红色宝马车驶出了看守所的大门,他旁边坐着庞艳。

进了监区，杨爽问申德林："庞艳怎么放了？"

申德林说："刚才中院的人来给吴佳才他们一伙下判决了，吴佳才和朴长伟判死刑，庞艳有重大立功表现，免予刑事处罚，放了。"

一个刚转调来不久的民警说："霍英国被打死，卢春江不也参与了吗？他没事了？"

申德林嘲笑着对方说："你说这话纯扯，人家卢春江早放了，卢春江参与了，能放吗？"

于兴国低声嘀咕："霍英国这事，卢春江真躲过去了，唉，现在的事呀！"看样子于兴国很感慨。

杨爽的眼前又浮现出早晨见到卢春江那得意的样子。

3

下班的路上，高臣开着桑塔纳拉着金洪胜，金洪胜说："姐夫，今天上午我看杨爽找吴佳才能聊一个多小时，吴佳才不知跟杨爽滔滔不绝地说了些什么，我估计可能是说他的案件。"

金洪胜的话，高臣没有放在心上，他说："说不定杨爽找吴佳才正常聊号，别寻思那么多。"

"如果正常聊号就好了，吴佳才说话时左顾右盼的，好像怕别人听着。我过去了，吴佳才就不说了，我见吴佳才手里拿着他的判决，就要过来看了看。我说怎么的，觉得冤哪，吴佳才话里有话地对我说，冤不冤你还不知道哇，还斜愣了我一眼，我踹了他几脚，问他打霍英国时他参没参与，他说参与了，我说参与了还说哪门子的冤，别觉得自己咋回事。吴佳才就不吱声了。"

"你怎么能打他，你真给他整急了，他把实情抖搂出来怎么办？咱现在就得想办法稳住他，照顾他，到执行那天毙了就完事了。”高臣对金洪胜的鲁莽感到担忧。

“姐夫，这里边不单是我整不整吴佳才的问题，还有另外一方面的事，那就是卢春江在咱们重新调查霍英国的死因时，他让朴长伟和吴佳才把事揽了，不要再把他说出去，并对朴长伟和吴佳才许诺说：别看你俩把事顶着，也加不了几年刑，等我出了看守所先去你俩的家里，我给你俩的家里每家拿个四五万的，然后一定想办法把你俩给办出去。现在可好，卢春江出去后只来了一趟，给他俩每人存了500元钱的盒饭票，就再也没了动静，朴长伟让外出开庭的同监室在押人员捎个信，问家里收没收到卢春江给送的钱，结果开庭的在押人员家属在休庭的时候，当时就给朴长伟的家里打电话问这事，朴长伟的父亲在电话里说，压根儿就没人给他家送什么钱。现在朴长伟在监室里的情绪很不稳定，有的在押人员嘲笑他，说他把自己的女人送给了卢春江，还帮卢春江顶事，结果鸡飞蛋打，什么也没得到，到后来给自己弄个死刑。朴长伟在监室里情绪不稳定，那吴佳才不也跟朴长伟的想法一样啊？”

金洪胜的话，是高臣始料不及的。他没想到卢春江在监室里给朴长伟和吴佳才许了这么大的愿，这个愿兑现不了，无疑就是个隐患。

高臣生气地骂着说：“卢春江真他妈缺心眼，他能许愿办到的事，那还用咱们帮什么忙，这不是纯给咱们添乱吗……”

他们的担忧不无道理，就在第二天上午，正在码铺的吴佳才见窗外走过市检察院监所检察科驻第一看守所检察室的刘检察官，他起身走到了窗前，等待着刘检察官返身走过时，跟他讲自己案件的事。他听到走廊里有人在喊报告：“报告刘检察官，报告刘检察官。”听声音是朴长伟的，吴佳才心里说：看来不但我自己着急，朴长伟也与我一样着急，在这个时候他喊刘检察官，明摆着的，想说的话和我一样。

因朴长伟是已判死刑的重点在押人员，刘检察官认识朴长伟。刘检察官在走到 14 监室时，他停下脚步问："你叫我什么事？"

"你能不能把我提出去？我找你有事，想跟你单独唠唠。"

"我没有监室的钥匙，你有什么事先在这儿说给我听听。"

朴长伟往小窗口贴了贴，压低了声音说："霍英国在这个号里被打死的事，我有些话还没说，我没说的话很重要，我想现在说。"

"难道你没打霍英国？你是冤枉的？"刘检察官抬高声调问。

"那倒不是，我只是想说……"

"你既然打了霍英国，又不是冤枉的，那你还跟我说什么？你不就叫朴长伟吗？我对你早有印象，你在监室里的恶劣表现，难道我还不了解吗？你别跟我说这个说那个的，只要你不是冤的，有别的什么话你跟你的管教说去。"刘检察官不愿细听朴长伟的话，他不耐烦地训斥说。

吴佳才听到了朴长伟和刘检察官的对话，心里一下子凉了大半截，他识趣地回到了板铺上。

不一会儿的工夫，金洪胜就得知了朴长伟找刘检察官的事，他让人给朴长伟戴上了脚镣，并把朴长伟的脚镣子锁在了板铺上。被定位的朴长伟摇了两下头，白了金洪胜一眼。他的这个举动惹恼了金洪胜，金洪胜双手扬起，劈头盖脸地给了他几个大嘴巴子。

朴长伟从耳根部到脸上被打得红成一片，他被打得不再敢直视金洪胜，低下了头。

金洪胜手点着朴长伟的头说："真是给你惯的，好吃好喝的照顾着你，你还想整事。”

与此同时，杨爽接到了高臣的电话，高臣在电话里告诉他：“你马上给吴佳才定上位。”

杨爽心里纳闷，高臣一直关照着吴佳才，今天是咋的了，突然让我给吴佳才定位。

杨爽找吴佳才聊号，他说：“吴佳才，像你这种情形是要定位的，可这段时间，除了你违反监规我给你定过位，平时也没给你定，这样时间长了，也不是那码事，待会儿你回了监室，我要给你定上位。你呢？也不要有什么想法，给你定位是理所应当的事。”

“杨管教，你给我定位与不定位，我心里都清楚是怎么回事，今天你给我定位，无非是让我不便于找检察院的人，我定位后，下不了地，会让一些人稍安稳些，如果我要大声喊，没等喊着检察院的人，管教就会来阻止我。”吴佳才已变得满不在乎，他不再隐瞒什么。

杨爽听了出来，吴佳才说的“一些人”，指的就是高臣和金洪胜，杨爽不知道他们之间是怎么一回事，他固然从与吴佳才的聊号中感到，他们之间的事情或许与霍英国的死有关，可吴佳才以前没有明说过，他也不能肯定，更不会想到这其中的复杂程度。

杨爽顺着吴佳才说的话问：“我问你，你找检察院的人想干什么？”

“我找检察院的人，是想说霍英国被打死的事。”

“霍英国被打死的事不已经了结了吗？你和朴长伟也因此判了死刑，要是你觉得判重了，你可以向省高法上诉，你找检察院的提这事有什么意义？”

杨爽的话，使吴佳才想到了朴长伟找刘检察官时的遭遇，他怕杨爽像刘检察官一样的态度，吴佳才想到了段刚，对，我何不说起段刚，来引起杨爽的注意呢？

“杨管教，你知道段刚是因为什么死的吗？”

这一话题果然引起了杨爽的关注，当杨爽听了段刚二字，他把聊号用的钢笔插回上衣兜内，把双肘放在了桌上，端起了肩膀直视着吴佳才说：“难道你知道段刚是因为什么死的？”

吴佳才眨了下眼睛，左右望了下说：“当时14监室打死霍英国时，是段刚值班，后来我听说14监室打死人，段刚负主要责任，因这事要把段刚清除出公安机关……”

“杨爽，你过来一下。”高臣站在不远处招呼杨爽。

杨爽说：“好的，我马上过去。”

吴佳才看到高臣，一下子就把嘴闭了上。

杨爽对吴佳才说：“你先回去吧，明天我找你唠，记住，有些话不要随意跟别人说。”

“你放心吧杨管教，我明白。”

杨爽把吴佳才送回了监室，并找了把锁头，给他定了位。

杨爽到了高臣的跟前，高臣把一份病犯通知单递给杨爽说：“你把这份病犯通知单送给刑警支队三大队。”

杨爽说了声“行”就往办公室走。

见杨爽往办公室去，高臣说：“杨爽，我给你的病犯通知单挺急，你现在就得去刑警支队。”

杨爽扬了下手中的监室钥匙说：“我先把监室钥匙放回办公室去。”

4

高臣站在11监室的小窗口边，这个位置不易被监室内的在押人员发现。他往里细望着,他在搜寻着吴佳才,不一会儿,吴佳才便定格在他的视线里。吴佳才在在押人员中间端坐着码铺,吴佳才的面部没有什么表情,只是双眼直勾勾地盯着坐在他前面在押人员的背部,像是在思虑着什么。

高臣在小窗口边站了约有五分钟,然后他向监管支队的机关走去。

他找到柯志伟说:“柯支队,朴长伟和吴佳才靠不住了,朴长伟今天找了检察院驻所的刘检察官,刘检察官问他有什么事,他说霍英国在监室内被打死的事,他还有些重要的话没讲,刘检察官没理他,刚才我见吴佳才心事重重地正想跟杨爽说些什么,我估计吴佳才想说的,肯定是朴长伟要和刘检察官说的一样的事,他和杨爽没唠几句,我就把杨爽给支走了。柯支队,我原先寻思对他俩关照些,备不住能稳住他俩,可现在是稳不住了。”

当初把卢春江从打死霍英国的事中择出,这前后的经过柯志伟是知道的,若没有柯志伟的同意,高臣就不可能对打死霍英国一事做重新调查,同时也就不会推翻于兴国当时正确的调查结果。高臣的话,使柯志伟的心里也有些恐慌。

柯志伟有些责怪地问:“怎么会出现这种状况?”

“柯支队,这里边有件意料不到的事情,那就是卢春江在监室里对朴长伟和吴佳才许过愿,说他出了看守所,就到这两个人的家里去看看,给每家送几万元钱,同时说给朴长伟和吴佳才想办法办出去,结果他许的愿一样也没兑现。朴长伟和吴佳才随同卢春江打死了霍英国,现在他俩都判了死刑,而卢春江做事又对不住他俩,你说他俩能不咬卢春江吗?如果卢春江没对他俩许过愿,朴长伟和吴佳才或许能稳当些。”

“那你看这事怎么办好?”

“柯支队,能不能把朴长伟和吴佳才弄外地去?”高臣出了个主意。

“往哪儿弄？除非在押人员身负重特大案件怕串供，有时才会异地羁押，像朴长伟和吴佳才都判了死刑，就等高法复核完往外拉了，给他俩弄外地羁押，不是回事呀？”

“柯支队，把朴长伟和吴佳才异地羁押，到了陌生的环境，就是他俩想说些什么，也不会有人理。”

“那照你看来，这是唯一的办法了？”

“我看只有这样了。”

柯志伟考虑了一会儿，下了决心似的说：“好，那就给他俩异地羁押。”

“那给他俩押到哪儿呢？”

“给他俩押到林海市林业看守所，一般人不会想到那儿，而且还近，开车半个小时就到，我现在就给他们打电话联系。”说话间，柯志伟拿起了电话。

柯志伟是东河这个地级市的公安机关主管监管的领导，林海市隶属东河市管辖，林海市林业看守所虽是企业公安的监管场所，不直接归地方管，但柯志伟说句话还是好使的。

5

杨爽晚间难以入睡，吴佳才白天说的话，使杨爽的脑海中像演电影似的闪现出一幅幅的画面：身着警装的段刚那年轻英俊的面容；段母那盈着泪水充满哀伤的眼睛；霍英国曾绝望过的眼神中那种对生命的渴望……

一种做人的良知和正直的个性，促使杨爽暗下决心：一定要把这一切搞个水落石出。

杨爽压根儿没有想到，他由这个决心所实施的行为，日后给他带来了难以想象的灾难。

杨爽躺在床上，望了眼窗外漆黑的夜晚，他真想让这黑夜早些过去，明早一上班便把一些事情探个究竟。

可就在杨爽第二天上班一打开监室门的时候，却没有见到吴佳才。杨爽问监室内的在押人员："吴佳才呢？"

周景扬说："吴佳才今早6点多钟就被高教导员领几个武警押走了。"

杨爽心里嘀咕：怪不得早班会上没见到高臣呢。

杨爽对周景扬说："你出来一下。"

杨爽和周景扬坐在了走廊里的聊号桌旁。

周景扬说："今早刚起铺的时候，高教导员开号门进了监室，门口站俩武警，高教导员让吴佳才收拾东西跟他走，吴佳才脸都没来得及洗，就抱着行李，拿着衣物，跟高教导员出了监室。吴佳才往外走，号门大开时，我见14监室的朴长伟也抱着行李蹲在走廊里。"

朴长伟和吴佳才被押走，使杨爽颇感意外，这种意外也更使杨爽认定，朴长伟和吴佳才身上有很大的隐情没有说出。杨爽的心里画着问号：这隐情是什么呢？并使一些人害怕，而把他俩押走；他俩又会被押到哪儿呢？

周景扬见杨爽没言语，就从号服里掏出一封折叠的信说："杨管教，吴佳才收拾衣物的时候，把这封信偷着扔到了我的身旁，还小声告诉我，让我把这信给你，待高教导员把吴佳才押走后，我才把这封信捡起。"

杨爽把信拿在了手里，仔细地看了看，他见这封信折叠得很是严密，在折叠相接的地方，写有"给杨管教"四个字，从这四个字的整齐程度上看，这封信没有打开过的迹象。

杨爽没有在周景扬的面前把信打开，只是把信揣在了兜里。

杨爽不再谈论吴佳才，他问周景扬："你案件到哪个环节了？最近提审了吗？"

周景扬双手托着下巴，似乎在思忖着想说的话，过了会儿，他才说："我案件现在不好定，能不能核实上还两说着呢。"

"你原先说你的案件，不是说都是有的事吗？怎么会核实不上呢？"

"我刚进来时，跟你说的是我在反贪局说过的话，因我在反贪局不说些他们想要听的话是不行的，他们折磨我，不让我睡觉，我不得不违心说些他们想要听的话。"

很显然，周景扬在杨爽面前对自己的案件前后不一的态度，是受人指使的。那么指使周景扬的人，在杨爽的观察中，申德林的可能性最大。

杨爽虽然能揣测出这其中是怎么回事，可他不想在周景扬面前把话挑明。他只是笑了笑说："你的官司，你自己慢慢地琢磨着打，但有一点我要讲明白，号里的人绝对不能通过你向外，或者是外面的人向号里传递什么信息，你别我在这边照顾着你，而你那边却不考虑我的工作。"

周景扬听杨爽话里有话，脸上掠过一丝不安，他忙下保证说："杨管教，如果我周景扬像你说的那样做，那我还是人吗？我这么大岁数不就白活了。你放心，号里绝不会发生像你说的这种事情。杨管教，什么事你明白，我心里也有数，我也不多说了。"

杨爽起身，把周景扬送回了监室。

回到办公室，杨爽拆开了吴佳才写给他的信，他见信中写道：

尊敬的杨管教：

我想要跟你说的事情，每当要说的时候，总会有人来打断；

最近我老觉得有人在盯着我的举动,你虽是我的主管民警,但我却感到随时会失去与你说话的机会;基于这个想法,我才给你写下这封信,我要把我所知道的情况详细地告诉你。

去年12月22日,我半夜坐班迷糊着了,这时,霍英国在被窝里偷吃方便面,卢春江和朴长伟要过去打霍英国,卢春江走过我身边把我扒拉醒;我醒来时,恰巧停电了,监室里一片漆黑,借着窗外照进来的月光,才能朦胧地看清些东西。我跟在卢春江和朴长伟的身后,我们三人到了霍英国的跟前,朴长伟用脚把霍英国蒙在头上的被子挑开,而后踹霍英国的脸一下……

第二天上午,于兴国副所长带领几个武警把霍英国的尸体搬走后,就开始清查监室和调查霍英国的死因,于兴国把我们几个重点在押人员分监室羁押,很快就查清了情况。不曾想到的是,没过几天,高臣教导员又重新调查霍英国的死因,当高臣在管教办公室问我都谁参与打霍英国时,我如实把事情说了,可高臣没有把我说的往笔录纸上记,却走过来,把蹲在地上的我好顿踹,他踹完我,又从档案袋里抽出于兴国给我做的笔录,他把笔录让我看了眼,而后撕碎扔在我脸上说:“你他妈的糊弄于所长行,你在我面前能骗过去吗?我了解的情况是你和朴长伟打的霍英国,你却非得把卢春江扯进来干什么……”我没办法,就只好说是我和朴长伟打的霍英国,没有卢春江的事,这之后,卢春江借打扫走廊卫生的机会,他到监室的窗口叫我,他对我许诺说他放了出去,会去我和朴长伟家,给每家拿个四五万元钱……我寻思,自己终归打了霍英国,把卢春江从打死霍英国的事中择与不择出去,我该怎么加刑还得怎么加刑,那样还不如把卢春江择出去。我家父母有病,生活困难,卢春江出去的话,给我家拿个几万元钱,就算我这不孝儿尽父母的最后孝心吧。所以过后在检察环节和法院开庭时,我都没咬出卢春江。前段时间我下了死刑判决，虽然我预料过结果，但心里还是难以承受，但后来一想，左右也是这样了，死刑就死刑吧，卢春江已出去了，想必他把钱已送到我家里了……可我绝没有料到的是，卢春江竟没有兑现他的诺言，我气得真的要疯了……

在霍英国被打死这事所牵扯的人中，让我感到意外的是段刚的自杀，我原以为金洪胜会摊事，没想到金洪胜摊的事移到了段刚身上，因所有的事情我实在是明白不过了，霍英国的死，完全是金洪胜纵容卢春江的结果，段刚那天晚间是值班，但我敢说：哪个管教也不会想到14监室会混乱到那种程度，谁能预料到14监室会打死人呢？何况那天晚间发生事时又停电，不利于观察监室内的情况；细想起来，段刚是替人背了黑锅后，他当时不了解内情，难以把自己的冤屈说明，自己又面临开除的境地，这些可能是促使他自杀的原因。

杨管教，我从14监室串到你管的监室已有段时间了，虽然你很严厉，可我认为，你是个正直的警察，我说的这一切，不知你会怎么看待，又会怎么去做。

吴佳才

看完了吴佳才写的信，杨爽怔住了……

第十三章

1

谢良开着夏利车拉着谢母，到东河市精神病防治院来接谢芸丽。夏利车在驶到离医院还有段距离时，谢良抬手指了指前方说："妈，你看我姐在前面的道边上站着呢。"

谢母把身子向前倾了倾说："可不是，她自己怎么提早出来了？"

夏利车在谢芸丽的跟前停了下来。谢良下了车，把谢芸丽脚旁的旅行包放进了车里；待谢芸丽上车后，谢良把靠近谢芸丽的车窗往下摇了摇说："姐，今天天气挺好，呼吸呼吸新鲜空气吧。"

夏利车起动了，谢芸丽一语不发地望着窗处的景致，在病房里待久了的谢芸丽，深吸着清新的、略带些寒意的早春的空气，精神不由得振作了些。

谢母说："芸丽，你怎么自己出来了？出院的手续你都办妥了吗？"

谢芸丽说:“妈,我在这医院住得烦死了,所以今早医院的人一上班,我就办了出院手续,溜达着出了医院门迎你们。”

“芸丽,我和你弟弟接你回家,日后你就跟妈住一起吧。”

“那我原先住的房子呢?”

“你住院后,我和你弟弟就把那房子退给房东了。”

“谁让你们退的呀?”谢芸丽对谢母把房子给她退了,显出了不高兴的样子。

“芸丽啊!你说那房子不退留着干什么呀?再则你出院了,一个人住那儿,我也不放心哪;你老大不小了,做什么事,应当多考虑些。你说你,当初想找个军人,找了又离了,离婚也不要紧,以后再找个两人性格相投,人品好的也行,结果你找了个席阳,没领结婚证就租房住在了一起,可席阳却是个集抢劫、杀人于一身的恶人,席阳的事一出,你受刺激又住了精神病院。哎!你遭罪倒不说,我这个当妈的能不跟你操心吗!”谢母很是语重心长地说。

谢母的一席话,说得谢芸丽不再言语,她心里自责地问自己:养你的双亲,现在只有母亲了,你作为女儿已长大成人,为何不能善解母亲的心意呢?为何还让母亲为你操劳呢?

谢良从车的后视镜上,见谢芸丽眼中噙着泪花沉默着,心中有些担忧,姐姐的精神刚好了些,可别再受刺激了。

谢良为了打破谢芸丽的沉默,他找了个话题说:“姐,我告诉你一个好消息,你猜猜能是什么好消息?”

“我哪儿能猜出是什么好消息。”

“那我就告诉你,你兄弟媳妇怀孕了。”

“是吗?怀孕多久了?”谢芸丽脸上露出了惊喜。

“快5个月了。”

“回家后,我得买些好吃的,好给你媳妇吃。”谢芸丽脸上的表情变得愉悦起来。

谢芸丽之所以高兴，因从谢家而言，还没有第三代人，谢父在世时，就盼着抱孙子，可谢良的妻子却始终没能怀上孕，而现在，谢良的妻子怀了孕，这个消息对谢芸丽而言无疑是个喜讯。

回到家，谢母把谢芸丽叫到了卧室里，谢母指着桌子上的一个布包说："这包里的东西是从你原先的住处带回来的，存折和钱夹在影集里，首饰、项链在包袱里的一个小铁盒里，你打开看看缺不缺啥。"

谢母说完，走出了卧室。

谢芸丽打开了布包，她先是拿了本影集放在了布包的边上，她缓慢地一页一页地翻着影集，仔细地看着影集里的照片，她把同席阳的几张合影从影集里抽了出来。

谢芸丽望着与席阳在海边奔跑、嬉戏的照片，一种难言的酸楚涌上了心头。

谢芸丽曾把席阳视为知心爱人，是缘于席阳在谢凯病危之时，对谢家经济上的帮助，以及在谢芸丽经历婚姻的不幸和丧父之痛后，对谢芸丽在情感上的那份细致入微的关怀。这张两人在海边奔跑、嬉戏的照片，就是席阳为了安抚情绪低沉的谢芸丽，领她到外地散心时的合影。

即使杨爽等人在谢芸丽的面前摊明席阳是个恶人时，谢芸丽虽感到震惊，但她仍未想到去背离席阳。可李悦在两人的住处搜出席阳欲逃往韩国的护照和钱款那一刻，谢芸丽对席阳那专一、真挚的情感，在现实面前，顷刻间被击得粉碎，谢芸丽瞬间恍然明白：自己为何这般痴情，我怎么就没想到，在大难面前，通常人的感情是很脆弱的。谢芸丽对席阳能坚忍住她自认为的"情"，这种坚忍使她宁愿去冒坐牢的危险；而席阳早已打算好了自己的退路。这两者间的差异，谢芸丽的身心难以承受，精神已趋于崩溃的谢芸丽,无奈地被家人送进了精神病防治院。

"一切如过往的烟云,我不应再去想他。"谢芸丽自语说。

谢芸丽把几张与席阳合影的照片,一张张地撕碎,而后她打开了窗户,把碎照片向窗外扬去,碎照片在风的吹动下,忽高忽低上下翻飞。

当谢芸丽视线里的碎照片散去,她看见楼下新盖的院落是个幼儿园,一个幼师正教几个幼儿跳舞。

"找,找,找朋友,找到一个好朋友,行个礼呀,握握手,你是我的好朋友……"触景生情,幼年的歌谣在谢芸丽的耳际响起,谢芸丽小的时候,前面楼下幼儿园的位置还是平房区,夏日大人们晚间饭后纳凉,常让谢芸丽和杨爽表演节目,谢芸丽和杨爽手拉手,时常唱这一首歌谣。

"杨爽,你现在好吗?我伤害过你,你能原谅我吗?"忆起童年,想到了杨爽,谢芸丽大声地对窗外说着,似乎杨爽就站在窗外的楼下。

谢母在卧室外,听到了谢芸丽的自语,她推开卧室门说:"芸丽啊,别再想那么多折磨自己了,你出来吧,你兄弟媳妇回来了。"

谢芸丽的思绪被母亲的话拉回了现实;她"哎"了一声,与母亲出了卧室。

2

正如杨爽预感的一样,申德林出事了。申德林一个星期没有上班。在一天的早班会上,高臣说:"提审员申德林,因给14监室的在押人员周景扬串通案情,一个星期前,被检察院拘传。经查实,申德林接受周景扬家属3000元钱的贿赂,为周景扬串通案情；经检察院认定，申德林虽串通了案情，但没有造成严重后果，3000 元钱尚不够检察机关的立案标准，故申德林被移交市公安局纪检委处理，昨天，纪检委温庆辉书记到监管支队考核队伍建设情况时表示，对此事严肃处理。所里出了这样的事，我这个当教导员的心里很不是滋味……”

杨爽听了高臣的话，心里说：“你的事若抖搂出来，申德林的事与你的事相比，岂不是小巫见大巫？”

高臣话一落下，冯双春问：“14 监室是谁管？”

高臣说：“杨爽。”

早班会散会时，冯双春对从身旁走过的杨爽说：“你到我办公室去一趟。”

杨爽到了冯双春的办公室，冯双春把门关严问：“你和周景扬的家属没有什么瓜葛吧？”

冯双春的话，使杨爽的心中画个问号，难道是谁反映我什么了？不可能啊？

杨爽说：“我和周景扬的家属没接触过。”杨爽觉得没必要说出周景扬的外甥祁民，通过龙贵成请自己吃饭，而自己又给周景扬订了 200 元钱盒饭票的事。

“你和周景扬的家属没接触就好。”

“是谁说我什么了吗？”

“没人说你什么。是这么一回事，昨天温庆辉书记来监管支队说申德林的事时，还说周景扬在监室里有人特别照顾他，这特别照顾的背后，说不定是有利益驱动的。我当时听了这话，没理这个茬，在今天的早班会上，我才问是谁管 11 监室，我找你谈，想跟你说明的是，纪检委除处理申德林以外，有可能还要调查周景扬在看守所的其他接触关系，你是他的主管民警，在周景扬身上，你别再牵扯出什么事。”

“冯所长你放心，在周景扬身上，我不会有什么事。”

“唉，那就好。”冯双春长吁了一口气说。

“冯所长，谢谢你对我的关心。”杨爽对冯双春的关心有些感动。

“谢什么，这是我当所长应当做的，谁也不愿自己的属下出事。”

“冯所长，申德林的事是怎么露的？”杨爽想把申德林的事探个究竟。

冯双春从办公桌上的烟盒里抽出一支烟，他先是递给了杨爽，杨爽摆了下手，示意不抽，冯双春把烟放在了自己的嘴里，缓慢地从兜里掏出打火机点燃，这过程，他似乎在考虑是否要告诉杨爽实情。

冯双春往烟灰缸里弹了下烟灰说：“杨爽，申德林的事我跟你说了后，就别再对别人讲了。”

“我知道。”

“周景扬的外甥祁民，通过申德林在石油公司工作的妹妹找到了申德林，祁民给申德林 6000 元钱，申德林便给周景扬和祁民间传递信件，串通案情。前段时间，祁民出差了，周景扬的女儿周颖找申德林传信，申德林黑了点，就又朝周颖索要 3000 元钱，周颖满足了申德林的要求后，申德林才给她办事。串供后的周景扬翻供，反贪局的人觉得这其中有问题，反贪局的人到周景扬家找周颖谈话，并在周景扬家搜出了几封申德林转出的串供信。在证据面前，周颖交代了一切，她着重说出了自己和祁民给申德林的 9000 元钱。我到反贪局了解情况时，反贪局的人正要找祁民核实案情呢，如果反贪局的人找到了祁民，核实了案情，那申德林可不单是辞退的事了，完全够追究刑事责任的。申德林见了我，鼻涕一把泪一把地求我帮他，我实在看不下眼，就找了在市检察院当副检察长的战友经荣祥，让他别让手下的人再找祁民了，就按照核实下来的3000元钱给申德林定性得了。经荣祥说可以照我说的办，但有一点就是让申德林把钱退回给祁民，把祁民安抚好。所以才有了现在从申德林的角度讲，算是比较好的处理结果。”说完这些话，冯双春把烟头扔在烟灰缸里，用双手搓了搓脸，接着说，“哎，我这个所长当得真有些累。”

杨爽自从看了吴佳才给他的信后，始终想找机会和冯双春谈谈，看冯双春对吴佳才所反映的问题持的是什么态度，可他听着冯双春说出的“累”字，望着冯双春有些花白的头发，他又不忍说出自己想要说的话。

3

杨爽从别的在押人员那得知，霍英国生前在监室里特别关照过何伟。杨爽觉得仅凭吴佳才给他的信件，作为向纪检部门反映的材料，未免太单薄；杨爽认为找何伟谈谈，或许还能得到些有关材料。但杨爽不能从监室里直接提出何伟谈，那样金洪胜得到他提何伟的信儿后，会对他产生怀疑。

这天杨爽值班，他到提审区去打磁卡电话，他刚把电话放下，见何伟和一男一女两个律师从一间提审室里出来，杨爽迎过去跟两个律师说找何伟说几句话。

两个律师常来看守所，认识杨爽。男律师听了杨爽的要求，用目光征询了下女律师的意见，女律师说：“那我们就等一会儿吧。”

杨爽领何伟进了提审室。何伟进了提审室，就坐进了审讯椅里看着杨爽。

杨爽坐在讯问桌的后边，指了指讯问桌旁边的一把椅子，和悦地对何伟说:“你坐这儿,咱俩说话方便。”

杨爽掏出支烟给何伟,并给他把烟点燃。

何伟在监室里常挨其他在押人员欺侮,更没有哪个管教理他,杨爽的举动,使何伟有些受宠若惊,他结结巴巴地问:“杨,杨管教,你找我啥事?”

杨爽说起了霍英国,他说听别人讲霍英国生前对何伟很照顾。何伟承认霍英国对自己的照顾,他说若没有霍英国的照顾,他得多挨不少欺负,又说了霍英国在监室里遭卢春江等人虐待的一些事情。但当问及霍英国被打死的情况时,何伟说事出时自己睡觉没看到。杨爽感到疑惑。何伟见杨爽不相信的样子,就信誓旦旦地说霍英国对我那么好,我要不说实话,那我还是人吗?在杨爽启发式的询问下,何伟说出了霍英国有本黄色笔记本,那是时春生当管教时给的,时春生有个报社的朋友,想写一篇有关死刑犯的文章,让霍英国在执行前的这段时间里,把内心的感受写出来。何伟说如把这本日记找出来,里边肯定记了很多内容。

杨爽与何伟谈了半天的惟一收获就是发现了这本日记,他问:“这本日记你估计现在在哪儿?”

“霍英国在临死前的一个多星期没有写日记,我想他没有写日记的原因是饿得没有心思去写了,他的日记绝不会给别人,他可能把日记塞进枕头或被褥里,再不就是塞进了铺板子底下。”

“会不会让别人搜走了呢?”

“没有,金管教很少聊号,他可能不知道霍英国有这本日记。卢春江刚进号时想要他的日记本,霍英国骗卢春江,说他的日记是高教导员给他的。卢春江见那日记本挺好,考虑若没有管教特意给他,他是不会有的,卢春江也就信了霍英国的话,没有拿他的日记。”

杨爽想出了找日记的办法，他说：“何伟，我现在吩咐你一件事情，这件事你一定要办妥当，晚间 8 点钟左右我顶班，你要在这期间，借上厕所的机会，暗中用破布或矿泉水瓶之类的东西，把下水道堵死。”

“杨管教，这我倒是能办到，可这样做，不是违反监规吗？”何伟不解地问杨爽。

“我让你做的事，只有你我知道，没谁会追究你违不违反监规。我之所以让你办这样的事，目的是找霍英国生前的那本日记；你把厕所下水道堵了后，我就可以把你们整个监室的人暂时串到别的监室去，借疏通下水道的机会，找找霍英国可能塞进铺板子底下的日记。”

“要是在铺板子底下找不着霍英国的日记呢？”

“也只能这样试试了。你说霍英国可能会把日记塞进行李里，可他死了这么久了，行李早不知扔哪儿去了，没法找；再一个日记你比量得那么厚，我琢磨他不会往行李里塞。”

“好吧杨管教，那我就听你的。”

“那就这么定了，走吧。”杨爽领何伟走出了提审室。

4

晚饭后，杨爽从后勤室的杂物堆里找出了把锤子和一根短撬棍，用作起铺板子的工具。他把这两样东西用报纸包好后拿进了监区，放在了 14 监室门口的暖气片背面。

晚 7 点半，于兴国喷着酒气晃着监区的铁门，值班的杨爽过来把铁门打开，于兴国摇摇晃晃进了监区，一屁股坐在沙发上。

杨爽说：“于所长，看样子你今天没少喝。”

于兴国说:“今天我是多贪了两杯,今天是咋回事呢?咱们主管局长丁兆柱的儿子结婚,柯支队让各所的领导班子都去,他又紧着张罗喝,你说能不喝多吗?”

于兴国想抽烟,他两手插进衣兜里没摸着烟,他对杨爽说:“杨爽你那有好烟吗?给我找一盒。”

“我兜里也没有,我到办公桌里给你找找。”杨爽去了办公室。

杨爽从办公室回来拿了盒灵芝烟,递给了于兴国。

于兴国看了眼杨爽递到自己手里的烟说:“怎么就这烟?”

“于所长,我抽屉里真没什么好烟,行啊,凑合着抽吧。”

于兴国打开烟盒,抽出一支烟放进嘴里点燃说:“杨爽,你可赶不上咱所里有的民警,那我对别人说要盒好烟,立马就能拿出中华来。你啊,就是有点太老实了。”

“我看还是老实点好,要不出了事也不好办,像申德林似的,就那么几千元钱,把自己的饭碗子都给砸了。”

“谁像申德林那么傻,给人家传个信还非得写在纸上,用嘴说不就得了,即使真的写在纸上,传个条子,看完条子一撕也就没事了。而他和那家人呢,还非得把传信的条子留下来,日后好给检察院的人一个证据,那不纯傻吗?我知道的,就在咱身边的人,给人家办事,收个几万元都算少的……”说到这儿,于兴国意识到自己说走嘴了,忙把话题转了个弯说,“别说咱这儿,别的地方也都一样。”

于兴国的话,使杨爽吸了口凉气,他知道于兴国说的肯定不是无影的事,那他说的是谁呢?是卢春江吗?难道是吴佳才所反映的事情背后的交易?如果是,那是多么肮脏黑暗的交易啊!

杨爽明白,他不可能再从于兴国的话语中听到自己想要听到的东西。

杨爽装做没有在意于兴国说的话的样子，他端起了提审桌上的一杯茶水递给于兴国说："于所长，喝杯水吧。"

"报告管教，报告管教。"14 监室的方向传来了在押人员的报告声。

"杨爽，过去看看咋回事。"于兴国喝了口水说。

杨爽估计自己吩咐何伟做的事，何伟已经办完了。

杨爽稳定了下自己的情绪，他告诫自己，一定要把与何伟订的计划实施好。杨爽往 14 监室方向走着问："是哪个监室喊报告？"

"是 14 监室。"

杨爽到了 14 监室的门口，何伟站在小窗口说："杨管教，我刚才上完厕所后冲便时，发现下水道堵了。"

"再冲冲看看，能不能把堵的东西冲下去。"

另一在押人员打开了水阀门，又"哗哗"地冲了一阵，说："杨管教，冲不下去。"

杨爽顺着小窗口往厕所处瞧，见蹲便的便池里溢满了水。于是说："冲不下去就别冲了，等着，我提劳动监室的在押人员来疏通。"

"怎么会堵呢？我去看看。"于兴国把茶杯放回提审桌上，到了 14 监室门口。

过了几分钟，杨爽领着两个劳动监室的在押人员，拿着管道疏通机回来时，见于兴国冲着 14 监室小窗口破口大骂："他妈的，下水道堵了，谁堵的，是不是有意整的，要是谁有意整的，我饶不了他……"

杨爽拉了把椅子，放在了于兴国的后边说："于所长，你跟他们生啥气；来，坐着歇一会儿。"

杨爽把 14 监室的门打开，而后又把 13 监室的门打开，他把

14 监室的在押人员串到了 13 监室；串完了人，他领劳动监室的在押人员进了 14 监室，连上了疏通机的电源线，开始了疏通下水道。不一会儿，蹲便池的水缓缓下落。

于兴国坐在椅子上，微闭着眼睛，歪着脑袋，已经眯瞪着了。杨爽回到走廊，扒拉了两下于兴国说："于所长，回办公室休息吧。"

于兴国睁开了眼，直了直腰说："不用，不用，我在这儿陪你看着。"

"不用了于所长，你就放心地回去休息吧，我待会儿找别人陪我。"杨爽把于兴国从椅子上拉了起来。

"那我就回去休息了。"于兴国说着，向办公室走去。

杨爽站在监室的门口，问劳动监室的两个在押人员："疏通开了吗?"

"疏通完了，正往外拽呢，感觉像破布什么的把下水道堵了。"其中一个劳动监室的在押人员说。

不一会儿，缠着一大团破布的疏通器的头部被拽了上来。

杨爽送回了劳动监室的在押人员，他匆忙地返回，他从暖气片的背后取出了锤子和撬棍，进了 14 监室。

杨爽站在霍英国曾定过位的地环处，寻找着铺板与墙壁处缝隙较大的地方，他发现铺板与靠近厕所的间壁墙处缝隙较大，他把撬棍插了进去，轻缓地撬着，随着"吱吱"地响声，铺板子被撬起一个大缝。他放下撬棍，从缝隙间双手抓住铺板子，用力向上抬，把铺板子的缝口开大。当铺板的缝口处可以伸进手去时，他掏出打火机，在铺板子底下把打火机点燃，借着光亮，他隐约看见一本黄皮日记……

5

夜间值完班的杨爽，进了办公室，就翻开了霍英国的日记。霍英国的日记写的大多是对生命的眷恋，其中有一部分写的是自己针对卢春江的虐待，发泄出的对卢春江的憎恨。看完日记的杨爽毫无睡意，他在办公桌上铺开稿纸，根据自己的所见所闻，给市公安局纪检委书记温庆辉写了封举报信，虽然他写信的时候，情绪有些激愤，可到了信的末尾署名时，他心里却有些顾忌，他不知道温庆辉怎样对待这封信，更难以猜测这封信的内容过后是否会传到高臣的耳朵里，这顾忌使他在信的末尾署上了“知情者”三个字。他写完了这三个字，撂下笔，又对自己写下这三个字感觉到了不满，可随之他又劝慰自己，不要急于显示自己，如果纪检委来调查这封信所反映的问题，到时候再跟纪检委谈也不迟。

下了夜班，杨爽没有直接回家，而是去了一家红叶打字复印部里，打字复印部的店主是个与杨爽年龄相仿的女子，杨爽把举报信给了女店主，让女店主把举报信打印出来。女店主在打字的过程中多看了杨爽几眼，看得杨爽很不自在，杨爽问：“你认识我吗?”

“我见你很熟，好像咱俩同过学，你叫什么名字?”

“你见我熟，可我对你没印象。”杨爽没告诉对方自己的名字。

那女的见杨爽有些冷漠，便不再言语，只好专注地打字。

杨爽拿着打好的材料，刚走出打字复印社的门，那女的就抄起了电话，拨了个手机号。

“喂，高臣吗？我是柳梅，有急事，你过来下。”手机拨通后，那女的说。

那边“嗯”了一声，就挂断了。

原来，开红叶打字复印部的柳梅是高臣的相好。柳梅原是东河市化工厂的工人，后来下岗了，高臣就帮她张罗起了这家打字复印部，这是杨爽压根儿想不到的。

没过几分钟，高臣就进了打字复印部，他问柳梅：“你找我有什么急事？”

打字复印部没有顾客，只有柳梅和高臣两个人，柳梅把虚掩的门关好说：“刚才有人在这儿给市公安局纪检委温庆辉书记打了封举报信，举报的是你。”

“是谁打的？”高臣愕然。

“是个与我年龄相仿的男子，个头与你差不多，我想套出他的名字，可他很谨慎，没说。”

“举报信里是什么内容？”

“举报信里说你们看守所监室里打死过人，你为了把一个姓卢的在押人员从打死人的事中择出来，和减轻主管民警姓金的责任，公然撕毁了于兴国副所长所做的真实笔录，由于把姓金的管教的责任推给了值班管教段刚，段刚由此挨了过重的处分，被逼自杀……”

“行啊，别说了，你现在就把那封举报信从电脑里给我调出来。”高臣一听就急了，他指了指电脑说。

“调不出来，打完字后，那人坐在我旁边，让我把举报信删了，见我删完了举报信他才走。”

“这屋锁上，跟我走。”高臣推开门说。

“跟你到哪儿去？”

“跟我到我单位去。”高臣没作过多解释。

在第一看守所收发室行政执法显示板前，高臣指着上面全所民警的照片对柳梅说:“你仔细看看,上你那打字的人在不在这上面。”

柳梅指着杨爽的照片说:“就是他。”

“你看准了?”

“没错。”柳梅肯定地点了点头说。

“那好,没你事了,你先回去吧。我这边还有别的事,就不开车送你了。”

“那我走了。”柳梅往收发室外走着说。

高臣回到办公室,急切地查看着办公桌玻璃板底下压着的通讯录,他找到了通讯录上面杨爽的名字,他拿起办公桌上的电话,给杨爽打了个手机,可杨爽的手机关机。高臣又拨通了杨爽家里的电话,杨爽家里的电话没人接。

高臣用手指敲打着办公桌上的玻璃板,自语说:“看来杨爽是有意在回避我。”

高臣不知所措,出了办公室,向柯志伟的办公室走去。

由于举报信给高臣造成的心理上的恐慌,他嗑嗑巴巴地向柯志伟述说了柳梅找他的经过。

高臣说的事情,柯志伟颇为费解。他问高臣:“你得罪过杨爽吗?”

“我没有得罪过他呀?”

“那他图啥呢?为那两个死刑犯讨个说法,他跟那俩死刑犯非亲非故的,也没啥关系呀?是为段刚打抱不平?他为一个死去的人至于这样做吗……”

“对了,柯支队,杨爽整治过卢春江,为这事,他被反贪局查过,是不是他嫉恨卢春江而这样做的呢?”

“这也不是一个充足的理由,行啊,咱也别瞎琢磨了,事已至此,想个对策吧,你打算下一步怎么办?”

“柯支队，我心里没个谱，我刚才给杨爽打了个手机，他没开机。”

“你打手机找杨爽干什么？”

“想在他没有邮出举报信之前，找他谈谈，看他能不能转变个态度。”

“从现在的情况看，他举报你的念头不是一天两天了，即使你找到他恐怕也没用。”

“柯支队，你说下步该怎么办？”

柯志伟思虑了片刻说：“我嘱咐下于兴国，让他做好与纪检委谈话的准备。你通知卢春江，最近躲避起来，不能让纪检委找到他。只要于兴国不吐实情，卢春江找不着，纪检委即使找朴长伟和吴佳才谈话也无所谓；朴长伟和吴佳才为了活命，见卢春江放了，反悔以往的交代，就避重就轻地把责任往卢春江身上推，这样的事例，在团伙犯罪中是司空见惯的。至于杨爽，那就得过后慢慢做他的工作了，别让他再把举报信往上一级纪检部门送。”柯志伟顿了一下，又想起什么似的说，“对了，前段时间，温庆辉因申德林的事到咱支队，咱们与他晚上一同吃的饭，饭后我让你送他回家，他说不回家了，要去医院侍候他老母亲，是吧？”

“是，有这事，他母亲近八十岁了，得的哮喘病，在市第二人民医院住院。”高臣眨了下眼，他不知柯志伟说这事啥意思。

“你不明白我的意思？我是想让你借此机会去医院探视温庆辉的老母亲。”柯志伟点拨高臣说。

第十四章

1

温庆辉坐在凌志车里，微闭着眼睛，静默地养着神。虽然早晨是让人精力充沛的时候，可温庆辉的精力却充沛不起来，这个四十六岁的男人正处在人生爬坡阶段，儿子今年刚考上外地的一所高校，凑齐了钱，送走了儿子，老母亲的哮喘病又犯了，在医院一住就是几个月，雪上加霜的是，他妻子前不久又下岗了。这一切，对于这个公安局纪检委书记来讲，不但有照料母亲的疲惫，在经济方面，着实有些捉襟见肘。

现在，温庆辉的腿上放了个档案袋，档案袋里不但有他时常拿回家看的材料，还有装着一沓钱的信封，信封是昨晚高臣到医院看他母亲时扔下的。高臣在医院与他寒暄几句后，就拿出一个厚厚的信封，他马上意识到那信封里是钱，他挡住高臣欲把信封放在小柜上的手，说你来看看倒可以，但千万别这样。高臣绕开他挡信封的手，直接把信封塞到他母亲躺在病榻上的被子底下，转身就走。他刚要从被子底下抽出信封追赶高臣，两个亲友恰巧这时推门进来,他只好做罢。

高臣扔下的钱,让温庆辉心里很是不安,他虽跟高臣因工作关系有过些来往,但高臣扔下的满信封的钱,显然已超出了人际关系应酬的范围。在这个节骨眼上,温庆辉虽然很需要钱,可他仍坚守着自己的清白。自己是纪检委书记,这过格的应酬意味着什么?他不得不多想想,再一个,从与自己职位相关的有关规定来讲,也不允许他收下这笔钱。

在从家出来上车前,他准备把这笔钱通过第三者退还给高臣。

凌志车驶入了市公安局的大院,缓缓地停在了局机关大楼的门前。

开车的武警战士说:“温书记,到了。”

温庆辉睁开了微闭的眼睛,左右转了下头,使自己振作了些,他下了车,把坠在额头前的头发往上绺了绺,沿着门口前的台阶拾级而上。

温庆辉路过纪检委内勤小唐的办公室,对着已开门的办公室喊:“小唐,你过来下。”

小唐其实并不小,已经三十余岁,他是省警校毕业的,原在刑警支队任侦查员,后因纪检委调查一起较复杂的民警违纪案,就把小唐从刑警支队借调了过来。待搞完了案件,温庆辉见小唐不仅刑侦业务熟,而且原则性很强,就把小唐留在了纪检委。

温庆辉进屋到了办公桌前,小唐也随后走了进来,他先是把头一天来的几张报纸放在了温庆辉的办公桌上,而后垂手而立,等着温庆辉的吩咐。

温庆辉从档案袋里掏出高臣给他的那装钱的信封,递给小唐说:“这信封里是钱,你先查查,看是多少。”

小唐把钱从信封里抽了出来,仔细地查了遍说:“温书记,都是100元面值的，整5000元。”

“这钱是昨晚监管支队的高臣去医院看我母亲时留下的，这笔钱我是不能收的，你抽时间去趟监管支队，当着监管支队长柯志伟的面，把这钱退还给高臣。”

“知道了，温书记，我现在就去办这事。”说完这句话，小唐转身出去了。

温庆辉坐在办公桌前，见小唐放在桌上的报纸里有几份文件和封挂号信，他把挂号信拿起，撕开了信封，抽出了里边的信。

这封信是杨爽写给温庆辉的，信的内容让温庆辉颇为吃惊，当他看到一半时，急于想知道是谁写的这封信，便直接把信翻到最后一页，想看看署名，可署名“知情者”三个字，让温庆辉感到有些缺憾。

他思忖：难道这封举报信与高臣送自己的5000元钱有必然的联系？倘若有联系，那么这封举报信里所反映的内容，应当是属实的。

温庆辉考虑把举报信给主管监管的丁兆柱看看，他找了个大头针，把信和信封别在了一起，他批示完其他几份文件，拿起了电话，拨着丁兆柱办公室的电话。

电话通了后，温庆辉对丁兆柱说有事找他，丁兆柱说你过来吧。

温庆辉放下电话，拿起那封举报信，出了办公室。

丁兆柱皱着眉头看完了信，他放下信说：“如果这封信反映的情况属实的话，写这封信的人是了解些情况，但没有说出实质性的东西，我说的实质性的东西是高臣暗中和卢春江的家人做了怎样一笔交易？高臣的胆子为什么这么大？是不是还牵扯其他人？这事应跟陶志歆局长汇报一下，可他昨天刚去北京公安大学新任公安局长学习班学习，得两个月后回来。要不，你们纪检委就先隐蔽性地调查着,看是否能查出问题来?"

"查出的问题与举报信反映的内容要是吻合上,很可能就是循私枉法,那可不是我们纪检委所能处理的,是要移交给检察院法纪局的。但愿不要查出什么问题。"温庆辉从丁兆柱的话中听出了丁兆柱的担忧,这担忧就是要真查出了什么问题,他这个主管局长会处于很被动的地位,所以他附和着丁兆柱的话苦笑着说。

2

杨爽的举报信不仅使高臣感到恐慌,也使一贯沉稳的柯志伟忐忑不安。他早晨上班时遇见了冯双春,他问冯双春:"省高院对朴长伟和吴佳才的死刑复核了吗?"

冯双春说:"复核了,前几天中院的人陪省高院的人来过,值班民警查这两个人半天没查着,后来不知谁说这两人在林海市林业看守所押着呢。中院和高院的人就去了林海市。"

柯志伟想催办市中院给朴长伟和吴佳才早点执行死刑,如果这两人死刑一执行,无论什么样的举报信都不会给他带来心理上的负担。

柯志伟回到办公室,给市中院刑一庭的王庭长打电话,说朴长伟和吴佳才在看守所押时间长了,原先他俩就是老贼,现在他俩又翻供又闹监,没办法就给他俩弄外地羁押去了,要是他俩复核完能快些执行,我们也省份心。王庭长不知道这件案件中的猫腻,他在电话里说,省高院复核朴长伟和吴佳才时,他俩要把原监室的卢春江拽进来,说卢春江才是打死霍英国的主犯。我问他俩,检察院提你们和法院开庭时,你俩怎么没说卢春江呢?他俩听我这么问,就没话了;我估计他俩就是想多活几天,瞎闹腾。要说他俩执行也快，也就十天半个月的。

王庭长的话，给柯志伟的心中带来一丝亮色。

刚放下电话，丁兆柱来了电话，丁兆柱在电话里说：“柯志伟啊，你那边说话方便吗？”

“方便，就我一个人在办公室。”

“有件事跟你说一声，纪检委接到了一份举报高臣的信件，纪检委根据信件所反映的问题，最近要着手调查，你们要给予协助。”

“怎么会有这样的事？高臣可是年年的优秀共产党员和先进，纪检委若是查不出高臣什么问题，弄得沸沸扬扬的，多不好。”柯志伟故作惊讶地说。

“你说的这话我也考虑过，从我的角度讲，我也不愿看到高臣真的出问题，可有些问题反映出来了，该查的还得查，我已告诉了纪检委，尽可能地隐秘一些……”

柯志伟与丁兆柱通完电话，他看着桌子上的电话机，心里嘀咕：“查吧，查吧，过了十天半个月的，朴长伟和吴佳才一执行死刑，就是纪检委查出问题来，也无法认定。”

“咚咚”。有人敲门。

柯志伟把目光从电话机上移到了门口，说：“请进。”

小唐推门而入说：“柯支队，你好。”

“是小唐啊，稀客，稀客，来，来，请坐。”柯志伟迎上去与小唐握手，把小唐让到了沙发上。

“小唐，你来有什么事吗？”柯志伟问这话时，他在琢磨：不能是丁兆柱这边刚来电话，那边纪检委就来人查高臣吧？

“柯支队，昨天高臣到医院去看我们温书记的母亲，临走时留下了5000元钱，温书记让我来把这钱退还给高臣。”小唐从皮包里拿出了装钱的信封，直言了来意。

柯志伟原以为温庆辉能收下这笔钱,可温庆辉现在却把钱退了回来,这让他始料不及。温庆辉这样做说明了什么?或许他认为高臣送的这钱是有目的性的,他会很自然地与那封举报信联系在一起。想到这儿,柯志伟为了开脱高臣,他说:"这5000元的事我知道,这钱是怎么回事呢?去年第一看守所揽了份让在押人员挑小豆的活,这活干了一年多,挣了一笔钱。上次温书记到我们这儿来,我们唠嗑时,他说起儿子念大学和母亲有病,我们寻思温书记的经济状况肯定不宽裕,我就跟第一看守所的领导合计了一下,从挑小豆挣的钱中拿出5000元,让高臣送去,帮助下温书记。可能高臣话没有讲清楚,温书记以为是高臣个人送的。"

"这个情况我倒是不了解,但温书记既然让我来退还钱,我想这钱无论是你们单位送的,还是高臣的个人意思,温书记都是不能收的。"

柯志伟见在小唐这儿做不通工作,他就给温庆辉打了电话,把跟小唐说的话重复一遍,温庆辉在电话里说了句心意领了,但钱不能收,就撂了电话。

装钱的鼓鼓的信封,放在小唐坐的沙发前的茶几上,很是扎眼。柯志伟很是尴尬,他想,我揣摩温庆辉的为人真是揣摩错了。

小唐在旁边听到了柯志伟与温庆辉的通话,知道温庆辉的态度是坚决、明朗的。他就说:"柯支队,你把高臣找过来吧,当面把钱退还给他,我好回单位。"

柯志伟冲着门外喊了句:"郭峰。"

"柯支队什么事?"郭峰出现在门口问。

"你把高臣给我找来。"

"噢。"郭峰应声走了。

柯志伟和小唐沉默地等着高臣的到来。

过了会儿,郭峰回来说:“柯支队,高臣没在单位。”

“这小子哪儿去了。”柯志伟嘟囔着在电话机上拨着高臣手机的号码……

这时的高臣正在翔宇山庄。他是昨晚去的翔宇山庄,他到了山庄把杨爽往市局纪检委写举报信的事跟卢春海说了,他着重告诉卢春海转告卢春江,让卢春江最近一段时间在外边躲一躲。他与卢春海喝完酒后要走,卢春海说山庄来了几个俄罗斯小姐,他让高臣在山庄住一宿,开开洋荤。当服务生把一个俄罗斯小姐领到高臣眼前时,他看着金发碧眼的俄罗斯小姐,眼睛都直了。高臣当即给家里打了电话,告诉妻子说有几个外地战友来了,晚上要陪战友打麻将,说不上什么时候回去。安顿完家里,他就在翔宇山庄住了下来。

床头柜上手机的响声将高臣唤醒,他拿起手机看了眼电话号,见是柯志伟打来的,他忙接听着电话。柯志伟问他在哪儿呢?他说在外边办事。柯志伟告诉他马上回单位。他见手机上的表已显示9点半了,他忙起身穿衣服。他穿衣服的响动,使床上的俄罗斯小姐也醒了过来,俄罗斯小姐见他穿衣服,就叽里呱啦地说了几句话,拽了他一下。他没有理会俄罗斯小姐,穿完衣服就匆匆地走了。

3

温庆辉指派监察室的关主任和小唐去查杨爽所写的举报信的内容。两人两天前去了林海市林业看守所提审了朴长伟和吴佳才,这天下午,他俩来到了监管支队。

两人推开柯志伟的办公室的门,柯志伟见他俩先是一怔,继而才说："来，来，二位，请坐，请坐。"

关主任和小唐落座后，关主任说："柯支队，今天我俩到你这儿来，是受温书记的指派查件事情，我们先要找于兴国谈谈。"

"丁局长跟我说过，让我配合好你们的工作。"柯志伟拿了两瓶矿泉水，递给关主任和小唐说。

"于兴国这人怎么样？"关主任问。

"于兴国这人不错，他是我们一所的副所长，两年前从部队副营职转业，工作积极肯干，不足的是性格有些大大咧咧。"

"啊。"关主任听了柯志伟的话沉吟了下说，"这样吧，你给我俩找个屋，然后你让人把于兴国找来。"

"不用找别的屋，你们就在我屋谈就行。"柯志伟客气地说。

"那多不方便，你还得在这屋工作呢。"小唐拧开矿泉水瓶盖，呷了一口水说。

"那也行，来，要不上会议室吧。"柯志伟从椅子上起身说。

在走廊尽头的会议室里，关主任和小唐坐在了椅子上，小唐打开文件袋，把笔录纸、印台从中拿了出来。

柯志伟转身往外走说："你俩在这等会儿，我去找于兴国去。"

柯志伟在监区里找到了于兴国，柯志伟皱着眉头说："纪检委的来了，在支队的会议室呢。我想该怎么说你心里清楚，我也不跟你多说了。"

"柯支队，你放心吧，我知道该怎么说。"于兴国的话落下要走时，柯志伟的右手重重地拍了拍他的肩膀，柯志伟的这一拍，无疑意味着期望和信任，这期望和信任，使于兴国心里热乎乎的。

对于于兴国而言，卢春江的事情他是了解的，可是他了解的一切,是不可能跟纪检委说的。自高臣知道杨爽写举报信举报自己后,高臣就跟他把事沟通好了,纪检委如找他,他该怎么对纪检委说,心里早已有了谱。高臣和柯志伟已经给了他好处,于兴国的儿子去年市里重点中学一中没有考上,是高臣前段时间给他儿子从普通中学转到了一中,这使他省却了两三万元钱的择校费。柯志伟跟他说过段时间机构改革时,高臣任所长,把他从副所长调到教导员的位置来,这样他的副科级就可以变成正科级。他曾考虑过,即使自己不跟纪检委说实话,他也不会摊什么责任,因为有的事他不了解是正常的,至于自己做的笔录被高臣撕毁,自己可以解释说没有做过正式的笔录,搞调查时,只大略地记了下在押人员反映的情况,自己这么做,无非就是装聋作哑。既得的利益让于兴国没有考虑所面临的风险。

于兴国敲了两下会议室的门,直听到里边传出“请进”的声音,他才推门走了进去。

关主任打量着于兴国,指了指对面的椅子说:“坐。”

于兴国坐下后,关主任和小唐做了下自我介绍。关主任问话,小唐在旁边做记录。

关主任说:“我们是来了解霍英国被打死的案件,希望你能实话实说,做到不隐瞒、不夸张。”

“我会实话实说的。”于兴国笑了笑说。

“朴长伟和吴佳才你认识吗?”

“认识,他俩因在监室内打死同监在押人员霍英国,已判死刑。”

“出事那天是什么时间,你在场吗?”

“出事的时间是去年的 12 月 22 日,当时号内值班的是段刚,我没在场,我在办公室来着。第二天早晨 6 点多钟段刚给我打电话,说号里打死人了,听到信儿后,我就从前面的办公室进了监区。”

“打死人的确切时间是什么时候?”

“可能是半夜12点多钟打死的,那天半夜恰巧下雨打雷,还停了一会儿电。段刚听到打死人的14监室有动静,过去看了看,因霍英国是捂死的,动静小,号里朴长伟骗段刚说没事,号里漆黑一片,段刚没发现什么,当时也没在意。”

“当时你调查清楚霍英国因为什么被打死的吗?”

“大概调查清楚了。”

“怎么样的一个大概?”

“是霍英国晚间偷吃方便面,坐班的朴长伟和吴佳才发现了……”

“卢春江参与打了吗?”

“他好像没参与,监室里有人说他参与了,但说的人只是猜测,因为出事时,除了坐班的,其他人都在睡觉。”

“你当时做笔录了吗?”

“我寻思把事情查属实后再做笔录。”

“后来把事情查属实后,你做笔录了吗?”关主任微低着头,凝视着于兴国问。

“查属实后也没做。”

“哪有调查案件不做笔录的,你不做笔录正常吗?”关主任用右手的两个手指敲打着桌面说。

“不是后来,那个谁,高臣做了吗?”于兴国的神情不再那么坦然,他说话变得有些不利索。

“我是问你当时为什么不做?”

“我当兵转业到了看守所,我没搞过案件,笔录做不好,所以我就当时记下了大概的情况,我把记下的情况给了主管狱政的教导员高臣,高臣说这案件你别管了,我查吧。从那以后,霍英国被打死的事,我就没再过问。"于兴国一下子说出了这么个不成理由的理由。

"你们看守所的民警有原先在办案单位的,你为什么不找一个会讯问的做笔录?"

"出事那晚值班的到早晨都下班回去了,还有一部分人去外地监狱投送在押人员,所里剩的人少,没有适当的人,没办法,我就找了两个武警跟我参与调查……"

与于兴国谈完话,关主任要找高臣,柯志伟说高臣请假出门了,要过两天回来,两人只好做罢。

4

高臣真的出门了,他开车去了省城,他拎着两瓶五粮液酒和两条中华烟,到了他嫂子的舅家。他嫂子的舅姓吴,是省公安厅常务副厅长。他跟吴副厅长说他因工作的关系,在单位得罪了人,于是有人举报他,说他把一个在押人员从在监室内伤害致死一案的团伙中择了出来,举报他的事纯属子虚乌有,因真正打死人的两个案犯已被法院判处了死刑。举报人就是想和稀泥,目的是让他不可能在两个月后的机构改革中竞聘上所长。吴副厅长本不想管高臣什么事,可碍于自己外甥女打来的说情电话,勉强答应过问下他的事。

高臣是在吴厅长家吃了晚饭才出来的,吴厅长虽没答应他什么,只是说过问下他的事,可仅是过问下他的事这一句话,就让高臣激动不已,使他平日里心中的那种恐慌,顷刻间化解了许多。他开车快到省公安厅招待所门口时,他看了下表,见只有7点多钟,他便打消了住招待所的念头,想趁时间尚早返回东河。

高臣开车回到东河市已近半夜,他没有回家,而是把车开到了清福小区的二号楼前，柯志伟家就在这个楼的四楼住。高臣掏出手机拨通了柯志伟家的电话，电话响了半天，柯志伟才接电话，高臣让柯志伟下楼，说自己开车在楼下等他，柯志伟在电话里打了个哈欠应了一声。

高臣拉着柯志伟把车停在了一家烧烤店的门口，两人下车进了烧烤店的一个单间里。高臣要了几个羊肉串和几瓶啤酒。

下楼一直没有说话的柯志伟问："把事办得怎么样了？"

"还算顺利，吴厅长答应过问我的事。"

"你是怎么跟吴厅长说的？"

高臣把烟拿了出来，他拿出一支烟给柯志伟，柯志伟摇了下头，他把烟放在自己嘴上点燃说："我说我在工作上得罪了人，别人见我在机构改革中要竞聘所长，便写举报信诬陷我。"

高臣在跟吴副厅长谈话时，他没有用"诬陷"这一词，现在跟柯志伟说话不知怎么竟说出了这一词，"诬陷"这一词一出口，高臣觉得有点太那个，他把烟从嘴上拿开辩解说："我说诬陷也正常，反正也没查出我实质性的东西来。"

这时服务员把羊肉串和啤酒端了过来。

高臣拿起一瓶啤酒，给柯志伟斟满。

柯志伟望着桌上的啤酒杯说："你今天前脚刚走，后脚纪检委的就来了，纪检委先找于兴国谈的话，找完于兴国就要找你，我说你请假出门了，过两天才能回来。"

"于兴国怎么说的？"

"他还能怎么说，没事。纪检委找他要了解的是：第一，他当时给没给朴长伟他们做笔录；第二，他当时所了解的除朴长伟和吴佳才打了霍英国外，卢春江参没参与。纪检委查的两点主要针对的是你，于兴国还行，他都帮你解脱了，他说他当时没做笔录，他还说没查出卢春江打霍英国。"

“于兴国这么说那还行，我帮他也算是帮对了。唉！柯支队，我现在有种如释重负的感觉，这感觉心里真敞亮，来，干。”高臣端起酒杯，不免喜形于色。

柯志伟的神情并不像高臣那么愉悦，他不无忧虑地说：“高臣，什么事别高兴得太早，你的事目前来讲是没多大事，可杨爽要是不罢休，他要还写举报信往上捅呢？咱也不知道他手里掌握了多少东西。”

“这个×养的，我真想整死他，他要是再往上捅，我就……”

柯志伟摆下手说：“打住，对于杨爽，咱还得该笼络笼络。其实我的心情也与你一样，恨他恨得牙根都痒痒，但没办法……”

第十五章

1

早晨，监管支队的大门口停了辆黑色奥迪车。杨爽下了通勤车，见那奥迪车眼熟，他在大门口的小卖店买盒烟往回走时，奥迪车的前门玻璃缓缓落下，车里有一男子喊：“杨爽。”

杨爽扭头看了看，见是个戴眼镜、穿西装的老年男子，杨爽乍看没认出来是谁，他走近了车前，那男子看杨爽疑惑的样子，说：“怎么杨管教，几天不见就不认得我了？”

“是周景扬啊，你这西装革履的让我确实有些认不出来了。”

“来，来，车里坐坐。”周景扬打开副驾驶位置的车门说。

杨爽坐进了车里说：“我看这车有些眼熟，这是你外甥祁民的车吧？”

“是他的车，他昨晚到我那儿，我说你把车留在我这儿，我明天开车去办点事。我今天来就是看你的，前天我释放的时候正赶上你休班，也没跟你打个招呼。我老了快退休了，还在看守所待了那么长时间，我在你管的监室里，你对我是那样的照顾，我真是没齿难忘啊！”周景扬动情地说。

“我对你也没什么特殊的照顾，也就是在日常的工作中对你细心一点，有什么可记得的。”杨爽无所谓地说了句，继而问，“唉，你的案件怎么判的？”

“判三缓五，也算行了，免得投送到监狱改造了。”看样子周景扬对自己的判决还算满意。

杨爽看了下表，见差5分钟到8点，他说：“你没什么事吧？我们8点钟开早班会，我得回所了。”

“唉，你待会儿。”说话间，周景扬从衣兜里摸出个信封递到了杨爽的面前。

“你这是啥意思？”杨爽笑了笑说。

“杨爽你听我说，我已经放了，我在里边时，你确实关照过我，我心存感激。这信封里的2000元钱，是我的一点心意，这可不是我求你办什么事行贿你的钱，我希望你能收下。”周景扬说得很诚恳。

看着眼前的信封，杨爽想到了祁民为给周景扬串供，给自己送钱时被自己拒绝的情景，他更想到了申德林，申德林不就是因给周景扬串供，收了人家的贿赂而跌倒的吗？想到这儿，杨爽虽知道此时周景扬给自己的钱，与申德林索贿受贿去做违反原则的事是两个概念，可他心里还是因想到了申德林，而对周景扬产生了一种难以说清的反感。

杨爽断然把信封挡了回去说：“老周，你的心意我领了，可这钱我是不能收的，我得开会去了，你请便吧。”说罢，杨爽下车走了。

周景扬不可能了解杨爽的心态，杨爽的举动，让周景扬自己觉得很没面子，他嘀咕着：“这事弄的，送钱还送出不是来了……”

早班会散后，高臣跟杨爽说：“杨爽，柯支队找你。”

杨爽问：“找我什么事？”

高臣亲热地往杨爽跟前凑了凑说：“还有不长时间就机构改革了，咱们支队要新成立办公室和监所管理科，这样的话，就多出了几个科级领导岗位，你年轻有为，柯支队找你，可能给你定位置，让你去竞聘吧？”

“是吗？”杨爽倍感惊奇地说。

“去看看不就知道了，如果真有机会，不能错过啊。”高臣拍了拍杨爽的肩膀说。

按道理说，高臣作为看守所的教导员，他透露给杨爽的信息，应当是可信的。可杨爽却怎么也不敢相信，在自己不主动要求和打点的情况下，柯志伟能给自己一个副科级的职务去？或许柯志伟找我不是提职的事，而是我寄给纪检委的举报信转到了他的手里……想到这儿，杨爽的心里一颤。

柯志伟办公室的门开着，他坐在办公桌后的转椅上，正在观赏窗台上鱼缸里的几条金鱼。杨爽敲了两下门，柯志伟转过头看到杨爽，指了下办公桌对面的一把椅子说：“来，坐这儿。”

杨爽点了点头，坐在了椅子上。

柯志伟起身，把门关严后返身坐进转椅里对杨爽说：“我找你的事，你们高教跟你说了吧？”

“我们高教是跟我说了些，他说柯支队找我可能是机构改革用人的事。”高臣的话和柯志伟的话相吻合，这突然而至的事情，倒使杨爽感到有些局促。

“对，我今天找你的事跟高教说的一样，咱们这次机构改革，监管支队多设两个科室，一个是办公室，一个是监所管理科，一个科室设一个正职和一个副职，这样就多出四个科级职位。

昨天支队召开科所长会议，研究了下四个科级职位的人选，你们高教推荐让你竞聘监所科副科长一职。从支队角度讲，也想从基层抽出几个德才兼备，业务能力强的民警任科所队长，高教的提议，也附合这次竞聘的用人原则。当然，这次竞聘会出现一个职位多人竞聘的现象，需经群众评议和组织考核的。对于你来讲，你把竞聘演讲稿写好，尽管群众评议是个过场，你也要重视。不过你放心，组织考核的时候会侧重于你。今天找你来，是想征求下你的意见。”柯志伟说得很透彻。

对于杨爽来讲，若没有其他的因素，这么好的机会落到自己的头上，他能有什么意见呢？可在柯志伟的谈话中说出高臣推荐的自己，他就觉得这个副科级的职位是蕴含着意图的。他谨慎地推脱说：“柯支队，我刚来监管支队不到两年，群众基础差，能力也不行……”

“你怎么不行？在政治面貌上你是党员，你干过刑警，公安业务比较全面，你在监所科任副职，日后监室里出现什么情况，你搞个调查，整个材料也能弄明白。像前段时间监室里打死人，当时是于兴国调查的，于兴国是个军转干部，他的公安业务就差一些，连个笔录材料都没弄出来，这事不知纪检委怎么知道了，查当时为什么不搞材料，以为这其中有什么猫腻。要是你往后遇到这种事情，肯定不会出现类似的情况。”柯志伟打断杨爽的话说。

柯志伟说这番话时，杨爽的心里咯噔一下，他不由得把头低了下来，他用余光看了眼柯志伟，见柯志伟正观察着自己，他即刻挺直了腰，迎着柯志伟的目光坦然地说：“既然柯支队这样信任我，那我就竞聘下试试，我要是竞聘上了，绝不辜负组织的期望。”

“好，我要的就是你说的这句话，你最近这段时间要把竞聘演讲稿准备好……”

回到自己的办公室，杨爽呆坐在办公桌前，理着自己纷繁的思绪，看来自己写的举报信，纪检委书记温庆辉已经收到，并已着手调查举报信中所反映的情况。从柯志伟的话中听出，于兴国在纪检委那儿并没有说真话，那么于兴国不说真话，纪检委的调查就有可能会搁浅。自己写的是匿名举报信，纪检委不知道写举报信的人是谁，纪检委在找吴佳才时，吴佳才并没有说出把真实的情况反映过给自己；如果纪检委知道自己写的举报信或吴佳才说出自己，纪检委肯定会找自己了解情况。高臣和柯志伟把自己安排到监所科副科长的位置，他们的目的就是笼络自己，这说明他们已意识到举报信是自己写的了，问题是他们是怎么知道举报信是自己写的？还有一个更主要的是，我举报的是高臣，为什么柯志伟这么不遗余力地帮高臣笼络自己，难道这背后有柯志伟什么事？柯志伟在谈话中说起于兴国不仅是告诉自己举报信没什么大不了的，更是在敲打自己。倘若自己日后能保持缄默，自己的益处就是副科长的角色，要是自己保持不了缄默，那么自己在单位的处境就可想而知，更让人顾忌的是，卢春江知道自己非得把他推上断头台，他会不会狗急跳墙……

杨爽一时陷入迷惘之中。

2

小唐和关主任为找卢春江，曾到卢春江的户口所在地共和派出所去过，片警石山让小唐和关主任在派出所候着，他和另一民警开车出去找卢春江，过了一个多小时，石山说卢春江没在家住，也没在他哥卢春海开的翔宇山庄，他让小唐和关主任先回去，等有卢春江的信儿，就通知他俩。

小唐在刑警支队时,处理过一个在共和派出所管片住的小混混。当时小唐念他年幼,对他手下留情,那小混混很是感激,偶尔也会给小唐提供些破案线索。于是小唐找到那个小混混,让他留意卢春江的下落。不久,小混混给他发来手机短信:卢春江现在翔宇山庄,请速去。

小唐看完短信,找到关主任,他俩开着桑塔纳,直奔翔宇山庄。

小唐在车上说:“关主任,我得到确切消息,说卢春江在翔宇山庄呢,咱俩现在直接过去吧。”

关主任认为直接去翔宇山庄不妥,他说:“小唐,咱不能直接去翔宇山庄,翔宇山庄什么情况咱不了解,卢春江咱也没见过,只是看过照片,我看咱还是去属地派出所吧,让派出所警力配合咱俩。”

“我听别人说派出所的石山与卢春江关系不错,我怕石山给卢春江跑风。”

“咱们到派出所找到人就走,他们想跑风也来不及,你别忘了,上次治安支队查翔宇山庄洗浴时,不是遭到围攻了吗?”关主任不无忧虑地说。

关主任的话提示了小唐,小唐不再做声,他把车转了个弯,直奔共和派出所。

小唐和关主任进了共和派出所,见派出所里有三个民警,小唐和关主任都不熟悉。关主任从胸卡上认出其中一个是副所长,关主任掏出工作证递给副所长说:“我俩是市局纪检委的,要去翔宇山庄传个人,请你们出人配合一下。”

副所长看了眼工作证,吩咐另两个民警说:“你俩协助纪检委的同志去传人。”

副所长的话刚落,石山满脸通红,像刚喝完酒似的从外边走了进来，副所长又对石山说："正好纪检委的同志传你管片的人，你也跟着去。"

石山说："行，我去趟卫生间撒泡尿马上跟他们去。"

等了一会儿，石山从卫生间出来，与等在门口的小唐他们几个呼啦啦地上了车。

一路上，小唐的车开得飞快。

当车快开到翔宇山庄大门口时，从山庄里开出辆红色宝马跑车，呼地从桑塔纳的车旁擦过。

一种直觉让小唐脱口而出："我们要找的人，可能就在这跑车里。"

小唐边说边打方向盘，可他把车掉过头来时，见红色宝马车在公路上只剩下个小红点……

从翔宇山庄回到局里，小唐和关主任分别接到温庆辉的电话，温庆辉让小唐和关主任去他的办公室。

两人坐在温庆辉办公室的沙发上，温庆辉问："你俩的工作进展怎么样了？"

关主任拿了几份笔录递给温庆辉说："还没有实质性的进展，这是我们做的几份笔录。"

温庆辉大致看了眼每份笔录的头一页说："看样子你们该找的，都找得差不多了，你们先把已找过人的情况给我介绍下。"

关主任说："我们先找的两个死刑犯，朴长伟和吴佳才，这两人说的情况与举报信上说的基本一致。而后我们找了于兴国，于兴国说的与朴长伟和吴佳才交代的不对路、据朴长伟和吴佳才交代，在打死霍英国的第二天，于兴国便着手调查，他已调查出是卢春江、朴长伟和吴佳才打死的霍英国，并已形成了笔录。高臣在第二遍调查时，为把卢春江择出来，当着吴佳才的面,把于兴国调查的真实笔录给撕毁了。可在我们找于兴国了解当时的情况时,他推脱因业务不熟,否认做了笔录,并说当时并没有查证卢春江参与打死了霍英国。我们想找与于兴国一同调查的两名武警战士了解情况,可那两名武警战士一个月前已复员了,我们是最后找的高臣,高臣说他根本没见过于兴国做的笔录,更谈不上去撕毁笔录了。”

“卢春江你们找过吗?”

“找过两次,但都没找到,头一次派出所的人外出一个多小时没找到他,第二次小唐得到消息说卢春江在翔宇山庄,结果我们与派出所的几个民警又扑了个空。”

“我们之所以扑空,可能是派出所的民警有人给卢春江跑风。我们第二次去,在道上见到辆迎面开来的红色宝马跑车,我们想追,没追上。经我打听,卢春江常开那辆红色宝马跑车。”小唐接着关主任的话说。

“是谁给卢春江跑风?”

小唐说:“我怀疑是派出所的民警石山,第二次,他跟我们去翔宇山庄之前,他去了趟卫生间能有两分钟,两分钟用手机通个话绰绰有余。”

温庆辉听完小唐的话,没有说别的,他把两肘放在桌上,两手支在头部的太阳穴处,像在凝思着什么。

“我们的调查要有所进展的话,除了加大力度寻找卢春江外,就得把当时出事监室的所有在押人员名单拿来,当然这些在押人员大多都投往监狱或释放,我们须得到监狱和社会面找他们了解情况,这样做工作量虽大一些,但或许能兜上来真实的情况。”关主任说出了下步的工作打算。

“我看调查先缓一缓吧。”温庆辉把关主任递过来的材料拢在一起,放在桌沿上说。

小唐和关主任诧异地注视着温庆辉，等温庆辉说出下文。

有些话是温庆辉不愿说的，作为一个纪检委书记，最头痛和最无奈的是案件处在攻坚阶段，上级领导出面为当事人说话，虽然你知道当事人有问题的可能性很大，但这时你必须策略地对待所查的案件。

温庆辉看了眼坐在沙发上的两个部下，不得不说："昨天，省公安厅吴厅长给丁局长来电话，过问了高臣的事，意思是说，如果查证了举报信上所反映的高臣的问题，就按原则办，该怎么处理怎么处理。要是没有查证高臣的问题，现在正赶上机构改革，高臣要竞聘领导职务，我们不能因为一封匿名举报信，耽误了干部的使用和发展。吴厅长既然有了这话，现在我们又没有查出实质性的东西来，那只得先缓一缓了，丁局长也是这意思。等陶局长从北京公安大学学习回来，请示请示他，看他对这个案件有什么指示。"

小唐和关主任听完温庆辉的这番话，默然地点了点头。

3

石山在派出所借上卫生间的工夫，用手机告知卢春江纪检委又来找他，卢春江慌忙找到了全勇，让全勇开车拉他走。

全勇开车，副驾驶位置上坐着全勇的女友白晓瑞，卢春江躲在后面的座位上观察着前面驶过来的车。当车开出翔宇山庄大门不远，卢春江见迎面驶过来辆桑塔纳，桑塔纳车的前面坐着两位都是穿警服的，卢春江肯定地认为这辆桑塔纳车就是奔自己来的，他拍了下全勇的肩膀说："快点开，千万别让桑塔纳车掉头跟上。"

全勇把油门踩到底，宝马跑车如箭一般地向前蹿去。

过了一会儿，缩在座位上的卢春江伸直了腰，从后车窗向外望了望，见后面并没有桑塔纳车跟踪而来，他深嘘了一口气。

对于卢春江而言，躲过市公安局纪检委的传唤，就等于又闪过了一次地狱之门，虽然高臣通过卢春海告诉卢春江，假若公安局纪检委找到他，他要是咬定没有打过霍英国，就没有他什么事。话虽这么说，可卢春江的心里必定是虚的，他不知道市公安局纪检委搜集了自己打死霍英国的多少证据，也不清楚他若进了公安局的大门，自己将会承受怎样的压力，自己在压力面前是否能挺得住。一旦挺不住，自己便离走向刑场的日子不远了。

全勇通过后视镜看着卢春江问："卢二哥，这次去哪儿？"

"暂时也没想好去处，还去你姑妈家吧。"卢春江无精打采地说。

全勇没有做声，把车向林海市开去。其实全勇是不愿让卢春江去自己的姑妈家。在市公安局纪检委第一次找卢春江时，卢春江从石山那得到了信儿，卢春海告诉全勇找个地方让卢春江躲一躲，全勇领着卢春江和庞艳到了住在林海市的姑妈家。全勇的姑妈家条件好，院大、屋多。全勇的姑妈见全勇领了两个朋友来，还蛮热情地接待了他们，并把自己最好的房间让给卢春江和庞艳住。卢春江在全勇的姑妈家没住几天，已经经历过一次牢狱之灾的庞艳，因怕卢春江的案件连累自己，便拿了些卢春江的钱，给卢春江留个条，溜走了。庞艳溜走的那天晚间，郁闷的卢春江喝了很多酒，喝多了便要起了酒疯，把自己住的那屋的台灯、电视都给摔了、砸了……

卢春江见全勇半天没说话，知道自己的想法让全勇犯了难。正在这时，全勇腰间的手机响了起来。全勇接通电话谦恭地说："喂，卢大哥。"

卢春海在电话里说："全勇啊，你们到哪儿了？"

“我们往林海市方向开呢，路途走了一半了，卢二哥说去我姑妈家。”

“别麻烦你姑妈了，你把电话给老二。”

全勇把手机递给后边说：“卢二哥，卢大哥跟你说话。”

卢春江接过手机，哭丧着脸说：“大哥，公安局这么找我，你说我该怎么办呀？”

卢春海在电话里责备地说：“到真章的时候没主意了！事是你做的，你说怎么办？”责备归责备，卢春海还是给卢春江出了主意，他接着说，“你别去全勇的姑家了，你去林海市龙滨酒店，你到那儿找刘老板，就说东河市的卢春海让你去的，他会安排好你们的吃住。看今天的架势，市公安局纪检委和派出所的一起来，说明他们对你很重视，所以你在酒店别张扬，也别外出，稳定一段时间再说。”

“知道了大哥。”卢春江通完话，把手机还给了全勇。

卢春江到了林海市的龙滨酒店，刘老板给他们安排妥了一切。

卢春江进了房间，把外衣往沙发上一扔，便躺在了床上。他对随后进来的全勇和白晓瑞说：“你俩先回房间吧，我先休息会儿。”

全勇和白晓瑞出了卢春江的房间。

卢春江有些困意，他在床上躺了会儿便睡着了。他做了一个梦，在梦中，他见杨爽拎着手枪，一脚把房门踹开，疾步走到床前，把冰凉的枪管顶在了他的额头上……

“啊！”惊恐的梦境使卢春江惊醒了过来，他下意识地抹了下在梦中被杨爽手枪顶住的额头，他抹下了一手的冷汗。

卢春江没了睡意，他下床到沙发边拎起了外衣，他想抽烟，可他在外衣兜里只摸出个打火机，没找着烟。

卢春江拿起茶几上的电话,拨通了住在隔壁的全勇的手机,全勇半天才接电话。卢春江说:“你过来下。”

全勇边系着衬衣扣边走进了卢春江的房间,跟在全勇身后的白晓瑞捋着头上的长发。卢春江知道,他的电话,打断了全勇的好事。

全勇问:“啥事?卢二哥。”

“没啥事,有烟吗?给我来一颗。”卢春江坐在沙发上懒散地说。

全勇摸了下裤兜说:“烟还真没了。”他转身对白晓瑞说,“你出去给卢二哥买条中华烟。”

白晓瑞应了一声,转身往外走。

卢春江直视着白晓瑞的背影,白晓瑞美妙的身段和柔顺的长发,撩起了他对女人的渴望。卢春江脑海中浮现出庞艳的身影,他想起了自己把庞艳从看守所接出后两人过的一段日子。卢春江虽然接触过不少女人,可庞艳带给他的,不是平常女人所能达到的,庞艳的姿色和身体,使卢春江对女人的激情,得到了酣畅淋漓的释放。卢春江对庞艳,无论是从心理上还是生理上,均有种难以割舍的依赖。庞艳的突然出走,卢春江心中的躁动可想而知。

在看守所挨整,女人的离去,危难的处境,这一切,使卢春江把愤怒和仇恨都倾注在了杨爽的身上。他心里恨恨骂着:“这个该死的杨爽!”

继而他又萌生了铲除杨爽的念头……

4

全勇给卢春海打电话说在林海市看见了孙东辉,卢春海告诉全勇盯紧了孙东辉,他这边派几个人去把孙东辉绑回来。

孙东辉是卢春海手下的人,孙东辉长得白净,会来事。开始卢春海是非常信任孙东辉的,除了企业的事情外,家里的事情也常让孙东辉去办。让卢春海不曾想到的事,孙东辉与自己的妻子接触时间长了,竟产生了私情。卢春海虽然每天花天酒地的,在家很少碰自己的妻子,但他却不能容忍自己的妻子与自己的手下关系暧昧。

当一年前孙东辉跟卢春海的妻子在床上翻滚时让别人发现后,孙东辉吓坏了,他知道卢春海不会饶恕自己,他卷走了给卢春海清欠的 120 万元钱的债务,离开了卢春海的企业,躲了起来。

孙东辉的所为,使卢春海恨不得亲自把孙东辉做掉以化解心中的羞辱和愤怒。卢春海顾及名声,没有和妻子离婚,只是彻底冷落了妻子。卢春海多次通过别人捎话给孙东辉,约孙东辉面谈解决问题。孙东辉不仅没有理会卢春海的建议,还让捎话人传给卢春海警告的信儿,告诉卢春海不要把他逼急了,若把他逼急了,他会向警方抖搂出卢春海的一些秘密。卢春海听了捎信人的话,真的冒出了要把孙东辉做掉的念头。

消失了一年多的孙东辉,卢春海以为他远走高飞了,不承想的是他竟在离东河市百公里的林海市。卢春海与全勇通完话,就拿起电话又通知手下人到林海市找全勇会合。

进来个女秘书提示卢春海说:“卢总,您到第一中学参加的扶贫助教的仪式,还有半个小时举行。”

卢春海说:“相关的材料等都准备齐了吗?”

秘书说:“都准备齐了。”

“那好,你告诉谭为君备车。”卢春海收拾着办公桌上的东西说。

第一中学是东河市的重点高中，这所中学毕业的学生，大都能考入重点大学。东河市是个不发达的城市，第一中学有很多的贫困生，不少贫困生因交不起学费和没有生活费而辍学。作为省人大代表、民营企业家的卢春海，在一次到第一中学视察时，了解到贫困生的状况后，当即表示：自己的企业赞助50名高一的贫困生，每年给每个贫困生出资3000元，直到念完高中为止。

第一中学扶贫助教的仪式搞得挺隆重，卢春海和他的秘书一进礼堂，礼堂里的人们响起了热烈的欢迎掌声。

教育局的领导给予卢春海高度赞誉后，卢春海说："老师们，同学们：上午好！我作为一个民营企业家，做一些扶贫助学工作，我觉得是责无旁贷的平常事，因为我小时候也有贫困的经历，我和弟弟从小失就去了双亲……我希望受助同学要'不以物喜，不以己悲'，正确认识暂时的困难，不自卑，立足现实，自尊、自强、发奋学习，以自己的成长回报社会，回报关心、支持你们的人……"

卢春海的讲话感动了学生和学生的家长，一名受助的学生母亲走到卢春海的跟前说："你是我们全家的恩人哪！没有你，我那在班级里每次都考第一名的儿子，就得离开这所学校了！"这名学生的母亲说着就跪在了卢春海的面前。

卢春海忙扶起这名因生活的重压而变得脆弱的母亲，他说："这位大姐，人活着都有难心事的时候，我是对你进行了帮助，但你千万不能这样，你要给孩子树立起坚强的形象才对呀！"

学生的母亲噙着泪水，满怀感激地望着卢春海。此时的卢春海，在人们的眼里是高尚的，善良的。

卢春海兜里的手机传来两声"滴答"的声音，卢春海掏出手机一看，见是全勇发来的短信，短信上写着：事已办完，正在往回的路上。

卢春海知道全勇已绑完了孙东辉，他要亲自处理孙东辉。

扶贫助学仪式一结束，卢春海谢绝了教育局的领导和教师们的挽留，匆忙地上车后，掏出手机拨着全勇的手机号……

在一片树林里，孙东海被全勇等人绑在了一棵粗壮的树上。卢春海走到孙东辉的跟前，对周围的人说："你们都走远点，我要跟这个忘恩负义的小人好好唠唠。"

全勇等人离远后，卢春海点燃一支烟，稳定了下情绪，冷冷地盯着孙东辉说："我以为你会永远消失呢，没想到还会出现在我的面前。怎么？有我那100多万，这一年多的时间生活得不错吧？"

"我生活得不好，100多万让人给骗了。"孙东辉一脸苦相，提高了嗓音说，"卢总，您大人大量，您饶了我吧！你让我给你当牛当马都行。"

卢春海"哼"了一声说："你他妈的不是威胁我，向警方抖搂我秘密的时候了。"

"卢总，我哪知道您的秘密呀，那是我瞎说的。"

卢春海知道，孙东辉跟随自己多年，是知道自己一些事情的，他的那句威胁的话，着实让他忐忑不安了一阵子。卢春海伸出左手抓着孙东辉的下巴说："我看你现在可是瞎说。别的不唠，你先把我那120万拿回来。"

"卢总，我从你那儿卷走的钱，是真的让人骗了，是让一个臭婊子以合作做生意为名骗的。"

提到女人，卢春海头脑中想象着孙东辉和自己妻子在一起的景象，他知道那120万是要不回来了。卢春海转个话题说："你是离不开女人的，连我的女人都敢搞。"

"卢总，是我一时糊涂，嫂子勾引我，我没有把持住。"孙东辉急切地辩解说。

“你放屁。”卢春海震怒地说，“我妻子怎能勾引你?”

说罢这句话，卢春海左手掐着孙东辉的两腮一用力，孙东辉张大了嘴巴，卢春海把没抽完的半截烟插进了他的嗓子眼。

“啊!”孙东辉疼得大叫一声。

卢春海觉得跟孙东辉已没什么可唠的了，他挥了下手，全勇跑了过来。卢春海说:“找个僻静的地方，给他埋了。”

全勇愣了一下，随即点头应了声:“是。”

卢春海头也不回地向自己开的奥迪车走去。他的身后传来孙东辉凄厉的求救声:“卢总，饶了我吧……”

5

吃完中午饭，卢春海走出翔宇山庄的酒店，朝着远处的树林走去。

两天前，当卢春江说出要除掉杨爽的想法时，他委实一惊，杀人对他来讲虽然并不是件难事，但他却从没有考虑过要用极端的手段去对付警察；不过他当时并没有反驳卢春江的想法，只是没有言语。

经过两天的思考，卢春海无奈地认为卢春江的想法是对的，因为只有除掉了杨爽，卢春江才有可能安全，因为用金钱和物质是难以摆平杨爽的，如若那样做的话，或许会起到适得其反的效果，这是卢春海对杨爽侧面了解后所得到的认识。卢春江的安全也意味着卢春海的安全，几年前，卢春海的翔宇山庄还是国有企业，叫二道储木场，卢春海是场长，有员工近千名；在企业改制时，卢春海想把持企业，必须是企业的大股东，卢春海没有那个经济实力，可他又不愿罢手。经人引见，他认识了港商齐国栋，齐国栋对这个带有二十多平方公里林木的企业很感兴趣,他出巨资与卢春海进行了合作,并让卢春海管理这个企业。在随后的时间里,卢春海因经营不善,与齐国栋产生了矛盾,齐国栋萌生了要撤走一部分资金的念头。可不承想的是,齐国栋最后一次来东河时,在郊区江中漂流的过程中溺水身亡。其实齐国栋的死,是一场谋杀,主谋是卢春海,凶手是吕龙和卢春江;起因是卢春海想侵吞齐国栋的钱财。如果吕龙和卢春江其中一人被警察抓住,都将会对卢春海产生致命的威胁。

卢春海走入树林,到了一个看似非常隐秘的木屋前,他掏出手机拨了一个电话说:"我在门口,你把门开开。"

木屋门被打开了,吕龙闪现在了门口,他表情淡然地说:"过来了卢总。"

卢春海没言语,径直进了屋。

木屋里面很宽敞,进屋是个大客厅,客厅里的套间是卧室,并还有空调。卢春海坐在沙发上说:"在这里待着很着急是不是?"

"不但着急,也很寂寞。"吕龙走到卢春海的跟前大声说,"卢总,我快要憋疯了,你知道吧?"

卢春海从衣服兜里掏出一支烟说:"说实话,我比你还要着急。"

吕龙拿着打火机给卢春海点燃烟说:"那上俄罗斯的手续什么时候能办下来?"

"还得等等。"

"在这儿也是很危险的呀!"

"任何人也不会想到你会在我这儿,再一个就是警察进了翔宇山庄,也难以找到这里,就是找到了这里,这房间里不是还有暗室吗?"卢春海自信地说。

吕龙冷笑了下说:“真到那个时候,什么都晚了。”

卢春海板着脸说:“你只知道着急,也不考虑下外边的环境和条件,难道我就愿意让你提心吊胆地在这待着吗?如果你要提早出去的话,说不上也与其他人一样,会被警察抓住。”

吕龙听卢春海这么说,便不再说什么了。

吕龙对卢春海的话是相信的。吕龙自“9·28”案件逃出公安医院后,便与营救自己的同伙分了手,直奔卢春海的翔宇山庄而来,因为他知道,卢春海不可能对自己袖手旁观。果不其然,卢春海竭力地帮他,并为他策划好了下步脱逃的方向和目的地。吕龙也在为自己的将来做着遐想,他认为卢春海给他办理赴目的地俄罗斯的手续只是时间问题,如果自己到了俄罗斯,卢春海再资助自己一笔钱,那么自己将衣食无忧在俄罗斯广袤的土地上度过自己的下半生。

卢春海思虑半天说:“你在没有去俄罗斯之前,你还得要办件事。”

吕龙注视着卢春海的表情,猜测出卢春海找自己办的不是一般的事,他疑虑地问:“卢总,你让我办什么事?”

卢春海把烟蒂按灭在茶几上的烟灰缸里说:“我让你再去做掉一个人,做掉一个看守所的警察,叫杨爽。”

吕龙不免有些吃惊地说:“什么?你让我干这样的事?卢总,我现在的这个情况,我还能办这样的事吗?就像你说的,我出了这翔宇山庄,说不上就会被警察抓住。”

“哎,”卢春海叹了一口气说,“我是不得已才让你做这件事呀……”接着卢春海和盘托出了想杀死杨爽的前因和不杀死杨爽可能出现的后果。

吕龙听了卢春海的话,知道自己无论从哪个方面讲,都得按卢春海所说的去做。他仰在沙发上,考虑了半天说:“做掉杨爽可以，但我得要个帮手，这个帮手得协助我了解杨爽的行踪，找到可行的机会后，帮手通知我，我才可以动手。若没有人协助，我一个人长时间出现在街面观察杨爽的话，将是很危险的。”

卢春海说：“我让全勇协助你。”

吕龙说：“那好，你从今天开始，就吩咐全勇观察杨爽吧。”

接着卢春海和吕龙又研究了杀害杨爽的一些细节。

第十六章

1

杨爽下班路过冯双春的办公室时，冯双春从敞开的门处看见了杨爽，他叫了一声："杨爽，你进来下。"

杨爽走进办公室说："冯所长，你还没走哪？"

"还没呢，这不柯支队下午找我，我刚从他那儿回来，见到你，想起有话要跟你说，你把门关上。"

杨爽转身关严了门，心想啥事这么神秘？

杨爽坐在沙发上，冯双春挨着他坐下问："最近怎么样？"

"还行，挺好的。"杨爽随意地说。

"刚才柯支队找我唠了唠，唠的是这次机构改革的事，他让我当监所科的科长，他说我岁数也挺大了，当所长挺劳累的，莫不如当个监所科科长还挺清闲。我琢磨着也是，就答应了。他跟我说了一件让我没想到的事，那就是让你当监所科的副科长，我一听这话，心里感到由衷的高兴，咱俩在一起工作，肯定会很默契。小子，你别说，还真有你的，没想到你平常不怎么言语，性子还挺急，可到了真章的时候，却有套路子。”冯双春拍了拍杨爽的肩膀说。

“我哪有什么路子啊，前段时间柯支队告诉我让我竞聘监所科副科长，我也跟你现在一样，颇感意外。”杨爽坦言地说。

“你真的没做什么工作？”

“嘿，冯所长，别人不了解我，你应当了解我，就冲咱俩这关系，我要是找谁做工作了，你要是这么问我，我跟你说了就得了，至于这么隐瞒吗？”

“难道支队领导真的从客观、公正的角度去看人用人？也说不上，你杨爽自调看守所以来，工作挺不错的，特别是侦破发生在公安医院的‘9·28’严重暴力案件，你做了很多的工作，若把吕龙抓回来，案件彻底了结，我估计你起码也得荣立个人二等功什么的。可能支队从这件事上看出了你的能力和工作责任心，刚才柯支队还说你年轻有为，他让我转告你在竞聘前把群众关系搞好，另外就是把竞聘演讲稿准备好。”冯双春对杨爽的机遇，不知道这里边的因由，他用自己的感悟推测说。

“竞聘还得有多长时间？”杨爽想起自己还没有做这方面的准备，不由得问。

“我听柯支队说，还能有半个月的时间……”

正说话间，杨爽腰间的手机响了起来，杨爽拿起手机一看电话号，见是谢芸丽打来的，他不愿理会谢芸丽，就把手机拿在手里没有接听。

“对了，杨爽，你要是把竞聘材料写好了，给我看看，咱俩都干同样的活，你的材料我参谋参谋，怎么说我也得把材料整得像样点，好让群众多投我几票。最近听说，局党委做出规定，对竞聘者，群众投票不过半数的，将予以淘汰，所以说群众的投票可不像以往想的，可有可无……”

“铃，铃……”杨爽手中的手机又响了起来。

“你先接电话吧，说不上谁找你有急事。”冯双春打住话说。

杨爽拿起手机，见仍是谢芸丽打的，就只好接听了电话：“喂。”

谢芸丽在电话里约杨爽吃饭。杨爽拒绝了谢芸丽的相约，他冷淡地说，你有什么事就在电话里说吧。谢芸丽说我找你的事，只能面谈，半小时后，我在玛格丽特西餐厅门前等你。谢芸丽说完这句话，没容杨爽答应，就挂断了电话。

“你有事，那就先走，现在已下班了，我也该走了。”冯双春站起身说。

“其实也没什么事。”杨爽因谢芸丽来的电话，打断了冯双春的谈兴，有些不好意思地说。

“话也说完了，我也没别的事，走吧。”冯双春拿起拎包欲往外走。

杨爽随冯双春走出了办公室。

所里的通勤车已开走，冯双春让杨爽与自己一同坐桑塔纳，被杨爽谢绝。

杨爽走出看守所大门时，一个男子在远处若即若离地跟着他，这个人就是全勇。全勇不断地变换方式跟踪杨爽已有段日子了。

杨爽在路上琢磨着自己是否应见谢芸丽，今天谢芸丽约自己该是什么事呢？自己虽对谢芸丽有过好感，可那是以前的事了，前段时间自己与谢芸丽接触，那是为了工作，而今天又要与她单独见面，难道自己还与她有那种理不清的私情？如果没有那种私情，与她见面属朋友的正常交际，可谢芸丽在抓捕席阳时的所为，她能做自己的朋友吗？想到这儿，杨爽下意识地摸了摸被谢芸丽用啤酒瓶砸伤过的头部。

当杨爽走到一处公交车站点时，一辆开往玛格丽特西餐厅方向的公交车停了下来，杨爽见到公交车，他心里忽然冒出个念头，谢芸丽说不上真的找我有要事，去见一下她又有何妨？这个念头促使他在公交车即将启动的刹那上去了。

2

杨爽没有在玛格丽特西餐厅门前等谢芸丽，他走进了西餐厅里找了个靠街面窗户的桌前坐下，这样谢芸丽来了，他能看得见。他觉得在外边等谢芸丽，若碰上熟人见他和谢芸丽在一起，那样会不太好。

五点半稍过了点，谢芸丽从街对面走了过来，她在西餐厅门前左右张望着找杨爽，杨爽刚起身要到门口去接她，谢芸丽的目光投向了西餐厅里边，她见到了杨爽，笑着冲杨爽摆摆手，走进了西餐厅。

杨爽望着充满风采的谢芸丽，不由得想，这么个漂亮的女人，若没有好男人相伴，真是个缺憾。他这个想法冒出后，他又自责地告诫自己：杨爽，你可不要好了伤疤忘了疼，而又心猿意马。

谢芸丽在杨爽的对面站下说："真不好意思来晚了，你等半天了吧？"

"我也是刚过来。"

谢芸丽说："我订好单间了，走，咱俩到单间去。"

杨爽起身，和谢芸丽向二楼的单间走去。

杨爽和谢芸丽在单间坐下后，谢芸丽把旁边的服务员叫了来，点了几样西餐，要了一瓶干红葡萄酒。

杨爽说："你给我打电话时，我还没答应你来不来，你就把电话挂断了，要是我不来呢？”

“我相信你会来的。”

“是吗？能告诉我你相信的因由吗？”

“你还记得你们抓捕席阳时，我做出了疯狂的举动，给你一啤酒瓶子，当你们的领导要把我押起来时，是你说情，把我放过了。在你说情的那一刻，我惊呆了，你的举动出乎我的意料，我以为我伤害了你，你会仇视我，可你却大度地宽容了我。那时，我看见了你脸上写着的痛苦和无奈，你脸上的表情，似一把锥子深深地刺痛了我。我知道，你之所以没有和我计较，是因我对你的伤害，并没有完全消融你对我从小培养起来的感情。那以后，我的心始终处在自责和愧疚之中，我多次想找你谈谈，那样我的心或许会释然些，可我多次拿起电话，又多次放下，我没有勇气与你联系。直到两天前我听到了一件关于你的事，两者加到了一起，我才鼓足了勇气给你打了手机，你接电话时，我怕你拒绝，便没等你表态就挂断了电话。我认为你能来的因由是，在你们抓捕席阳时，我做了那样疯狂的举动，你都予以了宽容，今天我说有事找你杨爽，并一同吃顿饭，你又怎能会不来呢？”谢芸丽动着感情坦诚地说。

谢芸丽的话，使杨爽不得不承认自己的内心深处，还对谢芸丽有着很深的情结。

杨爽默默地帮服务员把端上来的菜摆好，又手持干红酒瓶把两个酒杯斟满。

“来，杨爽，干一杯，你虽然宽容过我，但我希望你还能宽恕我，这样你才不会对我有太多的反感。”

“别干了，喝一口。”

“那好，你随意，我干了。”谢芸丽说罢，将杯中的酒一饮而尽。

杨爽看着谢芸丽干净的酒杯，更注意到了她眼中噙着的泪水，此时的情景，迫使杨爽也把酒一饮而尽。

“以前的事过去了就过去了，我们不要再提它好吗？”谢芸丽的表情，使杨爽动了怜爱之心，他劝慰地说。

谢芸丽没言语，她拿了张餐巾纸，低头把眼睛溢出的泪水擦了擦。

杨爽为打破尴尬，问：“谢芸丽，你刚才说听到了一件关于我的事，是什么事？”

谢芸丽缓了缓情绪，直了下身子说：“你是不是写了封举报信，举报你们单位的教导员高臣？”

杨爽吃惊地看着谢芸丽说：“这件事你是听谁说的？”

“是听高臣说的，你先告诉我，是不是有这码事？”

杨爽想知道谢芸丽说的详情，只得点了点头，算是对谢芸丽的回答。

“那好吧，我就把事情的经过告诉你。高臣是我弟弟谢良的大舅哥，他和谢良关系处得挺好，无话不谈。前几天，高臣到我家，他和谢良喝酒时，我听高臣说他单位有个叫杨爽的告他，我一听杨爽两字，就知道是你，高臣说如果你举报他的信查属实了，那他的后果会很不好，他说他家有个亲戚是省公安厅的副厅长，姓吴，他找吴厅长把事给摆平了。他还说，他要没什么事，大家都好，他如有什么事，他也不能让你好过，非得弄个鱼死网破不可。我听了高臣说的这话，很为你担心，我想你举报他，肯定是件大事。”

谢芸丽的话，让杨爽恍然大悟，怪不得高臣仍稳稳当当地坐着教导员的位置，看不见纪检委对他有何举动，怪不得柯志伟在自己面前只随意地提了下举报信的事，而说的言语并没有牵扯到高臣，目的是在于敲打自己……

杨爽沮丧地端起谢芸丽给他斟满的红酒一饮而尽，他把酒杯重重地放在桌上，又沉重地叹了口气。

“你跟高臣有过节吗？”

“没有什么过节。”

“那你为什么要举报他？”

“难道有什么过节才能举报吗？我单位的事，我跟你说了，你也不会明白的。”杨爽觉得没有必要跟谢芸丽讲高臣的事，即使自己跟她讲了，只言片语的又怎能讲清呢？

“你听我说杨爽，有些事，对于你来讲，是管不了的，也是没有意义去管的。没有意义的事，你为什么还要去做呢？而且还给自己带来了危险的隐患，你看到的事情，别人说不上也看到了，而别人为什么不去举报呢……我看你还是随波逐流的好。”

“谢谢你的开导，你说的话有些道理，但我问你一句话，你这是不是在帮高臣说话？”杨爽感到，周围的一切都充满着隔阂。

“杨爽，你误解了我。高臣虽是我弟弟谢良的大舅哥，但跟我没什么关系。我说的话，只是我的意思，我的目的只有一个，那就是看着你平平安安地工作和生活。”谢芸丽的眼睛充满关爱地注视着杨爽说。

杨爽没有言语，但是他心中的隔阂，正被谢芸丽柔情的目光所消融。

谢芸丽隔着桌子，抓住杨爽的手，柔声地说：“杨爽，我现在在汇利房地产开发公司工作，公司分给我一套房子；吃完饭，到我住处喝杯咖啡好吗？”

一种久违的温馨和冲动充溢着杨爽的身心，他对谢芸丽难以自持，他把手翻转过来，握着谢芸丽纤细柔软的手指说：“好吧。”

在谢芸丽的住处，杨爽和谢芸丽在客厅里喝着咖啡，谢芸丽凝视着杨爽说：“杨爽，你离婚已经有一段时间了，你也该成立个家庭了。”

“对于成立家庭，我还暂时没有考虑，再则我个人的条件也不好，我上有疾病缠身的父亲，下有幼小的女儿。现在的人都看得比较现实，就我这个条件，谁肯跟我在一起生活呢？”杨爽说得很坦诚。

谢芸丽的心里感觉和她对杨爽积蓄已久的情感，使她脱口而出地说：“杨爽，其实经济上的拮据算不了什么，你的个性和品质才是主要的；我希望在婚姻上你我能够走到一起，忘却过去，共同面向未来。”

谢芸丽的话是真心的，她觉得自己和杨爽之间，都在真挚地对待着对方，如果说自己在以往的岁月中，在与杨爽的关系上，因某些原因失去了与杨爽相爱的机会，那么自己与杨爽的再次相逢，而且各自的生活又出现了重大变故，双方都没有生活伴侣的情况下，她是不愿再次失去机会的。她认为，与杨爽走到一起，是水到渠成的事情。

可杨爽却没有谢芸丽的那种感觉，他听了谢芸丽的话，脸上掠过一丝漠然，他继而说：“芸丽，你对我好，我是知道的，咱俩相互之间的感觉也是很多年的积淀才形成的，不过我们毕竟有段时间没有接触，从现在的情形讲，我还真没有想到过咱俩在生活上能走到一起。”

杨爽避开了谢芸丽的凝视，他拿起桌子上的烟和火，点燃一支烟，仰起头，把目光落在了棚顶上。

棚顶的白瓷板上镶嵌着一个圆形的淡粉色的吸顶灯，吸顶灯从里向外散发着柔和的光。杨爽望着精美的吸顶灯，他想，谢芸丽何以能住上这100多平方米的房子，又何以把房子装修得如此的华丽，她极有可能是以美艳的姿色和性感的身体换取的。谢芸丽曾是黑道人物席阳的相好，她对席阳是很不错的，据说她现在仍去看守所给一审已判处死刑的席阳订盒饭票和送衣物，对于这样的女人，怎么值得我去信任和爱呢？我作为一个警察，我若是跟她组成了家庭，别人又会怎样看待我呢……

“唉，想啥呢？”谢芸丽用刀削着苹果问。

谢芸丽的话打断了杨爽的思绪，待杨爽把目光从棚顶移开，平视着谢芸丽时，见谢芸丽用牙签插着块苹果递到了自己的嘴边。

“不，我不吃。”杨爽歪了下头说。

“俺不，俺非得给你递到嘴里不可。”谢芸丽娇嗔地说。

杨爽见拗不过谢芸丽，只得张开了嘴。

谢芸丽把苹果放进了杨爽的嘴里，她笑了，笑得很灿烂。

杨爽看着谢芸丽柔美可人的样子，忆起与谢芸丽第一次在玛格丽特西餐厅门前见面时的那种欢喜和激动，接着他又想到了刚才从内心里对谢芸丽的排斥，他思绪纷繁。

杨爽思考着谢芸丽，思考得很累，他仰在沙发上，换了个话题说：“芸丽，你母亲的身体还好吗？”

“还好，她跟我弟弟在一起，我弟媳生了个男孩，她整天在家看孙子……”

谢芸丽说话间，把外套脱了下来。脱下外套的谢芸丽，露出了类似于纱面料的黑色紧身内衣，紧身内衣凸现出了她浑圆、紧挺的双乳，双乳没有被胸罩遮挡的部分，透过内衣若隐若现地展现在杨爽的眼前。

杨爽心跳在加快，咽喉有些干涩，他在沙发上坐直了身子，往咽喉咽了口唾液。

谢芸丽暧昧地看了眼杨爽，从对面的沙发上起身说：“我去趟卫生间。”

杨爽从茶几上拿起了遥控器打开了电视,他想把精力集中在电视播的动画片画面上。可他的精力未等集中起来,谢芸丽走进客厅便在沙发后拿过杨爽手里的遥控器,把电视给闭了。

杨爽诧异地扭过头看着谢芸丽,谢芸丽什么也没说,只是把嘴唇贴在了杨爽的嘴上。

一股温馨炽热的气浪涌遍了杨爽的全身,他木然地由谢芸丽亲吻着。

谢芸丽亲吻了一会儿杨爽,又从沙发的侧面绕到了杨爽的跟前,她趴在杨爽的身上,双手摩挲着杨爽的前胸,喃喃地说:“杨爽,我很想你,我已想你十多年了。”

杨爽难以克制自己,他紧紧地搂着谢芸丽。

谢芸丽呢喃地说:“你抱我上床上好吗?”

……

3

在谢芸丽住房的楼下,停着一辆白色吉普车,吕龙仰坐在驾驶员的座位上,双眼忽上忽下地紧盯着谢芸丽住的三楼房间和楼下的门洞出口。两个小时前,全勇把他叫到了这里,并向他交待了杨爽和一个女子所进的门洞和房间。吕龙觉得,在晚间这个寂静的环境中,做掉杨爽是很好的机会,不过他在等待杨爽的过程中,心里仍像敲个鼓似的,紧张得不得了;他毕竟不同于常人,如果在等待杨爽的过程中遇到警察巡逻对他盘问的话,那就麻烦了。吕龙把车里的灯闭着,连烟都不敢抽,他这么做就是怕引起别人的注意。

一个男子走出了门洞。吕龙一搭眼,就认出这个男子是杨爽，他认为男子是杨爽的依据是，男子穿的白夹克衫，与全勇的形容相符。再一个他在看守所在押时见过杨爽，虽然看不清面庞，但凭印象感觉，应当没错。

吕龙启动了车，向那男子开去。

待他离那男子有两三米远时，吕龙从车门探出头叫了声：“杨爽。”

男子回过了头，吕龙确认无疑男子就是杨爽。

吕龙握方向盘的手有些颤抖，他两眼一闭，油门踩到了底，向杨爽冲去。

杨爽压根儿没有料到危险的临近，他感觉到了身后有汽车开了过来，他本能地往旁边靠了靠。他听到有人叫他，待他转过头时，猛地见一辆吉普车向他直冲过来，他想躲闪已经来不及了，吉普车“通”的一声把他撞出三四米开外，他头部重重地磕碰在马路牙子上。

吉普车撞到人后没有停下，而是偏了下方向，疾驰而去。

谢芸丽站在三楼的窗前，正目送着杨爽的离去。她目睹了杨爽被害的过程，刚才还身心充满愉悦的她，此时却被吓得面容失色、心惊肉跳地愣怔在了那儿。当她缓过神来，匆忙地下楼，到了杨爽的身边时，杨爽早已不知死活。他眼睛微闭，面色苍白，头部正汩汩地往外流着血，路面上已形成了一个血洼。

谢芸丽把杨爽抱起，呼唤着：“杨爽！杨爽！”

杨爽没有回应，谢芸丽把脸贴在杨爽的鼻孔处，她发现杨爽还有微弱的呼吸。

谢芸丽掏出手机……

在刑警支队值班的赵旭建领着李悦来到了医院，在抢救室门口，赵旭建看着坐在椅子上抽泣的谢芸丽，惊异地问：“谢芸丽,是你报的案?”

谢芸丽说:“是我报的案。”

“你看见了杨爽被害时的情形?”

“是的,当时杨爽从我家出去被害的。”

“什么?他上了你家?”赵旭建说这话时,脑海中呈现出了自己和杨爽为抓席阳做谢芸丽的工作,谢芸丽那种冥顽的神态,以及抓获席阳后,谢芸丽不让将席阳带走,而拿啤酒瓶子袭击杨爽的情景。

“对,他是去了我家。”谢芸丽低下头说。

赵旭建觉得杨爽的被害,与谢芸丽有直接的关系,很有可能杨爽搞“9·28”案件时抓捕席阳的过程中,谢芸丽为此对杨爽的不满转为了仇恨,杨爽现在的情形是她复仇的结果。赵旭建想到这儿,心里一激灵,如若如此的话,那谢芸丽岂不是谋杀?

这时一个大夫从急救室里走了出来,赵旭建问:“大夫,抢救的人怎么样了?”

大夫说:“现在看,没有什么太大的生命危险,不过他还没有苏醒过来。”

赵旭建听完大夫的话,双眼紧盯着谢芸丽。谢芸丽感觉到了赵旭建那如箭一般的眼神,她内心对杨爽的愧疚,使她忐忑不安地低下了头。

赵旭建对李悦说:“找间办公室,给谢芸丽作份询问笔录。”

李悦也有赵旭建一样的感觉,只不过没有赵旭建那么强烈罢了,李悦指着不远处的病房说:“那个病房空着。”

赵旭建对谢芸丽说:“你跟我们过来。”

在空病房里,赵旭建问话,李悦作笔录。

谢芸丽叙述了约杨爽吃饭至目睹杨爽被害的经过。

赵旭建问:“你让杨爽到你的住处,只是喝咖啡吗?除了喝咖啡还做了什么?”

谢芸丽看了一眼赵旭建,没有回答。

赵旭建说:“你和杨爽发生性关系了吧?”

赵旭建的话,使谢芸丽很不自然,她涨红了脸说:“这跟杨爽的被害有关系吗?”

赵旭建点燃一支烟说:“我想是有关系的。”

谢芸丽踌躇了片刻说:“我跟他没有发生性关系。”

谢芸丽说这话时,她的表情已让人看出,她在说假话。

赵旭建说:“你认为杨爽会因为什么被害?杨爽跟你说过什么吗?”

“这……”谢芸丽想起了杨爽因举报高臣,高臣跟谢良说的要跟杨爽鱼死网破的话,难道杨爽的被害与高臣有关系?谢芸丽犹豫间刚想把这事说出来,病房的门被推开了。

高臣和冯双春走进了病房,赵旭建和两人握着手说:“你们知道的信儿还挺快。”

冯双春说:“今天晚间我值班,接到你们刑警支队给我们打的电话,我就开车接高臣一起过来了。”

高臣看见谢芸丽说:“你怎么在这儿?”

谢芸丽说:“杨爽出事时我看见了,他们找我了解情况。”

赵旭建对高臣说:“你俩认识呀?”

高臣说:“我俩有些亲戚,她是我妹夫的姐姐。”

“啊,”赵旭建说,“我们找她了解些情况。”

冯双春觉得自己和高臣在场,影响赵旭建他们的工作,于是说:“赵大队你们忙吧,我和高臣看看杨爽去。”

临出门时,高臣看着谢芸丽说:“你要好好配合我们的工作,以便查出杨爽出事的真相。”

冯双春和高臣出了病房,赵旭建对谢芸丽说:“接着讲吧。”

此时的谢芸丽已完全打消了想要说的话，高臣是看守所的教导员，和赵旭建等人都熟悉，即使自己说出了杨爽被害的可能原因，赵旭建能信吗？他们有可能去查吗？

谢芸丽说："我不知道杨爽因为什么被害，杨爽也没跟我说过什么。"

谢芸丽的欲言又止，更加深了赵旭建对谢芸丽的怀疑，他沉下脸说："谢芸丽，你跟我们回刑警支队接受调查。"

赵旭建回到单位后，又派人到案发现场和谢芸丽的住处进行走访调查。两个小时后，外出的侦查员对赵旭建汇报说："据案发现场附近牡丹商场的更夫讲，谢芸丽和杨爽走进门洞后，尾随着就开过来一辆白色现代吉普车，吉普车停在了门洞的东侧……另据对谢芸丽的住处勘查，通过一些痕迹可以认定，谢芸丽和杨爽发生过性关系……"

赵旭建听着汇报，愈加认定谢芸丽是以色诱的方法，将杨爽引到住处，从而达到复仇的目的。至于案发后谢芸丽为何把杨爽送到医院抢救和报警，无非是基于两个方面的原因，一方面是欲盖弥彰，以期让别人认为自己与此案无关；另一方面就是良心发现。下一步的工作重点是如何让谢芸丽交代出他的同伙。

赵旭建走进李悦的办公室，他看了眼坐在审讯椅里的谢芸丽，问李悦："怎么样？"

李悦摇了下头，没言语。

谢芸丽有些神情恍惚地说："杨爽是我害的，如果我不约他，他就不会出事……"

第二天上午，谢芸丽虽没有说出让警方满意的口供，但她仍以杀人的嫌疑被押进了看守所。

中午，出差赶回单位的左同英听说杨爽出事后，饭都没有来得及吃，就匆忙地赶到了医院。在重症监护室的玻璃窗前，大夫对左同英介绍着杨爽的情况:“这个病人因颅脑的损伤,目前还没有苏醒,我们担心他会成为植物人。”

左同英问:“如果他变成了植物人,那日后将是一种怎么样的情况?”

大夫说:“植物人在国际医学界通行的定义是‘持续性植物生存状态’。所谓植物生存状态,常常是因颅脑外伤或其他原因,如溺水、中风、窒息等大脑缺血缺氧、神经元退行性改变等导致的长期意识障碍,表现为病人对环境毫无反应;病人虽能吞咽食物、入睡和觉醒,但无黑夜白天之分,不能随意移动肢体,完全失去生活自理能力;仅保留躯体生存的基本功能,如新陈代谢、生长发育。”

左同英满脸沉郁地看着头部缠满绷带的杨爽。

4

高臣领着谢母和谢良来到刑警支队赵旭建的办公室,赵旭建握了下高臣的手说:“高教导员可是稀客。”

高臣说:“赵大队,我不是和谢芸丽有亲属关系吗,我领谢芸丽的家人来,一方面向你反映真实的情况;另一角度,也是向你求情来了,如果能予以关照的的话,还望赵大队给行个方便。”

赵旭建说:“言重了,有什么事,你们尽管说,然后我们再考虑。”

谢母拉着赵旭建的手,焦虑地说:“赵大队长啊,你可要明辨是非给我女儿做主呀!”

“大婶你不要着急,有什么话坐下来慢慢说。”赵旭建把谢母扶坐在沙发上。

谢母坐在沙发上说："我女儿可不是害杨爽的凶手啊！我女儿可是从小就善良呀，再则说，我女儿从小就跟杨爽在一起，她不可能去做害杨爽的事情……"

"赵大队，还有一个主要问题是，谢芸丽精神不太好，她曾犯过一次病；她可能一遇见刺激的事情，会瞎说一气。"高臣说，"谢良，你把你姐上回住院的病例拿过来给赵大队看看。"

谢良把一个文件袋放到了赵旭建的办公桌上。

"谢芸丽有过精神病史，这我还不知道。"赵旭建打开文件袋，拿出病例，看着上面的日期说，"啊，谢芸丽是上次抓席阳后，精神才有的毛病。"

谢母说："在这之前，她精神也有过毛病，那是在离婚和她父亲病危时，不过那时并不重，只是忧郁和急躁。"

高臣凑近赵旭建跟前小声说："赵大队，你看她这种情况，若是你们没有直接证据能证明谢芸丽与杨爽的被害有关系的话，先给她予以取保候审怎么样？"

赵旭建说："有些事情我们正在调查和核实，不过你说的话，我们会考虑的。"

"那麻烦你了赵大队。"高臣说，"那我们就不打扰了，我们走了。"

赵旭建说："那好，我就不远送了，我这边有什么情况，会给你打电话。"

高臣等人走后，赵旭建拿起办公桌上的内线电话，拨通了左同英的号码说："左同英，你把谢芸丽的材料拿着，到我办公室来。"

不一会儿，左同英拿着卷宗走了进来。他把卷宗放在赵旭建的办公桌上，而后坐在沙发上说："赵大队，杨爽被害的案件出现新情况了吗？"

“刚才高臣领着谢芸丽的家人来了，他们拿了一份谢芸丽得过精神病的病例，你看看。”赵旭建说着，把谢芸丽的病例推到了桌角。

左同英拿过病例翻着说：“高臣怎么领谢芸丽的家人来了？”

赵旭建说：“他和谢芸丽有些亲属关系，谢芸丽的弟弟是他的妹夫。”

“啊，原来是这样。”

“你和李悦经过这几天的工作，查到什么新情况了吗？”

“没有。”左同英犹豫了下说，“我觉得这案件咱们搞得不对头，似乎侦查方向错了。”

“咱们在看守所和监狱对杨爽所管理过的在押人员已查过了，没有发现杨爽因工作上得罪人而遭人报复的可能，他在城西分局刑警大队咱们也了解了一番，也没理出像样的线索。”赵旭建叹口气说，“这件案件似乎领导也不重视，案发后，丁局长让把案件交由案发地东安分局处理，我考虑杨爽跟咱们熟悉，在搞‘9·28’案件时跟咱们还合作过，他是个敬业的警察，为人也不错，基于这些，我就想把案件查清；再一个因谢芸丽的关系，我觉得这起案件或许跟‘9·28’案件有关系，所以我就没有把案件交由东安分局处理。”

“这个案件领导不重视的原因，可能是杨爽和谢芸丽之间的瓜葛，谢芸丽毕竟是席阳的情妇，杨爽和谢芸丽的暧昧关系，从单纯角度看，肯定是很不合适和带有负面影响的。”左同英说，“赵大队，我刚才说咱们的侦查方向错了，是在走访的过程中，通过对谢芸丽性格的了解，总认为谢芸丽不会干谋害杨爽的事。”

“你说的关于谢芸丽的性格不可能对杨爽谋害的这点，谢芸丽的母亲也提到了。”赵旭建说，“咱们虽然揣测谢芸丽有报复杨爽的动机，可咱们对谢芸丽性格的了解和收集到的相关的证据，都难以确定谢芸丽与这起案件有关系，要不就给谢芸丽办理取保候审吧？”

“我看给谢芸丽办理取保候审可以，从目前的角度讲，就是把案卷报到检察院，检察院也不会给谢芸丽批捕的；再一个谢芸丽若真有精神病，她在羁押期间再犯病，咱们也会遇到麻烦的。”

赵旭建思忖片刻说：“那好，我跟李支队请示下，看看他是否同意给谢芸丽办理取保候审手续。在办理取保候审手续前，你要到精神病防治院查一查谢芸丽是否真的得过精神病。再一个，杨爽被害的案件要长久查下去，这件案件我就交给你去办了。”

从左同英和杨爽的感情来讲，即使赵旭建不做特意的吩咐，他也会接着调查杨爽被害的案件。左同英把谢芸丽的病例和杨爽被害案的卷宗放在一起，从沙发上站起身说：“赵大队你放心，我会竭力把杨爽被害的案件搞清楚。”

几天后，左同英和李悦来到了看守所，把谢芸丽接了出来。

谢芸丽上车后，第一句话就问：“杨爽被害的案件你们找到凶手了？”

“没有。”左同英在副驾驶座位上回过头说，“送你到什么地方。”

谢芸丽说：“送我到我住的地方。”

李悦开车出了监管支队，向谢芸丽的住处驶去。

谢芸丽接着问：“那你们为什么把我放了？”

“因为我们经过调查，排除了你作案的嫌疑。”左同英说，

“不过我还是希望，你能够协助我们，把杨爽的被害案搞清楚。”

谢芸丽没有言语，她脑海中浮现出高臣和谢良喝酒时咒骂杨爽的情景。片刻，谢芸丽说：“杨爽怎么样了？”

左同英说：“杨爽虽被抢救了过来，没了生命危险，但他却成为了植物人。他的家人难以承受医院昂贵的费用，已把他接回了家里。”

谢芸丽听了左同英的话，眼泪汩汩地流了出来，她哽咽地说：“左大队长，你们一定要把杨爽被害的案件破了，决不能让坏人逍遥法外呀！”

左同英受谢芸丽情绪的感染，他的眼睛也湿润了起来，他说：“谢芸丽，杨爽是我最好的朋友，我知道该怎么去做……”

桑塔纳警车到了谢芸丽的住处后，谢芸丽下了车，她犹豫了下对左同英说：“你下车来，我有话要跟你说。”

左同英有些疑惑地下了车，谢芸丽压低声音说：“我怀疑害杨爽的是看守所的教导员高臣……”

左同英听了谢芸丽的话，大吃一惊！

第十七章

1

当左同英把从谢芸丽那儿得到的情况向赵旭建提起时，赵旭建心里也不免暗自吃惊，他心里不禁问：高臣身为警察，他能做这样触犯刑律的事吗？他对左同英说："咱俩把这个事情汇报给李支队，听听他的意见。"

赵旭建和左同英到了李文彬的办公室，李文彬虽面无表情地听着左同英的汇报，可他一支接一支抽烟的过程中，显现出他的心情是很不平静的。

左同英汇报完近段时间的工作和在谢芸丽那儿得到的消息后，赵旭建说："谢芸丽所提供的杨爽被害案的线索，是目前唯一的线索。"

李文彬思忖了片刻，把烟蒂在烟灰缸里摁灭说："虽然谢芸丽反映的情况是条线索，但这条线索并不像样。其一，高臣是公安机关的基层领导，即使他个性中有卑劣、残暴的一面，可他对人萌生杀机的可能性很小。其二，从谢芸丽反映的情况中咱们可以看出，杨爽举报高臣，高臣把事平了。也就是说，高臣把事平了后，杨爽还没有做出对高臣不利的下一步举动，高臣没有必要去害杨爽。其三，事发后，高臣表现平常，他还为谢芸丽办理取保候审说情。如果真是高臣做的话，他巴不得咱们在侦查中走弯路呢，怎么会给谢芸丽说情呢？”

赵旭建说：“不知道杨爽举报高臣的是什么事。”

李文彬说：“杨爽的办公室查了吗？”

赵旭建说：“杨爽出事时查过，没有发现什么举报信。”

左同英说：“咱们可以去纪检委看看杨爽写的举报信，或去监管支队了解下情况。”

李文彬说：“举报的信件，肯定涉及敏感的人和事，我们还没有充足的理由向别的部门去问去查。不过还是应当看看杨爽写的举报信，我们或许会从举报信中发现出什么情况。”

左同英知道，只能从其他渠道获得举报信了。

待赵旭建和左同英从李文彬办公室出来时，左同英说：“赵大队，我去杨爽家一趟，看看在他家是否能找到那封举报信。”

“你去吧。”赵旭建说，“顺便看望下杨爽，他要是能说话就好了。”

左同英摇下头说：“说话的可能性是不大了。”

出了公安局大门，左同英买了些水果。在杨爽家的楼下，杨爽的父亲正满面愁容地坐在一个小板凳上想着什么。

左同英近前叫了两遍：“杨大爷。”

杨父迟疑地看着左同英说：“你叫我？”

左同英见杨父苍老了很多，他心中隐隐作痛地说：“杨大爷，你不认识我了吗？我是杨爽的同事左同英呀！”

“啊，”杨父恍然地说，“左同英呀，你看我这脑筋，现在记忆力可不行了。”

“杨大爷，外边凉，你怎么下楼坐着来了？”

“谢芸丽在我家里呢，她给杨爽擦洗身子，我帮忙，她不让，我在旁看着还不得劲，就下楼来了。”

谢芸丽刚从看守所出来就看杨爽，让左同英为之动容。他对杨父说：“杨大爷，我来看杨爽来了，我先上楼了，待会儿回来再跟你聊。”

杨父挥了挥手说：“你上去吧。”

杨爽的家住二楼。左同英上楼后，见杨爽家的门虚掩着，他走了进去。

谢芸丽已为杨爽擦洗完身子，换上了新的内衣裤，正坐在杨爽的床边，用勺往杨爽的嘴里喂粥。谢芸丽每口粥她都吹凉后，把勺送到了杨爽的嘴边，一点一滴缓慢地送入杨爽的嘴里。

谢芸丽没有注意到身后的左同英。

左同英虽没有看到谢芸丽的神情，但从谢芸丽的动作上看，已显示出了她的那份周到和细致。

谢芸丽给杨爽喂完饭，她把杨爽的右手握在手里，摩挲着杨爽的手，轻声地吟唱起来：“梦中的熟悉面孔，你是我守候的温柔，就算泪水淹没天地，我不会放手；每一刻孤独的承受，只因我曾许下承若，你我之间熟悉的感动，爱就要苏醒。万世沧桑唯有爱是永远的神话，潮起潮落始终不悔真爱的相约，几番苦痛的纠缠，多少黑夜挣扎，紧握双手让我和你再也不离分……”

谢芸丽唱得很投入，她把歌的意蕴完整地表达了出来，她唱着唱着，抽泣了起来。

眼前的情景，使左同英的眼睛也湿润了起来。他放下水果兜，从兜里拿出一支烟来，放在嘴上用打火机点燃。

谢芸丽听到了打火机的响声，她转过身来，见是左同英，便擦拭着眼角的泪水说:“你过来了。”

左同英走到窗前,望着窗外说:“我没想到,你对杨爽的感情是这样的真挚。”

谢芸丽说:“我和杨爽是从小的感情,可谓是青梅竹马。在我俩长大后,因个性的原因和各自的分离,使我俩失去了爱的缘分,当我俩经历了各自的变故重新接触后,慎重地审视自己内心的感触,才真正地发觉唯有对方才是自己的挚爱。虽然我俩后来的接触是短暂的,并且还有一段不愉快地经历,但那种依托以往的感情作为铺垫的强烈的感觉,是别人难以理解的。本来我认为,我的后半生,因杨爽而在,会过得充实而有意义。可事与愿违,杨爽从我的住处出来却变成了这样!按照老人的讲法,我或许是命苦的妨男人的女人,杨爽正因为跟我接触,才带来了如此的厄运。”

左同英往窗台上的烟灰缸里弹着烟灰说:“谢芸丽,你不要太自责了。杨爽的被害,与你是没有关系的。”

“话是这么说,但我心里始终是不安的。”谢芸丽转了个话题问,“你到这儿来是有事吧?”

此时左同英对谢芸丽是信任的,他说:“我到这儿来是想找到杨爽举报高臣的那封举报信。”

谢芸丽从杨爽的枕头底下抽出一个厚实的信封说:“这就是那封举报信,是我刚才收拾屋子时找到的。你若不来,我也会把这封信给你们送去。”

左同英不承想这么容易就拿到了自己想要的东西,他从谢芸丽手里接过信说:“谢谢你。”

谢芸丽说:“谢什么,我应该谢你们才是。我不是警察,查不了案,我要感谢你们对杨爽被害案的重视,希望你们早日破案。”

“我们会尽力的。”左同英说，“不过这封举报信的事，你不要跟任何人谈起。”

谢芸丽点了点头说：“你放心吧。”

左同英临走时，到了床边，俯身抚摸着杨爽的脸说：“兄弟，我们都在盼望着你早日醒来！”

左同英很是看重杨爽写的举报信，他走出杨爽的家，就到一家复印社把举报信复印了一份，当做备份。回到单位，左同英和赵旭建看完举报信，两人到了李文彬的办公室，把举报信交到了李文彬的手里。

李文彬神情凝重地看了遍举报信，沉默了半天说：“你俩对这封举报信怎么看？”

赵旭建说：“咱们虽然排除了高臣作案的可能性，但从这封举报信上的内容看，如果这封举报信举报成功的话，高臣固然有不可推脱的责任，可最为不利的是卢春江，卢春江十有八九会上断头台。那么以此推测，卢春江报复杨爽的可能性是最大的，况且卢春江具备作案的条件。”

左同英说：“卢春江是黑白两道都走的人，他原先有过犯罪前科。据我了解，他骄横跋扈，心狠手毒……”

李文彬打断左同英的话说：“你俩分析是有道理的，不过卢春江和卢春海在一起，卢春海目前在咱们东河市可是有一定影响的人物，还有的是……”

李文彬有所顾虑，没有接着把话说下去，他转了个话题说：“你俩回去吧，我征求下丁局长的意见。”

让左同英没有想到的是，丁兆柱的意见让他大失所望。第二天一上班，赵旭建走进左同英的办公室说：“丁局长不同意对卢春江立案侦查。”

左同英惊愕地说:“为什么?”

“丁局长说,怀疑卢春江的理由并不充分。”赵旭建拍了下左同英的肩膀说,“兄弟,有些事得自己体会。你没见昨天李支队有句话只说了一半吗?”

左同英焦虑地拉住要走的赵旭建说:“赵大队,你我十多年了,我对有些事情比较迟钝,你还是明说吧。”

“唉!”赵旭建叹口气,坦言地说,“第一,卢春江摊上了个根子硬的好哥哥,一般人是惹不起他的,公安局的领导也不愿招惹他。第二,杨爽举报的事不是小事,如果调查卢春江,查出了卢春江指使他人害的杨爽,那么将会把高臣的事也一块儿牵扯出来。查到高臣,说不上还会连带到谁。这些都是领导不愿看到的。这是做机关懂政治人的工作观念。”

左同英听了赵旭建的话,激愤地拍了下桌子说:“那照你这么说,杨爽被害是他自找的,是活该的了?若是这样,那么这个社会还有没有起码的公平和正义?个别领导干部眼中的政治,就是自私贪婪,投机钻营,遇到问题能躲就躲,明哲保身……”

赵旭建看了眼门外说:“你冷静点好不好?这事也不是我做的决定,你冲我发什么火?”

左同英沉默了片刻说:“对不起赵大队。”

“没事琢磨别的案件吧。”赵旭建说完,走出了左同英的办公室。

左同英仰在椅子上,愣怔地望着天棚。

2

在过后的一段时间,左同英接了谢芸丽几个电话,谢芸丽问杨爽被害案搞得怎么样了?左同英敷衍地说正在搞,还没有大的进展。谢芸丽压根儿没有想到，公安机关已停止了对杨爽被害案的调查。

左同英无心再搞别的案件，杨爽被害案犹如一块石头压在他的心上。经过几天的思虑，他萌生了一个想法，那就是找陶志歆局长，详细陈述杨爽的被害案，以获得陶志歆的支持。这个想法一冒出，他便再也坐不住了，他把相关的材料装到了档案袋里，走出了办公室。

当左同英来到陶志歆的办公室时，陶志歆在门外正在锁门，像是要外出的样子。

左同英说："陶局长，我是刑警支队的，叫左同英，我有要事这找你。"

陶志歆打量了下左同英说："我要到市委开个紧急会议，你有什么事，明早来吧。"

"这，这……陶局长，我要说的都在这档案袋里，我把档案袋放你这儿，你看看就知道了。"左同英扬了扬手中的档案袋说。

陶志歆不了解左同英，左同英的举动，引起了陶志歆的误解，他认为左同英拿的档案袋里装的或许是钱，左同英此时找他，无疑是想在这次机构改革中升个一官半职的。陶志歆的误解，使他对左同英的态度冷淡了起来，他说："我说左同英，你别在这儿挡着我，你要是有什么事的话，可以找你们主管局长丁兆柱。"

陶志歆的话，使左同英备感失落，他识趣地往墙边靠了靠。陶志歆没在理会他，径直向楼梯口走去。

第二天一早，左同英再去陶志歆时，局长办公室的门锁着。

左同英倔强地想，你们都不管杨爽，那我一个人来管。待查出证据后，我看哪个领导敢给我否了！

3

左同英先是对卢春江周围的人进行了摸排,他得知有两个人与卢春江关系密切,一个是全勇,另一个叫谭为君,这两人均是翔宇山庄的服务生。谭为君常在翔宇山庄,而卢春江和全勇在这段时间却很少见。至于那辆撞人的白色吉普车,包括谢芸丽在内的目击者都难以说出翔实的情况,使左同英面对全市近50辆白色吉普车无从下手,他告诉跟自己工作的几个侦查员,要注意发现一辆有肇事可能的白色吉普车。

就在左同英一筹莫展的时候,这天上午李悦走进他的办公室说:"左大队,郊区放牛沟村发现一辆白色吉普车,你不是要查找一辆白色现代吉普车吗?咱们是不是去看一看。"

左同英眼睛放亮说:"是吗?咱们现在就过去看看。"

左同英给谢芸丽打了电话,谢芸丽说在杨爽家。

下了楼,他见李悦已把桑塔纳车启动着,左同英打开前车门说:"先去杨爽家,把谢芸丽接着。"

放牛沟村位于东河市的东郊,靠近江边。二十分钟后,李悦开着桑塔纳车驶到了放牛沟村村委会的门前,左同英等三人下了车,走进了村委会的办公室,办公室里坐有两个中年男子,其中一个是着装的民警,那民警认识李悦,他站起来跟李悦打招呼:"过来了,李悦。"

李悦对左同英说:"这是东郊派出所的片警老汪。"

之后,他又给老汪介绍了左同英和谢芸丽。

老汪指了下站在自己旁边的中年人说:"这位是放牛沟村委会的张主任。"

张主任指着沙发说:"各位坐会儿吧。"

左同英没有坐下的意思,他说:“咱们先去看那辆吉普车吧。”

老汪拿起桌子上的大盖帽,对张主任说:“走,你领我们先过去看看。”

几个人出了村委会往东走,出了村子快走到江边防洪堤了,仍没见到吉普车的影子。李悦问:“吉普车在哪儿呢?”

老汪说:“在前面江堤下面呢。”

几个人到了江堤前,往江堤下一看,见一辆白色吉普车停在江堤下的江边处,吉普车的前面贴在一棵杨树上。

左同英下了江堤,见这辆白色吉普车果真是现代牌的。他察看了下吉普车周围的地势,他见堤坝能有五六米高,从堤坝的底处到江沿能有十余米滩地,滩地长着几株稀落的杨树,吉普车便停靠在堤坝下头一棵较粗的杨树前。左同英看完地势,又前后左右里外地观察起吉普车来,吉普车的保险杠和机器盖在靠近杨树的位置已凹进和翘起,吉普车车内设施齐全,发动机号完好,吉普车前后均没有牌照。

左同英上了江堤问老汪:“老汪,是什么时间?谁发现的这辆吉普车?”

老汪没回答上来,他把目光转向了张主任。

张主任说:“这是我村的老羊倌昨天上午发现的,老羊倌下午跟我说时我还没在意,我还以为谁开车不小心滑到江堤下的,过会儿司机会领拖车把吉普车拽上来。谁想,今早我一看,这吉普车仍在这儿停着,我就给老汪打了电话。”

“你能不能把老羊倌给我们找来。”

“行,老羊倌家离这儿也不远。”张主任答应完左同英,转身找老羊倌去了。

左同英问谢芸丽:“是这样的吉普车吗?”

谢芸丽说:“像这个式样的。”

左同英说:“即使是这辆吉普车撞的杨爽,因这辆吉普车下滑时撞在了树上,前面有损毁;再一个时间也久了,现在已不可能找出有价值的东西了。目前只能是以车找人了,我纳闷的是,假设这辆车就是肇事车,为什么事过一个多星期了,才把车这样处理掉。”

李悦说:“如果这辆车是偷的,那查起来可就难了……”

正说话间,张主任领着一个衣着邋遢,面容灰暗的六十余岁男子走了过来。

张主任说:“老羊倌我给你们领来了。”

左同英和李悦迎了过去,左同英递给老羊倌一支烟,老羊倌把烟叼在嘴里,左同英又拿出打火机把烟点燃问:“大叔您贵姓?”

老羊倌说:“我姓杨,也整天放羊,别人都管我叫老羊倌。”

“您把昨天上午发现江堤下那辆吉普车的经过,跟我们说说好吗?”左同英从兜里掏出笔和本说。

“昨天上午,也就这时候,我吃完早饭外出放羊,有几只羊沿着江堤走,我怕羊滑到堤下去,我就到江堤边用鞭子往道上赶羊。在我赶羊的过程中往江堤下不经意地一瞅,见江堤下有辆吉普车撞在了树上,那时可能刚撞不长时间,树还有点晃。”

“那您当时看见什么人了吗?”

“看见了,在我前面有个二十多岁的小伙子往 201 国道方向走,我在江堤边往道上赶羊,羊叫唤着往前蹿,那小伙子还回头瞅了一眼。”

“那小伙子穿的什么衣服? 有多高? 长什么样?”

老羊倌猛吸两口烟寻思着说:“穿的好像是红不拉叽的夹克衫,个儿跟你差不多高,长的什么样我可说不准。”

左同英从笔记本中把全勇和谭为君的照片抽了出来，他把照片在老羊倌的面前展开说："你看那小伙子是不是这照片里的人。"

老羊倌低下头，仔细地看了会儿两张照片，指着全勇的那张说："你还别说，我看这小子有点像。"

"你能肯定吗?"左同英激动地说。

"我可不敢肯定，我就看了两眼那小伙子，一次是他回头时我看着了；后一次是我赶着羊在201国道旁边的小道拐弯时，那小伙子还往前面201国道上走，我看了眼那小伙子的侧面。"老羊倌指着201国道方向比画着说。

老羊倌说的话不无道理，左同英没再说什么。

左同英不再犹豫，他走到一边，掏出手机，拨通了李文彬办公室的电话说："李支队，我是左同英，有件事跟你请示一下。"

"你说吧。"

"现在我们在放牛沟村发现一辆被人遗弃的白色现代吉普车，从目前掌握的情况看，这辆白色吉普车与撞杨爽的那辆车很接近，经目击者通过照片辨认，弃车的人很像咱们开始所怀疑的卢春江周围的人，也就是翔宇山庄的人。李支队，你看这案件能不能接手再搞下去。"

"这……"李文彬在电话里沉吟片刻说，"左同英，既然局领导已经表态不让查翔宇山庄，那咱们直接插手也不妥。这样，你先把情况跟交警事故大队的人说一下，事故大队在处理这件事故中，如果觉得这起事故是刑事案件，就会移交给我们，那时我会顺水推舟再指派你去搞。"

"那好，我明白了李支队，就按你说的办。"说罢，左同英关了手机。

4

谢芸丽下班一到杨爽的家里,见杨父正给杨爽翻身做着按摩,她就过去帮忙。杨父摆了下手说:“芸丽,不用你帮忙,我自己做可以。”

“那怎么行,护理杨爽这样的病人,一个人是忙活不过来的。”谢芸丽按着杨爽的胳膊说。

杨父说:“芸丽呀,杨爽受伤有段日子了,我知道,他现在的状况就是植物人。我问了不少的大夫,大夫说,像杨爽的这种情况,苏醒过来的可能性很小。芸丽呀,我说的意思是,你每天都来陪杨爽,时间长了,是耗费不起时间和精力的,你还有个人的事情,你母亲的身体也不好,所以照顾杨爽的事,就不用过多麻烦你了,有我在就行了。我现在就一个人也没什么事,杨爽的女儿被她妈妈接走了。”

谢芸丽说:“杨叔,杨爽是能好起来的,杨爽好起来的前提是在明白护理知识基础上,对他悉心的照料。最近我查阅了不少关于护理植物人方面的资料,我了解杨爽,再加上我掌握的护理知识,我有信心能让杨爽苏醒,重新站立起来。只要杨爽能够重新站立起来,无论我怎样付出都是值得的。”

杨父感动地说:“那多谢你了芸丽,杨爽有你相伴,是他前生修来的福分啊!”

给杨爽按完摩,杨父把稀饭端了进来。

谢芸丽说:“杨叔,你回屋歇着去吧,饭有我来喂。”

杨父说:“你还没有吃饭吧,到厨房吃点吧。”

谢芸丽说:“我下班时,在单位食堂吃过饭了。”

“啊,你吃过了。”杨父说着,走出了杨爽的房间。

谢芸丽坐到杨爽的跟前，摩挲着杨爽的手说："杨爽啊，你被害的案子已有了眉目，今天警察在郊区放牛沟发现了一辆抛弃的吉普车，并且了解到了抛车的人，这辆吉普车很像是撞你的车。警察已把车拖走，以便接着调查。"

谢芸丽拿起饭碗，用勺给杨爽轻缓地喂着饭说："杨爽啊，你什么时候醒过来就好了！"

谢芸丽给杨爽喂完饭，她在桌上拿起杨爽的一本日记仔细地看了起来。杨爽有记日记的习惯，他已写下了几本厚厚的日记，谢芸丽在陪伴杨爽的过程中，很多的时间是看杨爽日记度过的。

1999年6月7日，晴

今天天气很晴，可我的心却晴不起来。

一清早，妻子梅就跟我吵了一架。她说晚间要参加单位同事的一个生日宴会，她打开柜门找了半天衣服，没能找到合适的。她说："这辈子找你这个穷鬼算是倒了霉，连件像样的衣服都买不起。"她跟我说完这些，又管我要钱，我说昨晚给了你100元钱随礼，还要什么钱。她说得随200元钱的礼。我说咱钱紧张就少随点吧。她不干，让我朝父母要钱。我母亲病重在床，需钱医治，她竟因随礼，管我父母要钱，难道她不考虑问题吗？父亲听到我俩的吵架，就敲开门，递进来100元钱。她接过钱，对我父亲连句话都没有，扭头就走了。

梅走后，我躺在床上，心情很沮丧。我目前的生活之所以这样，是梅从纺织厂下岗，我的工作也没有落实编制，开不出工资造成的。我每月只开少的可怜的一点补贴，当警察5年了，我不知道什么时候落实编制，能有正常的收入。梅是我的妻子，人都说夫妻之间相濡以沫，而梅又是怎么做的呢？

我听分局领导说看守所缺人，谁到看守所去，就给谁落实行政编制。日后,我要跟分局领导请示,我要到看守所去。

1999 年 7 月 2 日,阴

早晨 4 点,我和两个弟兄去抓一个杀人嫌疑人。这是个在逃人员,租住在一间平房里,我们破门而入,在他没有反应过来时,就给他戴上了手铐。在逃人员旁边睡个小男孩,那是他的儿子,小男孩能有十岁左右。当小男孩惊醒后,见我们带他父亲走,他冲上来,满脸仇恨地照着我的手腕咬了下来,我的手腕被咬得渗出了血。

小男孩跟着他父亲被带回了刑警大队,小男孩的父亲被送进看守所后,根据领导的指示,我跟小男孩住在外地的姑姑进行了联系。小男孩的姑姑答应说可以收养他,她说坐火车半夜到东河市,我说小男孩会在城西公安分局的门卫室等她。我领小男孩洗了澡,并给他买了些面包、香肠等吃的,让他安心在门卫室等他姑。

在我下班的时候,我见小男孩在门卫室的门口,捡起一个烟蒂点燃,大口地吸着。我望着小男孩已失去的童真的神情,不禁忧虑地想:他的人生该会是怎样的呢?

1999 年 8 月 9 日,小雨

我和梅的婚姻结束了。

在我俩没有离婚之前,梅已不在家住了。梅昨天给我打电话说,第二天约我到办事处办理离婚手续,她净身出户。我 8 点钟到的办事处,她已在那里等我,我俩很快办理完了离婚手续。出了办事处的门,天空下起了淅沥的小雨,一辆本田轿车缓慢地开来,停在了门口。梅像平常那样,对我说了声“再见”,就上了本田车。

我望着本田车开走后,自己迎着雨信步地在大街上走着。不知怎么,我走进了一条小巷,我忽然感觉小巷是那样的熟悉,那样的亲切，啊！这是我上学和在工厂上班时，与谢芸丽一同走过的小巷，小巷里除了一对情侣在旁边避雨拥抱外，就是我自己了。我看着那对情侣，不仅自问：我和谢芸丽为何没有过如此相拥？那种真挚、深沉的情感为何那样难以表达？这是否是上天对有情人的的磨砺？如果那样的话，我可否能与谢芸丽再续前缘？

小巷给我带来了温馨的回味，冲淡了我内心的伤感，我想着与谢芸丽的点点滴滴，嘴中脱口叫出了她的名字："谢芸丽，你在哪儿！"……

谢芸丽日记读到这儿，流着泪说："杨爽啊！命运真是对我俩太不公了，你我再次相逢，你却变成了这样……"

谢芸丽困倦了，她闭了灯，坐在椅子上，趴在床边睡了过去。

谢芸丽做了个梦，她梦见自己身着婚纱，依偎着杨爽走在红地毯上，两边参加婚宴的人给他俩报以热烈的掌声。她忽然觉得杨爽的手狠拽了自己一下……

谢芸丽从梦中醒来，她见自己的右手正握着杨爽的左手，她意识到，刚才的梦境是杨爽在现实当中给自己拽醒，难道杨爽有了知觉，肢体可以活动了？

谢芸丽心中充满了惊喜，她拉开了窗帘，借着晨光观察着杨爽。她拉着杨爽的手，真切地感觉到了杨爽手的活动，她看杨爽的脸，她忽地见杨爽已睁开了眼睛。

谢芸丽靠近杨爽的跟前说："杨爽，你醒了，你认得我吗？你能说话吗？"

杨爽眼睛没有移动，更没有言语。

杨爽虽然呆滞，但谢芸丽知道，杨爽的伤情已有了很大的好转。

谢芸丽走出门外，对在厨房做饭的杨父说："杨叔，杨爽醒过来了。”

杨父兴冲冲地进屋，看着杨爽睁着的眼睛，流着泪说：“杨爽，你可醒过来了。”

5

事故大队的交警把堤坝底下的吉普车拖走后，一连多天都没有音讯。这天左同英有些按捺不住，给事故大队的丁大队长打了个电话。左同英拿着电话说：“丁大队，我是左同英，前段时间在放牛沟村，我跟你说的那件案件怎么样了？”

“这件案件我们认真查了，那辆白色吉普车是一家民营企业华丰食品公司的，在杨爽被撞前的两天就被人盗走了。”

“咱们检查了那辆吉普车，车还挺新，里边的设置都是原厂的，不像是撬盗的呀？”

“现在盗车不一定都是撬盗，用其他技术手段不也照样儿，别说是吉普车，就是几十万有防盗装置的好车，在不损坏的情况下被盗走的也不少。”

“问题是用技术手段盗车，盗车者大多不会去盗一辆旧的吉普车，盗辆好车什么价，盗这辆旧的吉普车又是什么价……”左同英说出了自己的推断，他又问丁大队长，“你们在找这个车主时，了没了解这个车主跟翔宇山庄的人有什么关系，也就是跟咱们怀疑的那个全勇有没有瓜葛。”

“这我还真没想到。”

“那全勇找到了吗？”

“没找着，我们去了两趟翔宇山庄，都没有找到全勇。翔宇山庄的人说全勇和朋友去南方了，一时半会儿回不来。我们又去了全勇家，全勇的父母说全勇自跟随翔宇山庄的老板卢春海后，就很少回过家。左同英，我看你们提供的情况没什么太大的价值，现在车的痕检也检验不出什么来，肇事的嫌疑人全勇在车祸发生前就去了南方，所以也难以证明全勇就是肇事者。”

“那照你这么说，这起案件就这么搁浅了？”

“从目前的情况看，这起案件想搞清楚希望不大。”

“你怎么就知道这起案件搞清楚的希望不大，你们搞案件是不是就走个过场，别人说的难道你都能相信？车是在肇事前丢的，人是在肇事前走的，怎么就这么巧？你是不是看卢春海是省人大代表，民营企业家，你怕搞不好，再招惹上麻烦？我不是跟你说过吗？如果你们觉得这起案件有疑点，从你们交警的角度讲又难以查清，你可以把案件移交给我们刑警，但绝不能这样不了了之啊。”左同英有些焦虑，他揣摩着丁大队长的心态说。

“左同英，你别急呀，全勇找不着我也没办法。”

“我能不急吗？被撞的是杨爽，撞人者是想害死杨爽，杨爽也是警察，都是哥们儿！咱们都是吃警察这碗饭的。你要是找不着全勇，这几天我帮你找。”左同英骂骂咧咧地说完，没等对方再说什么，就“啪”的一声把电话摞了。

6

高臣在给政治处的韩主任送机构改革的材料时，韩主任与高臣唠嗑，无意中说出看到左同英来找过陶志歆局长。高臣知道，杨爽的被害，是与卢春海有直接关系的；刑警支队查杨爽被害案的整个过程，包括左同英要执拗地把杨爽的被害案查出个结果，他也是明了的。他更清楚卢氏兄弟的安危连带着自己的安危，若左同英了解到杨爽被害案的新的证据，找陶志歆反映情况，那对自己是很不利的。高臣的心里不免紧张了起来。

高臣出了韩主任的办公室，就掏出手机给卢春海打电话，他让卢春海在翔宇山庄等他，他说有急事马上过去。

高臣到了卢春海的办公室，卢春海把他让到沙发上说："看你急躁的样子，肯定是有什么事吧？"

"我是有事，我的事就是咱们共同的隐患，那就是关于杨爽的事。刚才我去局里送材料，听说左同英找过陶志歆局长。我怀疑左同英找陶志歆局长是反映杨爽被害的事，左同英与杨爽是好友，并生性倔强，丁局长不让因杨爽的案件调查你弟弟，我听说只有他持反对意见。"

卢春海说："现在糟糕的是交警怀疑上了全勇，交警来了两次传唤全勇，全勇都没有在。"

"交警为什么怀疑全勇？"

"全勇扔车时，可能让人看见了。我想交警之所以怀疑全勇，是左同英经过调查后反映给交警的。你们局领导虽然没同意刑警对我弟弟进行调查，我看左同英始终没有闲着。"卢春海点燃一支烟说，"高臣，你说该怎样摆平这个人呢？"

"卢哥，我不是埋怨你，你问我该怎样摆平左同英，我还想问你呢？我能做到的都尽力地做到了。前段时间，我通过关系到省公安厅找吴副厅长，好歹把事压了下来。我和柯支队商量，又准备在公安局机构改革时，给杨爽安排个监所科副科长的位置，可谁知我这边刚把事平了下来，你那边又要害杨爽，结果弄成了现在的局面。我是一点办法都没有了，我来的目的，就是想问你应该怎么办？"高臣逐渐抬高声调，发泄着自己内心的怨气说。

平日里没有人顶撞卢春海，高臣的话让卢春海听着刺耳。他板着脸说："高臣，话不能这么说。当时我给我弟弟办事时，我拿了很大的一笔钱，前后拿了四十多万哪！俗话说，接人钱财，替人消灾，我既然给你了钱，你就得把事给我摆平，你有什么可埋怨的？”

卢春海的这番话，给高臣整没声了。他仰在沙发上，不再说什么。

沉默了会儿，卢春海拍了下高臣的大腿说：“我说高臣，你看这样行不行，我找个恰当的人撮合，我和左同英单独谈谈，把事情唠开，之后再给他拿些钱。”

“这事左同英能不能答应两说着，我看够戗，左同英和杨爽一样，是个轻易不会妥协的人。”高臣轻摇着头说。

正说话间，“咚咚”有人敲门。

卢春海说：“请进。”

一个服务生把门开了个缝，探进头来说：“卢总，全勇回来了，他要见你。”

卢春海和高臣一听这话，两人不由得相互对视了一眼，而后卢春海对服务生说：“你让全勇待会儿过来。”

“知道了卢总。”服务生关上了门。

高臣站起身，看了看表说：“快5点了，我该走了，我和全勇碰到一起也不好。”

“那我就不留你在这儿吃晚饭了。”卢春海握了下高臣的手说。

“饭我就不吃了，过后有什么事，咱俩再及时沟通。”高臣说完这句话，出了卢春海的办公室。

过了会儿，全勇推门走了进来，卢春海说：“事办得怎么样了？”

卢春海说的事，是指让全勇把目睹他抛车的老羊倌杀人灭口的事。卢春海认为只有这样，才能保证自身和周边人的安全；没有了老羊倌，即使交警把全勇传唤走，也奈何不了全勇什么。

至于吕龙，卢春海是放心的，因吕龙撞完杨爽的第三天，就用化名的护照从绥芬河口岸到了俄罗斯。

全勇说：“事办完了。”

卢春海不放心地问：“这回没什么闪失吧？”

全勇信誓旦旦地说：“你放心吧卢总，没有任何差错。”

卢春海说：“那好，你这就收拾东西上外边躲躲。”

全勇转身出了卢春海的办公室。

与此同时，左同英得到了全勇回到翔宇山庄的消息，他把情况用电话告诉给了丁大队，丁大队说晚间他们支队长的父亲过生日，他去饭店应付下就领人到翔宇山庄。

左同英对李悦说：“咱俩到翔宇山庄盯着点，别让全勇再溜了。”

两人到离翔宇山庄门口不远处等了半个多小时，李悦有些着急地说：“丁大队怎么还不过来？”

“我给他打个电话催催。”左同英按着手机号码键说。

手机通了后，左同英说：“喂，丁大队啊，我是左同英，你快点过来呀。”

“我刚从饭店出来，我回单位换上警服，开个传唤证，马上过去。”丁大队长在手机里说。

左同英与丁大队长通完话，看了下表说：“丁大队回单位后，再往这儿来，最快也得半个小时。”

手机发出短信提示音。左同英看了一眼，告诉李悦说：“特情来的短信，说全勇收拾东西要走。”

李悦说：“那怎么办？”

左同英思虑了下说：“李悦，你跟我进去，到翔宇山庄三楼设法堵住全勇。”

“左大队，咱别进去了，咱把车开到大门口堵全勇，等全勇出来，趁他不备，就给他塞进车里。”李悦想改变左同英的做法。

“大门口地形复杂，人又多不好办。”

“问题是交警传唤全勇，而咱们是刑警，咱要是在楼里堵着全勇，没有正当理由，又没有手续……”

“别说了，走吧。”左同英上来了犟劲，他武断地打断李悦的话。

李悦只好启动了桑塔纳警车。待车在翔宇山庄大门口停稳后，左同英打开车门，径直往山庄内走去，李悦紧随其后。

左同英自有他的打算，他想堵到全勇后，假意说找他了解点事，以此拖延些时间，交警也就随后到了。

左同英和李悦穿过翔宇山庄楼内一楼的酒店，顺着后楼梯直奔三楼，一边上楼，李悦还在不住劝说：“左大队，有些事情是奈何不了卢春海的，可如果咱们要有把柄落在他的手里，那麻烦可就大了。”

左同英不解李悦这样顾忌卢春海，他说：“咱堵全勇就是想拖延些时间，等着交警的到来，有什么大的麻烦。”

“你太不了解卢春海了，有些话真的难以跟你说清。”李悦无可奈何地说。

“李悦，你后边过来人了。”左同英急切地向李悦摆了下手说。

李悦挪步到了左同英的旁边。

两人见从三楼的走廊里走过来两人，这两人其中一个就是全勇，另一个是送全勇的服务生。服务生把全勇送到楼梯口处，把手中的皮箱交给全勇说：“勇哥，车在门口等你呢，我就不下楼送你了。”

“不用送了，你回去吧，没啥事我就跟卢二哥过几天就回来了。”全勇挥了下手说。

服务生转身走了，全勇低着头下着楼梯，没走几步，他见有人挡住了他的路。他停了下来，抬起了头，他见到了两双犀利的眼睛，他心里一颤。

全勇定了定神，做出很随意的样子问：“你们两位找谁？”

“我们是来找你的。”左同英说。

“找我，找我干什么？你们是哪儿的？”

“全勇，怎么不认识我了？”李悦上了节楼梯，往全勇跟前靠了靠说。

全勇端详了眼李悦，他猛然想起站在面前的是刑警支队的李悦。自己两年前因伤害罪被他处理过，他软硬不吃，硬是把自己送进了看守所，过后卢春海费了很大的周折才把自己保释了出来。那次李悦虽没奈何了他，可他见了李悦却从心底打怵，他挤出了些笑意说：“这不是刑警支队的李哥吗？找我什么事尽管说。”

“找你有事并不是你的事，而是想通过你了解别人的事。”

左同英插嘴说：“你看你能不能找个屋，咱们唠一会儿，耽误不了你多长时间。”

“对了，我忘了给你介绍，这是我们刑警一大队的左大队。”李悦对全勇介绍左同英说。

全勇不是平常人，面前两个警察的话他是不会轻信的，他心里说：不管是谁的事，你们警察找到我头上都不会有什么好事。想到这儿，他圆滑地对李悦撒了个谎说：“李哥，你找我，我没啥说的，你问我什么事，我肯定配合你，可我现在得下楼送个人，待我送完人，我再上来跟你俩唠。”

没等李悦回应，全勇已疾步地闪过左同英和李悦，拐了个弯下了另一段楼梯。

左同英一看全勇要溜，他起身跃过楼梯扶手跳到了全勇的前面，他右手抓着全勇的肩膀说：“你别走。”

全勇已明白无误地知道，这两个警察就是冲自己来的。全勇二话不说，挥拳向左同英面部打去，左同英侧身躲闪，拳头顺着他的面颊擦了过去。李悦见全勇和左同英动了手，他情急之下想从全勇的身后，用右臂卡住他的颈部，以便把他制服；可他的右臂刚放在全勇的颈部，还没用上力时，全勇便抓住他的右手向前猛拉，李悦失去重心，从全勇的头上摔了出去，滚下好几级台阶。

摔在二楼的李悦，引来了吧台前的几个服务生，他们见楼梯上全勇正和一个人交着手，不知谁喊了句：“抄家伙去。”几个服务生便去拿凶器去了。

左同英和全勇扭打在一起，已从楼梯上打斗到二楼，全勇虽没有占在上风，可左同英也一时难以将他制服。被摔得头晕眼花的李悦挣扎着爬起来，抬腿照着全勇的膝盖踹了一脚。正忙于应付左同英的全勇站立不稳，单腿跪在了地上，他刚要起身，李悦迅速掏出手枪顶在了他的头部，喝令说：“别动，动就打死你。”

看见李悦眼中的杀气，全勇打消了再反抗的想法。

“放开勇哥。”几个挥舞着铁棍的服务生叫嚣着奔围过来。

“你们都别动，我们是警察。”左同英亮出人民警察证挡在了几个服务生的前面厉声说。

服务生并没有被吓住，其中有些人已经跃跃欲试准备动手了。

左同英没有料到事情会棘手到这种程度，这种情形下，如果不使用枪支，自己和李悦就会倒在乱棍之下，枪支也有可能被抢，那样后果会很严重。若使用枪支，就会违纪，因自己和李悦到这儿来抓人是不符合程序的。

正踌躇间，一个服务生挥舞着铁棍向他头部打来，他匆忙闪身，铁棍重重地落在了他的肩上。事态的发展已不允许左同英再考虑什么，他以极快地速度从腋下拔出手枪，并照着天棚“砰砰”地开了两枪。

枪声震住了所有的人，左同英向前迈了一步，用枪顶住刚刚袭击他的服务生的胸部说：“你找死吗？”

服务生退却了两步，低头看着手枪上张开的机锤，那机锤似乎在缓慢地下落，待落到撞针上，便会了结他的性命。他心里涌起一种从未有过的恐惧，他不由得把持铁棍的手张开，铁棍“咣当”落在了地上，他双膝一软跪在了左同英的面前，他望着左同英，眼里露着乞求的神情。

“是谁在我这儿鸣枪？砸我的场子啊！”卢春海打破了这短暂的沉寂，他叼着烟，出现在楼梯上说。

卢春海的身旁跟着一个高大的男子，那男子的西装敞着怀，右手插在身体左侧的西装里，明眼人一看就知道，那男子手里有枪。

左同英虽没见过卢春海，但从神态和口气上就能猜出他的身份。同时，他也认出了卢春海身边的男子，此人叫谭为君，左同英在调查杨爽被害案的时候见过此人的照片。

左同英收起了枪，走到卢春海的跟前说：“你就是卢春海吧？”

卢春海点了点头，他问左同英：“你俩是哪儿的？”

“我俩是市公安局刑警支队的。”

“能否把人民警察证拿来我看看。”

左同英把人民警察证递给了卢春海，同时向李悦使了个眼色，暗示他先放开全勇。

李悦把枪从全勇的头部挪开，他看了眼谭为君，他没有把枪插回枪套里，而是不放心地把持枪的手放入了夹克衫衣兜里。

解除了被枪支逼迫的全勇，赶紧站在了卢春海的身后。

“哦，左同英，还是个基层领导，刑警支队一大队副大队长。”卢春海把人民警察证还给左同英说，“不知左副大队到我这儿舞刀弄枪的干什么？”

“我们到这儿想找全勇了解点事情，可你们这儿的人太不友好。”左同英说。

“你们到这儿无论找谁了解情况得顺乎人家的意愿吧，我想你们肯定是动粗的了，我最讨厌警察仗势欺人了，看来我得把这事反映给市委雷正南副书记。”说罢，卢春海从衬衣兜里掏出了手机，看样子他的手机是已存储了雷正南的电话号的，他没有拨号，只是调出了对方号，按了下发送键。

“喂，雷副书记吗，我是卢春海，我有个急事向你反映……”

正在这时，丁大队长领着两名交警赶到了，丁大队长的到来，无疑给左同英和李悦解了围。左同英指着卢春海身后的全勇说：“他就是全勇。”

丁大队长把手中的传唤证展示给刚打完手机的卢春海说：“我们是交警事故大队的，我们怀疑全勇与一起交通肇事有关，现在正式传唤他。”

卢春海侧了下身对全勇说：“全勇，你可以跟交警走，配合他们的调查。”

全勇听从了卢春海的话，从他的身后走到了交警的面前。

丁大队长对另两名交警说：“把他带走。”

众人刚要离去，卢春海招了下手说：“诸位且慢，我刚才跟市委副书记雷正南反映了这里的情况，雷副书记说他马上命令你们的警务督查队来这里，我想你们还是等一下的好，让督察看看刑警是怎么样在我这随意鸣枪的，看看执行公务的交警是怎样喝得酒气醺天的……”

卢春海的话让左同英注意到，丁大队长的身上有股浓浓的酒味。

7

李文彬早晨上班时，在公安局的院里碰见刚从食堂出来的关主任，关主任招呼李文彬说："我正想找你呢。"

李文彬说："有什么事吗？"

"昨晚5点多钟，刑警一大队的左同英和李悦，去翔宇山庄协助交警传唤一个叫全勇的，这两人去的时候交警还没有到，他俩拿不出完善的手续，就跟山庄的人产生了摩擦，而后打了起来，左同英在厮打中鸣了枪……"

"伤着人没有？"一听说动了枪，李文彬的心一下子悬了起来。

"人是没伤着，左同英是往天棚鸣了两枪。左同英鸣枪后，翔宇山庄总经理卢春海就给市委副书记雷正南打了电话，雷副书记接着就往咱们纪检委打了电话。我昨晚值班，接了雷副书记的电话后，就领着警务督察去了翔宇山庄。不单是左同英鸣了枪，去传唤全勇的交警事故大队丁大队还喝了酒。去翔宇山庄的刑警和交警都违了纪。我把左同英和李悦的枪收了，让他俩听候处理；丁大队昨晚我也没让他工作，让他回家醒酒去了。我说李支队，你回去得好好教育教育左同英和李悦，他俩平时挺不错的，怎么昨晚就干出了那么莽撞的事情。"

"行，我是得好好教育教育他俩，再了解了解怎么个情况，然后我在跟你沟通。"

两人谈着事情，一同走进了楼里。关主任的办公室在二楼，李文彬的办公室在四楼，关主任在二楼与李文彬分手时说：

“唉,你让你们办公室的人到我这儿,把左同英他俩的枪拿回去。”

李文彬“嗯”了一声。

“李支队,左同英怎么了?”恰巧这是时,赵旭建拎着装矿泉水的空桶从楼上走了下来,他听了关主任的话,不由得问李文彬。

李文彬看了眼赵旭建,他没有直接回答赵旭建,而是对赵旭建说:“你先别去楼下换矿泉水了,你马上回办公室,把左同英和李悦找到,让他俩到我办公室去。”

赵旭建见李文彬神情凝重,便不再说什么,打电话去了。

李文彬进了办公室,把拎包扔在了茶几上,自语地说:“怎么非得在这个时候添乱。”

李文彬伫立以窗前,凝视着窗台上的一盆君子兰花。他看花的过程,也是他稳定情绪的时候。在李文彬的眼里,左同英是个行为果敢,思维敏捷的人,他的这一个性,很适合刑警这一职业,左同英的个性和他的遭遇,使李文彬对他有种较复杂的感情,既欣赏他,又怜爱他。在这次的机构改革中,刑警支队根据上级的指示精神,准备成立一个专职的打黑除恶队伍,李文彬本想向局领导推荐让左同英领导这个专职队伍,可就在这节骨眼上,左同英却干出了违纪的事情。李文彬知道,左同英的违纪一切缘于杨爽,可是无论为了谁,无原则性地重感情,讲义气,有时会毁掉一个人的!对于左同英在这件事中所暴露出来的性格的缺憾,让李文彬对左同英的看法有些动摇。

“李支队。”赵旭建的叫声打断了李文彬的思绪。

李文彬转过身来问站在门口的赵旭建:“我让你找的人呢?”

“我刚才给左同英打了手机,左同英说他在第一人民医院呢,他说马上回来。"

"他到医院去干什么?"

"左同英说和李悦昨晚在翔宇山庄挨了打,从翔宇山庄回来后,李悦感到头部有些不舒服,左同英便陪李悦到第一人民医院做了个 CT。经 CT 检测,李悦脑袋里有些淤血,左同英昨晚一晚上在医院陪着李悦来着。"

"乱弹琴,这不是纯粹添乱吗?也不知道这个队伍你是怎么带的……"一听说李悦受了伤,李文彬心里更加添堵,他禁不住批评起了赵旭建。

赵旭建低头不语。

李文彬批评完赵旭建,沉默了会儿,又对赵旭建说:"赵旭建,你们队里的工作先放一放,你安排好人去轮流陪伴李悦,我上午有个会,下午别忘了提醒我,咱俩一起到医院去看看李悦,你先回去吧。"

"是。"赵旭建应了声,转身走了半道又返回问,"李支队,我有一事不明,你能否给我一个答复。"

李文彬说:"我知道你想问什么,你是想问,我为什么没有严令禁止左同英对卢春海身边的人调查吧?如果我禁止了,就不会出现左同英与李悦违纪的事,是吗?"

赵旭建点了下头。

李文彬说:"杨爽的被害案,对卢春江的怀疑是否正确,你我心里是明了的。卢氏兄弟在东河市的所作所为,拢一拢当做黑恶势力打,也是够的,可目前的条件不成熟。领导是不让调查卢春江,那只是领导的几句话,不但没有形成书面的材料,连起码的会议记录都没有。若是日后证明杨爽的被害是卢春江指使人干的,而我当初却严令不让查卢春江,那我该会承担什么责任?这个责任岂能是我一个刑警支队长承担得起的!如果左同英查不出依据，这件案件也暂时这么撂下了，可左同英有了依据，那就只有查下去了。说句实在话，我是不想让杨爽的被害案不了了之的。至于杨爽的被害案有可能牵扯到的其他事情，我是兼顾不了的。”

赵旭建的心中涌起了对李文彬的敬意，他点下头说：“我明白了。”

赵旭建前脚刚走，左同英出现在了门口。

“你进来。”李文彬坐在办公桌前的椅子上，严肃地说。

左同英表情黯然地走了进来。

李文彬点燃一支烟说：“你把昨晚的经过跟我说一遍。在你说之前，我要告诉你左同英，要实事求是地说，该怎么回事就怎么回事。”

左同英说：“李支队，你放心，我一定会如实说。”

“那你讲吧。”

“昨晚 5 点左右，我接到特情的汇报，说全勇回到了翔宇山庄，我给交警丁大队打了电话……丁大队去了后，我们刚要带全勇走，纪检委的关主任领着警务督察也到了，关主任当着众人的面，下了我和李悦的枪。从翔宇山庄出来，李悦刚开了会儿车就说头不舒服。我寻思，李悦说不上是被全勇从楼梯上摔下来，把头摔坏了，我把李悦拉到医院一检查，果真是这么回事。大夫说李悦的头部因外力作用而造成了颅内出血。看，我的肩上还有被他们用铁棍打伤的印记呢！”左同英说着扒开衣服领子，露出了肩部青紫色。“李支队，我当时鸣枪，确实是迫不得已啊！”

“什么是迫不得已，如果你要不去，不就没那码事了吗？我以前跟你们说过多少遍了，做什么事，必须得遵循程序，像你这事，不就是违纪办案吗？那全勇走了就走了呗，过后总有露面的时候吧，用你们掺和什么？现在虽然你们挨了打，但理却在卢春海那边，你和李悦还得挨处分。”

“李支队，要处分就处分我一个人吧，不要牵扯李悦了。”左同英想到自己不顾李悦的劝阻，而造成了现在的后果，心里很是懊悔和内疚。

“亏你还惦记着李悦，你当时脑袋怎么不多转转弯，考虑考虑？”李文彬把烟扔在烟灰缸里，敲打着桌子上的玻璃板说。

“这……这……”左同英这了半天，没说出句完整的话来。

“行了，你先回去吧，最近你也别工作了，每天上班在办公室待着，好好反省反省，写份深刻的检查交给我……”

左同英刚出李文彬的办公室，就接到了谢芸丽的电话，谢芸丽说在公安局门口等他。左同英下了楼，开着桑塔纳警车向大门口驶去。

谢芸丽见到左同英问：“听说你们昨天把那个全勇给传来了？”

左同英说：“全勇在交警队呢。”

“那现在的情况怎么样？全勇承认是他撞的杨爽吗？”

“我也刚来，不知道交警那边是怎么个情况。”

“咱们是不是到交警队去看看？”

左同英的头向后一歪说：“那好，上车吧。”

谢芸丽打开后车门上了车，左同英开车向交警支队方向驶去。

在去往交警支队的路上，左同英问：“你是怎么知道全勇被传唤的？”

谢芸丽说：“今天早晨我在江边上听晨练人说的，说警察去翔宇山庄去传叫全勇的人，打了起来，警察还动了枪。”

“啊。”左同英寻思，消息传得可真快。

谢芸丽问:“昨天传全勇没出什么事吧。”

左同英从后视镜看了眼谢芸丽,见谢芸丽满是憔悴的样子,就不愿说出实情,敷衍说:“没出什么事。杨爽现在怎么样了?”

谢芸丽说:“杨爽已经苏醒了,也能做一些简单的活动,不过不能说话;他现在在博康医院进行康复治疗。”

“是吗?”左同英回头看了眼谢芸丽说,“杨爽恢复到这种程度,多亏你呀!”

左同英和谢芸丽在交警支队门口下车时,碰见了丁大队长。左同英问丁大队长:“昨晚案件搞得怎么样了?”

丁大队长说:“不知道呢,昨晚纪检委的关主任让我回家醒酒,这不,我也刚来,案件是我们的教导员领人搞的,走,咱们一块儿过去看看。”

刚进入交警支队的大楼,大厅里边蜂拥过来一帮人。过来的一帮人让三人都愣住了,见在前面走的正是卢春海,他左右两侧是全勇和谭为君。

左同英说:“全勇怎么放了?”

卢春海也看见了左同英,双方擦肩而过,他对丁大队长说:“丁大队,全勇因交通肇事证据不足,我先给他保出去了,日后你们凑足了证据,可以再传唤他。”

丁大队长没有理会卢春海。

谭为君为使卢春海摆脱尴尬,马上说:“卢大哥,咱跟他们没啥可唠的,走吧。”

卢春海往前走了几步,又扭回了头,满不在意地看了他们一眼。

左同英气得跺了下脚,骂道:“他妈的,这是什么事呀……”

8

左同英听说李悦的医药费难以处理,他便在银行取出三万元钱积蓄,来到了第一人民医院。

李悦的病床一侧站着赵旭建,另一侧坐着李悦的妻子。李妻抱着两岁的女儿,正忧心忡忡地望着李悦。

病房较小,李妻见到左同英打过招呼,就抱着孩子往外走。临出门,她指了下自己坐的椅子说:"你坐。"

左同英低着头,他难以正视李妻愁苦的面容,只"嗯"了一声。

左同英坐下后,问李悦:"你现在感觉怎么样?"

李悦笑了笑说:"我现在感觉还行,其实没多大的事,就是头部有些於血。开一刀,把於血放出来就行了。"

赵旭建插嘴说:"定好了今晚 7 点钟手术。"

左同英说:"都怨我,因为急躁,没有听你的劝阻,给你带来了这么大的伤害……"

李悦说:"左哥,你不要责备自己了。"

"唉……"左同英叹口气握住了李悦的手。

李悦看了看赵旭建,坦诚地对左同英说:"左哥,你我接触时间并不长,但你的为人处世很让我钦佩。特别是在调查杨爽被害案的事情上。杨爽的被害很让人同情,作为同是警察的杨爽,他的被害案在目前的状态下,更让人觉得屈辱和气愤。你和杨爽是好朋友,你又是我的兄长加领导。从现在来看,如果你认为在查杨爽的被害案中我是对你的帮助的话,咱们不互相帮助,又能指望谁帮助?在帮助你的过程中,我是受了点伤,可我的伤也没什么,不会落下什么残疾。所以说,你不要因我的一点伤势,给你增添不必要的心理负担。”

左同英听了李悦的话，很感动，眼泪在眼眶里打转。李悦的话，使他无须再说什么。他从外衣兜里掏出装有三万元钱的信封，递给李悦说：“李悦，难得有你这样的好兄弟，这里是三万元钱，我不知道够不够手术的费用，如若不够，我再去凑。”

左同英的举动，让李悦感到突然，他双手推着左同英递信封的手说：“左哥，我的手术费用已经有了，这钱你拿回去，你千万别这样。”

左同英把信封放在李悦身上说：“李悦，这钱你就拿着吧。”左同英说完这句话，转身出了病房。

李悦着急地把信封拿起，对赵旭建说：“赵大队，这钱你无论如何得退还给左同英。”

赵旭建只得把信封接过来，去追赶左同英。

在医院的大门口，赵旭建对左同英说：“左同英，李悦住院费的事，你就不用操心了。这钱你就拿回去吧。”

赵旭建把信封塞进了左同英外衣兜里。左同英要把信封往外掏，赵旭建按住了左同英的兜，使左同英无法把信封掏出来。

左同英带着哭腔说：“赵大队，你就让我拿这些钱吧。我领李悦违纪办案，才造成李悦的重伤。这种情况，公费医疗是不给报销医疗费用的，局里也不可能拿这笔钱，李悦的妻子还没工作。你不让我拿医疗费用，我心里不得劲呀！”

“李悦医疗费用的事，局里已经解决了。”

“是吗？”左同英将信将疑地问。

“是李文彬支队长把责任揽了下来，”赵旭建拍了拍左同英的肩膀说，“左同英，要想心里得劲，就得把卢春海这个祸害扳倒。我想什么事总有个出头的时候，卢春海也不能老这样猖狂下去。凭直觉，卢春海不是什么本分、正经的企业家，他肯定有违法犯罪的问题，只要我们穿一天警服，就会搜集他的犯罪证据，把他送到法庭。”

赵旭建的一番话，使左同英苦闷、失落、孤独的情绪得以了一定的缓解。他说：“赵大队，卢春海一定会倒的，只是时间长短的问题。”

赵旭建凝视着左同英说：“不过，这次的挫折，对你的工作很不利。丁局长对你很不满，你要有个思想准备。”

左同英苦笑了下，意味深长地说：“我是该有个思想准备了。”

面对上层的压力，左同英刚才缓解的情绪又低落了下来，他的心里犹如灌了铅一样，沉甸甸的。左同英黯然注视着赵旭建走进了医院住院部的大楼。

左同英百无聊赖地向医院外走着，他觉得很累，这种累是从心里弥漫到周身的。面对强劲的对手，他透彻地感受到自己是多么的卑微。想着调查卢春海的过程，包括杨爽在内的一次次失败后的沮丧，正在蚕食着他心中的信念。他心中忽地泛起一个念头：放弃吧，不要再苦撑着与对手斗下去，斗下去，无异于以卵击石，甚至自己的性命都难以保全。放弃了，一切都会好的。可就在这个念头泛起的时候，另一个想法却冒出来告诉他：左同英，难道你就这样怯懦、畏缩地放弃吗？监号里的在押人员霍英国被殴打致死，段刚蒙冤而自寻短见，杨爽为此已成植物人，还有那躺在病榻上的李悦……面对这一切，你就这么熟视无睹地放弃吗？做这些坏事的恶人们正在冲你讪笑，这些恶人们存在一天，社会便存在着一份不安定的隐患！亏你还是个警察，是个中共党员，亏你把警察的事业视为自己崇高而神圣的追求……想到这儿，左同英停下了脚步，他抬起右手猛击了下自己的额头，他在告诫自己：左同英，你别再有放弃的念头，你别无选择，你必须要和他们斗下去。

第十八章

1

李悦出院后的一个双休日，左同英约李悦去放牛沟村钓鱼。

左同英望着水面上的鱼漂问李悦："李悦，你的伤没什么事了吧？"

李悦说："没什么事了，好利索了。"

左同英回想着李悦受伤时的情景，沉郁地说："卢春海的人太嚣张了。"

李悦若有所思地说："卢春海这么干下去，他被警察打击处理是早晚的事。"

左同英说："通过一些事情可以看出来，卢春海的势力确实是不同凡响，要扳倒他是有一定难度的。"

"我看卢春海他们也可以成为黑恶势力了。"李悦说，"左哥，咱们不说是机构改革成立打黑除恶大队吗？我听说还准备让你当大队长。"

"唉，"左同英想起赵旭建说丁局长对自己很不满，让自己有思想准备的话，不由得叹口气说，“原先是有这个意向，不过因领你到翔宇山庄的事，我挨了个记过处分；我估计当大队长的事也得泡汤了。我现在副大队长的职务能否保住还两说着呢。”

李悦钓上了一条鱼，他从鱼钩往下摘着鱼说：“左哥，要不你做做工作，别错过这把机会。”

左同英笑了笑说：“顺其自然吧，我是要钱没钱，要背景没背景，哪有条件做工作……”

“二位怎么今天这么有雅兴，到我这小地方来钓鱼？”老汪走了过来，打断左同英的话说。

左同英见到老汪说：“哟，是老汪呀，工作挺积极呀，休息日也到管片来转转呀。”

老汪说：“我到这儿来是另一个营生，但不是工作。”

左同英说：“老汪，听你话的意思，这鱼池是你开的了？”

老汪说：“在这儿当片警年头多了，与村干部熟了，就承包了这鱼池。”

李悦说：“没想到老汪还有第二产业呢。”

“瞎闹哄呗，像我这快五十岁的人了，政治上没啥发展了，也就往图个清闲，挣点钱方面想了。”老汪说着坐到了左同英和李悦的中间。

左同英拿起身边的一盒烟递给老汪说：“来抽一支。”

“我不抽那个，我抽旱烟。”老汪从兜里掏出个铁烟盒，从铁烟盒里拿出了一支卷好的旱烟。

左同英说：“最近忙吗？”

老汪说：“我这儿总体上没啥事，就前段时间有点事，这放牛沟村的老羊倌失踪了。”

左同英和李悦听了这话，均一怔。左同英说：“你说的老羊倌，就是那次发现吉普车的那个吧？”

老汪说：“对，就是那个老羊倌。”

左同英说：“他是什么时间失踪的？”

老汪说：“能有一个多月了，好像是上个月2号的事，就是李悦领你们俩来勘察吉普车之后没多长时间。发现老羊倌失踪的那天是晚间，那天交警事故大队的通过我来找老羊倌，我领交警到老羊倌的住处一看，人没了，羊也没了。乍开始以为他上远地方放羊迷路了，过后能回来，可谁知，发现老羊倌没了后，就再也没看见他。”

左同英说：“老羊倌失踪你们查了吗？”

“老羊倌失踪后，这方圆三五公里的地方我都找遍了，可是没找着。过后我把事跟我们城西分局刑警大队汇报了，刑警大队来了俩侦查员，到村子里了解了下情况就走了，到现在也没个信儿。”老汪弹了下烟灰说。

左同英说：“老羊倌有没有亲戚？”

老汪说：“老羊倌啥亲戚也没有。”

左同英听完老汪介绍完大概的情况，就没再说什么。

老汪看了下表，站起身来说：“我说左大队，中午你俩就别走了，我待会儿找村委会的张主任，让他准备点酒菜，今天咱哥儿几个中午喝点，加深下感情。”

左同英忙摆手说：“我说老汪，你可别忙活，你的心意我俩领了，我和李悦还有事，待会儿就得走。”

老汪不高兴地说：“左大队，你咋的，瞧不起我这个郊区的片警。今天是双休日，你俩能有啥事？你俩要是有事的话，能来这儿钓鱼？你俩若嫌吃饭耽误钓鱼，我就让人在咱吃饭时，给你俩下网捞点。”

听老汪这么说，左同英和李悦也就不好再推辞了。左同英说:“那好,我和李悦中午就在这儿了。”

老汪脸上露出了笑容,他扔掉手中的烟蒂说:“这就对了,咱们谁跟谁呀,你俩先钓着,我现在就去找张主任去,过会儿我过来叫你们。”

老汪走后,一种直觉使李悦问:“左哥,你说老羊倌的失踪,跟卢春海能不能有关系?”

“你的意思是说全勇抛车时碰见了老羊倌,过后他为了杀人灭口而把老羊倌害了。我刚才也想到了这一点,不过,城西分局的刑警不是来调查过了吗?”

“你知道吗?城西刑警大队长龙贵成跟卢春海是很好的朋友,牵扯到卢春海,他们能否去认真查,还两说着。”李悦说出了心中的担忧。

“你怎么知道龙贵成和卢春海关系好?”

“我原先处理过卢春海的手下全勇,在处理全勇的过程中,龙贵成给全勇讲过情。”

左同英说:“这我还没考虑到……”

2

左同英怀疑是全勇杀死了老羊倌,他在随后的调查中,虽没有查出全勇的什么情况,但他有了出人意料的发现,那就是吕龙曾在卢春海的企业干过,卢春海的生意合伙人齐国栋死了后,吕龙便离开了卢春海。

左同英怀疑,齐国栋的死与吕龙有着某种联系。

这天中午,左同英在一家小饭馆里,约来了在翔宇山庄工作的特情宗强。宗强四十余岁,多年前,他在黑道上也算是一个人物。在一次火并中,他被对方用猎枪击成重伤,是左同英出的现场，把他及时送到了医院才抢救了过来。他的命虽保住了，但他的脚走道时却成了跛脚。事后他报复了拿猎枪打他的人，他将对方用刀刺死，他为此判了死缓。服刑期间，他因检举别人的暴狱企图立了大功，使他在监狱只待了几年便回到了社会。宗强从狱中释放后安稳了起来，卢春海刚起家时，需要明白社会的人帮自己，就把他请了去。宗强做了卢春海一段时间的跟班，他见卢春海企业有了些起色就往歪道上走，他规劝了几回没起作用，他怕日后卢春海有什么事再牵扯到自己，就跟卢春海推托说自己身体不行，难以东奔西跑的，让卢春海给他安排个轻松的活儿干。卢春海答应了他的要求，便让他干起了仓库保管员。

左同英要了四个小菜和几瓶啤酒，他和宗强边喝边谈。左同英问："吕龙你认识吗？"

宗强说："你说的哪个吕龙？"

"这个人是'9·28'案件的主犯，他的同案枪杀了警察，把他从公安医院营救了出来。他的同案落网了，唯他还逍遥法外。据说，他曾在翔宇山庄干过。"左同英拿出吕龙的照片递给宗强说，"就是这个人。"

宗强看着照片，犹豫着说："这人好像在哪儿见过。"

左同英从宗强的表情中看出了他的顾忌，他说："咱哥们儿这么多年来可没啥说的，你不要对我隐瞒什么。"

宗强两边望了望，小声地对左同英说："你救过我的命，那我就只好告诉你，吕龙我认识，他前段时间还在翔宇山庄来着。"

左同英脸上露着惊奇和兴奋，他瞪着眼睛问："什么，他前段时间还在翔宇山庄来着，具体是什么时间？"

"一个月前。"

"你说得准确吗？"

宗强郑重地点了点头。

吕龙在翔宇山庄的时间，是“9·28”案件发生后的时间，这足以证明吕龙与卢春海是有关联的。左同英想着如何能拿到吕龙在翔宇山庄的证据，他思索了半天说：“山庄有监控录像吧？”

宗强说：“有。”

左同英惊喜地问：“翔宇山庄的监控录像保存多长时间？你能否看到监控录像？”

宗强说：“监控录像能保存多长时间我不知道，不过我能看到监控录像，因为我外甥女张微在翔宇山庄管监控录像。”

左同英吩咐说：“那这样，你回去通过张微调出以往的监控录像，看是否能够找到吕龙在翔宇山庄的证据，如找到证据务必保存好了。我今天下午出差，明天回来我再跟你联系。”

宗强说：“好吧。”

左同英心里恨恨地说：卢春江，你离被扳倒的日子不远了。

左同英出差回来一出火车站，就接到了李悦的电话，李悦告诉他自己的父亲过八十大寿，他让左同英直接到世纪酒店。

左同英接完李悦的电话，打消了与宗强联系的念头。

李悦为给父亲过生日，在世纪饭店搞得挺排场，有些局领导也去了，丁兆柱便在其中。

左同英与单位的同事坐在一桌上，同事给他斟白酒，他说不喝，同事又给他斟了一杯啤酒，而他却把啤酒推到一边，自己拿了瓶饮料，倒入了空杯中。李文彬说：“左同英，怎么也得整点啤的呀？”

左同英不喝酒的原因是他没有来得及把枪支放回单位，而是揣进了裤兜里。他只得撒了个谎说：“李支队，我身体有些不舒服，今天的酒我就不喝了。”

李文彬见左同英这么说，就没再劝酒。

过了会儿，柯志伟端着啤酒杯走了过来，他对全桌人说："今天是李悦父亲的生日，也是咱们高兴的日子。我平时跟刑警的弟兄们接触的少，我借此机会敬大家一杯。"

众人见监管支队长来敬酒，都一起站立了起来。柯志伟给每个人的杯子里都斟了一些酒，到给左同英斟酒时，他见左同英酒杯里的色不对，就说："喝啥呢左同英？你先把那饮料喝了，来杯啤酒。"

"柯支队，我今天不舒服，就以饮料代酒吧。"左同英说着，端起桌上的饮料瓶，把自己的杯斟满。

柯志伟说："左同英，咱们很少有机会在一起喝酒，今天有了这机会，我必须跟你喝一杯。"

"柯支队，我……"

"你别我、我的了，来，斟上。"柯志伟说着，拿一个空杯把啤酒斟满递给了左同英。

李文彬怕左同英再次拒绝，使柯志伟尴尬。他在一旁附和说："左同英，跟柯支队喝一杯。"

左同英知道，自己不喝这杯酒将会被别人认为不近情理，他只好端起了酒杯。

左同英刚喝下啤酒，他的手机响了起来，他掏出手机一看，是宗强打来的。他离开酒桌，到走廊接听着电话。宗强在电话里说，他在监控画面上发现了吕龙，宗强让左同英趁现在卢春海没有在翔宇山庄的间隙，马上过去提取证据。

左同英离开世纪酒店，他打了辆出租车，直奔翔宇山庄。

在左同英下了出租车往翔宇山庄里走时，被谭为君无意间发现了，他跟了左同英一段路没有跟上。谭为君掏出手机拨通了卢春海的电话说："大哥，上回传唤全勇跟咱们发生冲突的那个叫左同英的警察,又到咱们这儿来了。”

“他们来了几个人?是不是来消费的?”

“就他一个人,不像是消费的,他没往酒店和歌厅走,而是往里去了,我没能跟上他。”

电话那头沉默了会儿说:“谭为君,你这样,你把大门封住,如果左同英出来,你问他找谁来了。要是觉得不对劲,就不让他出去。我现在在林海往回走的道上,我半个小时能赶回去。”

“那好大哥,我照你说的办。”谭为君合上手机,向大门口走去。

左同英在张微的帮助下,在电脑监控上找到了吕龙活动的画面,左同英把这些画面复制到了电脑可移动硬盘上。左同英对张微说:“你给我们提供的情况非常重要,真的很感谢你,我回去跟领导请示下,给你奖励。”

宗强说:“左大队,客气话就别说了,张微是我外甥女,况且她也马上不在这儿干了。”

左同英问:“是因为给我提供情况不在这儿干的吗?”

宗强说:“不是,她男朋友是外地的,她要去外地跟男朋友完婚。”

“啊,原来是这样。”左同英说,“我该走了。”

宗强说:“那好,你快走吧。若让认识你的人发现,还不好办呢。”

左同英出了房间,天已大黑。他远望见大门关着,只有大门旁的小门开着,小门边还站有几个保安。

左同英身上揣有重要物证,有了上次的经验,他不想走大门口再招惹什么麻烦。他顺着小道走到了围墙根下,他身子向上一蹿,爬上了墙头,越出了围墙。

卢春海回到翔宇山庄,在大门口问谭为君:“看见左同英了吗?”

谭为君说:“没有,不过有个服务生像是看见他从监控室走了出来。”

“怎么?他上了监控室?”卢春海似乎意识到了什么,“快组织人在山庄里找。”

全勇说:“大哥,刚才咱过来时,我看见一个男子在道边走,说不上那就是左同英。”

“是吗?那返回找找看,谭为君开车,全勇坐后边。”卢春海说着,打开车前门上了车。

左同英匆忙地走在路上,他希望找到一辆出租车。

这时,后边有一辆车向左同英靠近,他往路边靠了靠,身后的轿车逐渐近了,车灯照在路面上由昏黄变为雪白,左同英以为过来的是出租车,可他刚要扭头却突然间发现,在路中央的车灯已转移到自己身上,同时,还传过来了车轮急速转动与柏油路面摩擦而产生的“吱吱”声,左同英条件反射般地向道边闪去。可他没挪几步,道边的马路牙子将他绊倒在地,倒地的左同英一个侧滚翻接着往边上撤,那辆冲左同英而来的轿车,也重重地磕碰在马路牙子上。左同英拄地起身时,感到右臂剧痛,他意识到刚才倒地时右臂受了伤。他左手摸到一块石头向轿车扔去,“哗啦”一声,轿车的挡风玻璃被砸碎。

左同英躲在了一棵树后,从轿车上下来一人疾步地到了他跟前。左同英没有看清对方模样,对方就双手呈拳击状,一拳紧似一拳地向他打来。左同英闪过一拳,抬脚向对方的腹部踹去,他觉得自己踹出的一脚,犹如踹在了木桩上,对方只趔趄了一小步,便挥出了第二拳击中了左同英。左同英顿觉胸闷难忍,喘不上气来。这一拳让左同英顷刻明白,对面的人是全勇,左同英随着一口气喘出而说:“全勇,你要干什么……”

没等左同英把这句话说完，全勇的右手又死死地卡在左同英的脖子上，咬牙切齿地说："我要弄死你。"

左同英有些目眩，他心里很清楚，自己受伤是打斗不过全勇的，这样下去不过片刻，自己便会死在全勇的手里。在这紧急关头，左同英左手掰着全勇卡在脖子上的手，右手从裤兜里把手枪掏了出来，可左同英还没有把枪举起，全勇的左手已握住左同英持枪的手腕上，就在全勇欲要夺枪时，"砰"的一声枪响，全勇摇晃了下，倒在了地上。

左同英见那辆轿车往后退了下，停在了道中间，谭为君从车前门下来。左同英疾跑过去，用枪指着谭为君喝令说："回车上去，不准动。"

谭为君回到了轿车驾驶员的位置，左同英在轿车前面绕了半圈，他借着车内的灯光已看清，车里除了谭为君，坐在副驾驶位置上的正是卢春海，后排座上坐着个女的。

左同英掏出了手机，卢春海把车门的玻璃摇下，平静地说："是报警吧，我已经报过了。"

左同英诧异地看了眼卢春海，可就在这时，从市内的方向，两辆警用面包车正鸣着警笛疾驰而来……

3

左同英被人带至检察院法纪局的审讯室，人群中一人让左同英坐在讯问椅里，左同英像没听见似的站着没动。

阎平军从人群中闪了出来，他指着讯问椅说："左同英，你乖乖地给我坐进去。"

左同英是认识阎平军的，他对阎平军对自己的态度很是不解，他哪里知道阎平军和卢春海是沆瀣一气的，卢春海对他所想做的，就是阎平军对他的态度。左同英说："我没有犯罪，我为什么要坐进讯问椅里。"

"你没有犯罪那你为什么进了法纪局这个地方，你几个小时前是个警察，而你现在却是犯罪嫌疑人。你以为你是谁？"阎平军说罢，抬腿踢了左同英一脚。

左同英刚要发作，旁边的人蜂拥而至钳住了左同英的手脚，把左同英塞进了讯问椅里，继而给左同英戴上了手铐、脚镣。

当左同英被固定在讯问椅里时，他忽然明白了自己的处境，自己的愤怒引发的本能的对抗，在这里均无济于事，没有谁能够理解自己，面前的人如阎平军所说是把自己当做犯罪嫌疑人来对待的。想到这儿，左同英逐渐地冷静了下来。

阎平军对屋内的其他人说："张忱留这儿做笔录，其他人忙别的去吧。"

左同英见其他人走了出去，就剩下阎平军和张忱时，他说："姓阎的，你不了解情况就这样待我，难道你我之间有宿怨吗？"

阎平军说："你我之间没什么宿怨，我只是公事公办而已。"

左同英说："今天我开枪的事，是我遇到生命危险时所采取的正当防卫……"

"你现在免谈什么正当防卫，至于是否正当防卫，应视情节而定，我希望你老实地把当时情况说清楚。"阎平军摆了下手，打断了左同英的话说。

张忱说："左同英，你现在把经过说一遍吧。"

"今晚6点多钟，我在世纪酒店参加一个同事父亲的生日宴会，之后我去见一个朋友，会完朋友当我走到出事的那个路段时……之后，110警车来了，你们也随之到了。"左同英有些隐瞒地把经过叙述了一遍。

阎平军说："你上哪儿会的朋友？你会的什么朋友？"

左同英说："我会朋友与我开枪的事情没有直接的关系，我没有必要回答你这个问题。"

阎平军说："那好，那我问你与枪案有关的问题，你参加生日宴会喝了多少酒？"

"因为我带了枪支，开始没喝酒，当监管支队长柯志伟去敬酒时，我和他喝了一杯啤酒，仅此一杯。"

阎平军走到张忱做笔录的桌边，拿起桌上的一沓笔录说："左同英，你的叙述与我们了解的不一致。我们所了解的情况是这样的，你在出事的路段走时，你误认为卢春海坐的那辆车是出租车，你扬手拦车，卢春海的车没停，你在路边捡起块石头，把卢春海车的风挡玻璃砸坏。卢春海的车停下后，全勇找你理论时，你与全勇话不投机，动起了手，于是你开枪打死了全勇。卢春海见你开了枪，他便打电话报了警。这么个过程，不但是卢春海说的，而且卢春海的司机谭为君和坐在车后排座的全勇的女友白晓瑞，也都是这么讲的。再一个，你说你在酒店参加生日宴会时喝了一杯啤酒，可谁又能作证呢？我们也了解了下与你一桌吃饭的人，他们是看到了你喝一杯啤酒，可他们不能证明你除了那一杯外，就再也没喝第二杯。话又说过来了，你要不是多喝了酒，怎么会发生今晚的事？"

左同英意识到阎平军是在整自己，他焦虑地想，要是阎平军把储存证据的移动硬盘弄没了，那一切均前功尽弃。他现只想见到陶志歆局长，他说："我能见下我们公安局长吗？"

"你不如实地回答我的问题，却想见你们的公安局长，那可能吗？如果你把案件谈的与我们掌握的相一致，我们倒可以考虑你的要求，但现在不行。"阎平军说。

左同英冷笑着说："我要是按你的要求去说，我岂不是故意杀人犯？"

张忱若有所思地听着阎平军和左同英的对话……

陶志歆在市委开会时，温庆辉就给他打了手机，把左同英开枪击毙全勇的事简要地说了一遍。因会尾陶志歆要汇报一起涉外案件的侦破情况，所以他无法抽身赶到现场。开完会后，陶志歆让司机把车直接开到了检察院法纪局。

在法纪局的门口，陶志歆见到了温庆辉，陶志歆问："事情整清楚没有？"

"卢春海车里三人的证言与左同英说的不一致，那三人的证言对左同英很是不利……"温庆辉把自己所知道的情况汇报给了陶志歆。

"左同英还在里边接受讯问呢？"

"5分钟前，法纪局的把左同英押走了，可能押看守所去了。"

"押哪个看守所去了？"

"我问法纪局的人，他们没说。但有一点可以肯定，他们不可能把左同英押往本市看守所。"

"丁兆柱来了吗？"

"没来，我给他打手机，他手机关机。"其实温庆辉听别人说，丁兆柱和柯志伟参加完李悦父亲的寿宴，去打麻将去了，只是他不便直说。

"那我们回局里吧。"

"陶局长，今晚检察院值班的是经荣祥副检察长，咱俩是不是上去跟他沟通一下。"

"不用了，回去把事情探讨下再说。你打电话通知李文彬和赵旭建到我办公室。"

4

在局长办公室，陶志歆对几个人说："你们对左同英开枪击毙全勇的事情怎么看?"

李文彬说："左同英能出现在翔宇山庄的附近，并与卢春海等人发生冲突，我觉得与调查杨爽的被害案有关。"

陶志歆说："杨爽的被害案我是听说过的，这起案件还没有查出结果吗?"

"是这样的，在查案的过程中，线索所指的是卢春江。"李文彬有些嗫嚅地说，"当然，线索也不是那么很明朗，丁局长考虑到一些原因，就没有允许对卢春江的调查。"

陶志歆很是不满地说："一个警察被害成重伤，结果查案却半途而废。你不接着查下去线索怎会明朗? 丁兆柱究竟是何原因中止了对卢春江的调查?"

李文彬低头不语。

陶志歆忽然想起左同英找过自己的事情，他肯定左同英找自己的事情就是反映杨爽被害的事。他说："那这么说，左同英没有服从领导的指示，在始终暗查卢春江了?"

李文彬看出了陶志歆对杨爽被害案的态度，加之自己是左同英领导所必须承担的责任，就坦然地说："也不是，他的调查是我允许的。"

陶志歆看了看李文彬，没做声。

温庆辉思虑了会儿，说："今晚这事，使我联想起两件事来，第一件，是你刚到北京学习时，我接到了一封举报第一看守所教导员高臣的信，信中反映卢春江伙同同监室两名在押人员，因琐事将同监在押人员霍英国殴打致死。高臣为把卢春江从打死人的事中择出来，同时也为了减轻主管民警高臣的内弟金洪胜的责任，竟撕毁了于兴国副所长所做的真实笔录，高臣自己又重新弄了份材料，结果卢春江被保外。另一方面，由于把金洪胜的责任推给了值班民警段刚，段刚为此想不开，在关禁闭期间自杀。我接到这封举报信后，开始布置调查，调查中发现了几处疑点，可就在接着往下查时，丁局长跟我说，省厅吴厅长替高臣说话，于是，调查也就搁置了一边。第二件事就是杨爽的被害案，左同英在查杨爽的被害案中，在放牛沟村发现一辆被遗弃的白色吉普车，这辆白色吉普车与撞伤杨爽的车很相像，左同英拿出两张与卢春江身边人的照片，让目睹遗弃白色吉普车过程的老羊倌辨认，老羊倌指认出其中一张照片上的人，被指认的叫全勇，是卢春海的企业翔宇山庄的人。这样，左同英查实的结果便与自己的怀疑相一致。”

陶志歆打断温庆辉的话说：“左同英为什么怀疑卢春海的人害杨爽？”

赵旭建说：“因为卢春江是卢春海的弟弟，在这之前，我们在杨爽的家里拿到了杨爽写给纪检委的举报高臣的信。我们推测杨爽的被害与这封举报信有关，我们把高臣排除在外，便怀疑到了卢春江，若杨爽举报信的内容属实的话，杨爽举报成功，卢春江就会重新收监，有可能被量以极刑。杨爽的存在，对卢春江是个威胁。”

“这条线索是很像样的。”陶志歆对温庆辉说，“你接着说。”

温庆辉说：“左同英为了及时传唤全勇，他意气用事，超越职权与李悦擅闯翔宇山庄传唤全勇，就在那次传唤中，双方发生了冲突，李悦受到重伤。后来交警去了翔宇山庄，可当传唤到全勇后，交警去找那个直接的证人老羊倌时，老羊倌却神秘地失踪了。我看这其中明显有内在的联系……”

“你是说，左同英不除，他们会不得安生。今天的事，极有可能是左同英所说，是全勇想置于他死地，他才开枪自卫。”陶志歆把温庆辉没说完的话讲了出来。

温庆辉凝重地点了点头。

基本弄清事情脉络的陶志歆，对李文彬和赵旭建说：“你俩先回去休息吧。”

李文彬和赵旭建跟两位领导告别后，走出了局长办公室。

陶志歆从沙发上站了起来，在温庆辉的眼前来回踱着步，一向雷厉风行的他，此时却显得优柔寡断，忧心忡忡。踱了能有五分钟的步，陶志歆坐在办公桌前说：“温书记啊！不瞒你说，卢春海这个人我早就想琢磨他，在你说的这些事都没发生前，我就接到了一些群众来信，也接待了两个受害者，群众来信和受害者均反映卢春海非法经营，强买强卖，暴力讨债等诸多事情。在一次值班时，我接了一个电话，电话里说翔宇山庄里存在着严重的卖淫嫖娼和吸毒行为。举报人在举报这件事的同时，还对我说，你是个保一方平安的公安局长，你要是不管，你就不配坐在公安局长的位置上。接了电话，我指示治安支队去查处，可就在查处的过程中，卢春江领人竟敢暴力抗法，打伤了前去执行公务的民警。待抓住了卢春江，我顶住了各方面的说情和压力，就想把卢春江送上法庭。然而事与愿违，案件到了检察环节，卢春江却大摇大摆地走出了看守所……”

说到这儿，陶志歆挥了下手，转了个话题接着说：“其实无论怎样的黑恶势力都不可怕，只要我们有决心就能铲除它。可是让我感到为难和痛心的是，在黑恶势力的背后，却有着我们公安民警为他们撑腰。就像杨爽举报的那个高臣，要是没有上级的应允，他高臣哪有那么大的能力？再一个，丁兆柱对监管支队的事情捂着、盖着，连对我都没讲实话，他是怕事情暴露出来，自己担负领导责任。”

温庆辉像是安慰陶志歆，又像是给他打气似的说：“有些事，该牵扯到谁，不露也得露啊！那是没办法的事。”

陶志歆眉头紧皱，他心里很清楚，公安队伍中将出现大的问题。作为公安局长，他不得不往深层去考虑，这些问题显露出来后，会造成怎样的后果和社会影响？再者他认为，单以公安局的角度去处理这些问题，力量未免有些单薄，他感到力不从心。

温庆辉见陶志歆难以抉择的样子，他怕陶志歆对待查处问题上的态度再重蹈丁兆柱的覆辙，这位耿直的纪检委书记禁不住地说：“陶局长，事情已经到了这种地步，如果我们对一些事情总是进行遮掩的话，那么我们就对不起党，对不起组织，对不起面对黑恶势力，像杨爽、左同英那样的公安民警。”

陶志歆定了下神儿说：“那好，我们该怎么办就怎么办，明早一上班召开局党组会，形成一致意见，进一步查实卢氏兄弟黑恶势力的犯罪，以及我们内部的违法违纪问题。而后，我把局党组形成的意见，上报省公安厅和市委，以求得上级的支持。另外，为了把更多的精力投入到案件的侦破中，机构改革要在近几天内完成。”

“我看这么做可以，不过关于案情的进展情况，个别党组成员也没必要让他知道那么多。”

“你是说丁兆柱？”

“出事的部门是丁兆柱主管，有些事情不得不使我们考虑得全面些。”温庆辉委婉地说。

陶志歆“嗯”了一声说：“你的提示是有道理的……”

5

阎平军等人把左同英送到了林海市林业看守所。

“叫什么名字,工作单位哪儿的?”一个五十余岁的值班民警问。

没等左同英回答,阎平军说:“他叫左同英,其他的就不用填了。”

“哪案件性质是什么?”值班民警填完名字又问。

阎平军说:“杀人。”

“喝,你小子还杀人哪?搁什么凶器杀的?杀了几个人?”值班民警合上登记簿,转过身来问站立的左同英。

左同英没有吱声,更确切地说他无法回答。

左同英的沉默,值班民警认为这是对他的不敬。他抬起腿,照左同英的腹部踹去,并骂着说:“你他妈的站这儿跟大盘鸡屎似的,你给我蹲下。我告诉你,就你这态度,就是欠扳,这几天我找空,好好扳正扳正你。”

腹部挨了一脚的左同英,捂着肚子,踌躇着蹲了下来。

值班民警看着左同英迟疑的举动,他觉得左同英还在跟自己过意不去,他喊了声:“小于子。”

“噢,干啥老金。”从旁边的办公室里,闪出一个年轻民警问。

“你提两个人,把他镣子砸上,我看他挺牛。”叫老金的值班民警指了下左同英说。

小于子提了两个在押人员,拿着镣子和锤子、铆钉,走到左同英跟前说:“瞧你这样,像个挺精明的人哪,怎么到这儿还想不开?”

阎平军听着小于子的话入了耳，他接过话来说："这位兄弟说对了，这小子就是想不开，要不他也到不了这地步。"

左同英低着头，看着脚上的镣子正被一在押人员一锤锤地铆着铆钉。那落下去的叮当响的锤头，似乎在敲打着他的心。

左同英被砸上脚镣的情景，让阎平军阴暗的心里掠过一丝快意。

阎平军办完手续后，用手指着左同英说："我告诉你左同英，你要在这儿好好地反省，下把我过来提你时，你要跟我说实话。再说了，你扛着也没用，有那三个人作证，你死定了。"

左同英始终低着头，对阎平军的话没有反应。阎平军等人呼啦啦地走了。

老金从椅子上起身，踢着蹲在地上的左同英说："起来，进号去。"

老金打开一监室门，左同英哈腰进了去。

老金冲里边喊："祝四呢？"

蹲在墙角处抽烟的一秃头上有刀疤的在押人员，忙不迭地将烟在地上捻灭，赶到了门口问："啥事金管教。"

老金说："刚进来这个有点倔，你们照顾照顾他。"

祝四点了点头说："明白了。"

祝四蹿到铺头上，盘着腿，两眼滴溜溜地在左同英身上打了两圈转说："把外衣给我脱了，把兜里的东西都掏出来。"

祝四说完这句话，冲旁边的另一在押人员使了个眼色。

左同英说："我兜里什么东西也没有。"他没有往下脱衣服的意思。

那领会祝四眼神的在押人员，猛然间掀起左同英衣服的下摆蒙住他的头说："你他妈的到这儿还装呢。"

被蒙住头的左同英，接着又被拥上来的几个在押人员推倒在地，左同英眼前一片漆黑，他无力反抗，只有默忍着几只脚在他身上的踢踹。

挨了一顿暴打的左同英，勉强支撑着从地上站了起来。他走到水龙头前，拧开水龙头，把脸上的血渍洗了下去。然后，他走到板铺的无人处，脱下了已变得肮脏的外衣搂落了下，他把外衣叠成枕头状，放在铺里侧。做完这一切，他忍受着满身的疼痛，轻缓地躺在了板铺上。

监室里的十余人，坐着或站着都注视着左同英，左同英在这些人的眼里是那样的特别，他们在看守所里，几乎每个人进来都有类似的经历，可像左同英这样表现的却没有。被打得人无非有两种情形，一种是难以承皮肉之苦，挨打时直告饶或扯开嗓子喊报告管教。另一种是摆出滚刀肉的架势，即使被打得遍体鳞伤，他也会指着打他的人叫板：群上多没意思，谁不服咱就单挑。而眼前的这个人，他没有求饶，也没有叫板，又在没有经过挑头的祝四应允下，就自行洗漱和躺下。从这些可以看出，他身上有着一股特别的、不屈服的劲头。

监室里出现了短暂的沉默，这种沉默正在削弱着祝四在监室里的霸气，祝四在沉默中感到了一种窒息，他张开嘴喊："除了坐班的，都统统地躺下睡觉。"

祝四的这一嗓子起了作用，其他在押人员各自找着位置，放下了被褥。

左同英望着棚顶上昏黄的灯泡，他心里想着，如果我击毙全勇的证据真如阎平军所讲的那样，那对我将是极为不利的，莫非自己多舛的命运，真的到此为止了吗？不！我岂能心甘地让人摆布，任人栽赃，可我该怎样摆脱目前的险境呢？局领导知道我出事后，他们怎样去理解和怎样去做呢……

早晨起铺的铃声响起时，左同英仍在侧身沉睡。他被别人扒拉醒，他感觉眼睛怎么睁也难以睁开，他用双手把眼睛揉搓了下，他的眼睛才能睁开一条缝。左同英把手放在脸上拍了拍，又细摸了下眼部后，他才知道自己的面部因昨天挨的一顿打，已肿胀了起来。

一在押人员说："你的脸都肿变形了，没事吧？"

"没事，死不了。"左同英说话间下了铺，向蹲便池走去。

第十九章

1

高臣没有敲门，直接推门进了柯志伟的办公室急切地说："我刚到单位，就听说左同英开枪把卢春海的人打死了，到底怎么回事？"

柯志伟靠在转椅上闭目养神，抑或是在想着什么。高臣的闯入，显然是惊扰了他，他在睁眼之前，身子打了一激灵。他有些不满地看了高臣一眼说："门也不敲，这么大岁数了，怎么还毛毛躁躁的。"

高臣在沙发上坐下说："我不是听见关于卢春海的事，心里急吗？怕他的事再牵扯到咱们。"

柯志伟没言语，只是向门处扬了扬下巴，示意高臣把门关严。

高臣起身把门关严后，又反锁上。

待高臣重新落坐沙发上，柯志伟一字一顿地说："事，可能真的要闹大了。"

“到底咋的啦?”高臣脸上满是担忧和困惑。

“昨晚左同英参加完李悦父亲的寿宴后,他在翔宇山庄很可能是调查杨爽被害的案件,他出来时,卢春海的人拦截他,他开枪把全勇打死了。”

“啊。”高臣惊讶地叫了声,前倾的身子不由得仰在了沙发的靠背上。

“左同英说,他到翔宇山庄附近去会一个朋友,会完朋友往家走时,一辆轿车想要撞他,他躲过了撞击,从马路边上捡起石头向轿车砸去。轿车的风挡玻璃被砸坏后,全勇从车里走了出来,全勇倚仗自己的身手,欲要杀死他,他迫不得已开枪自卫。除全勇外,在车上坐着另外三人包括卢春海说,左同英酒喝多了,可能误认为他们的车是出租车,便在道上招手拦车,他们的车没停,左同英就捡石头砸他们的车,全勇下车和左同英理论,两人话不投机,左同英就开了枪。”

“这些是谁告诉你的?”

“是纪检委温书记告诉我的,他昨晚在局里值班,他去了现场。”

“左同英现在在哪儿?”

“让检察院法纪局押了起来,押哪了不知道。”

“柯支队,那你说这事哪边讲的是真话呢?”高臣若有所思地问。

“哪边说的是真话和假话,那还用问吗?”

“其实左同英这样栽了也好,省得他再捅事。卢春海在车里,我想他能处理好这事,咱们不用担心什么。”

“高臣,你给我开心丸吃呢?到这个时候了还说不用担心什么,你也不想想,那左同英在看守所里能善罢甘休吗?那公安局出了民警开枪打死人这么大的事,局领导能不重视吗?据我了解，现在已经把杨爽的事搅和了起来，陶局长问李文彬，杨爽的被害案为何搁浅？最糟糕的是，我刚才得到了个信儿，局党组已作出决定，查清查实杨爽的被害案和左同英开枪出事的直接关系。”

“那、那咱们怎么办？”听柯志伟这么一说，高臣有些慌乱。

“高臣呀高臣，你可给我坑苦了，你说你给谁办事不好？怎么单给卢春海办事？现在惹出这么大的麻烦，你说现在这事谁能平得了？”柯志伟心烦意乱地说。

高臣起身，拿起了柯志伟办公桌上的电话。

柯志伟问：“你给谁打电话？”

“给卢春海呀，事已至此，咱相互埋怨也没什么用，有些事咱还得跟卢春海商量……”

在悦来茶艺室的一单间内，高臣、柯志伟和卢春海，围坐在茶桌边上，喝着茶商讨着事情。

柯志伟说：“卢老弟，你怎么能做出这样的事情？事情败露了，我们谁也担待不起啊！”

卢春海摊开双手说：“柯支队，我也是没办法呀！左同英这小子不识好歹，非得跟我过意不去，去查杨爽的案件，那我有什么办法？如果任由他下去，咱们都没有什么好结果。忍着让他整事，还不如灭了他，虽然当时没灭了他，但有我和另外两个人的证言，他早晚也得死。”

柯志伟说：“你知不知道，市局对此事已成立了专案组……”

“成立专案组也不要紧，杨爽举报的事，只要咱们在调查时把口径统一好，与纪检委查时一样说，关键人物我弟弟他们再找不着，专案组也是半途而废。柯支队，事情不会像你想象的那样糟。”卢春海打断柯志伟的话说。

柯志伟说："我心里老是不托底啊！"

卢春海说："我不想对你俩隐瞒什么，为了让你俩放心，我再告诉这件事情的进一步内容。关于这件事情，我已做好了两方面工作，一方面，检察院法纪局的阎平军，是我兄弟，我们之间没啥说的，我弟弟在检察环节保外的事，就是他办的。他现在承办左同英开枪打死全勇的案件，左同英即使想捅什么事的话，压根儿连机会都没有。另一方面，我已经与中院的人沟通好了，吴佳才和朴长伟用不了一个星期就会执行死刑，只要这两人一执行死刑，任何人也奈何不了我们。"

柯志伟说："法院那边的人靠得住吗？我也曾经追过他们，让他们给吴佳才和朴长伟尽快执行死刑，可他们却一拖再拖。"

卢春海说："柯支队，我办事是有力度的，这点你放心。"

高臣说："柯支队，你就放心吧，我在单位就跟你说过，卢大哥一定会把事情处理好的。"

柯志伟长嘘了一口气说："但愿事情能如此地发展。"

2

早晨上班时，樊玲和朱局长一下车，樊玲就见人事局办公楼门口站着两个熟悉的身影。待她近前，发现两人原是左同英的父亲和自己的儿子小强。

樊玲和左同英离婚后，小强判给了左同英。樊玲离婚的起因，闹得沸沸扬扬的，本已对朱局长失望的朱夫人，也很快与朱局长离了婚。这样一来，樊玲和朱局长就顺其自然地走到了一起，重新组成了家庭。

樊玲料到左父找自己肯定是有事的，他对朱局长说："你先上楼吧，我这边有事。"

朱局长认识小强,他问小强:“吃早饭了吗?”

小强说:“吃了。”

“等哪天朱叔领你去玩。”

“谢谢朱叔。”

“真乖。”朱局长笑着摸了摸小强的头,就进了楼。

樊玲见左父一脸难过的样子,不由得心里一紧。

“左同英出事了……”左父眼睛湿润地说出了左同英因调查杨爽的案件出事的经过,他把从左同英屋内找出的杨爽举报信的复印件交给樊玲说,“杨爽就是因为这封举报信才被害的,杨爽现在已成植物人躺在家里。左同英是杨爽好友,他不顾劝阻调查杨爽的被害案才出的事。”

樊玲说:“您是怎么知道左同英出事经过的?”

“左同英被押起来后,我到公安局打听到的。”

“大爷,您先回去吧,左同英的事由我来办。您不要太着急上火了。”樊玲低头对小强说,“你爸不在家,你到妈妈这边来住吧。”

小强依偎在爷爷的怀里说:“我跟爷爷、奶奶在一起,我要照顾好爷爷、奶奶。”

樊玲看着懂事的小强很是怜爱,她抚摸着小强的脸说:“那好,你就跟爷爷、奶奶在一起吧,有什么事要及时给妈妈打电话。”

“知道了妈妈,再见。”小强说着,便随爷爷走了。

樊玲回到办公室,她仔细看了杨爽写的举报信,举报信与杨爽的被害和左同英目前的处境所形成的关联,使她心绪难平。一种因对左同英所原有的感情,使她萌发了强烈的怨恨和气愤,她怨恨的是,你左同英为何这么固执?是,杨爽是你好哥们儿,可是杨爽被害案的侦破不是你左同英一个人能左右的,你若不固执，能酿成你身陷囹圄的境地吗？日后你的案件若是翻不过来，你要是真的在黄泉路上作个冤死鬼，即使儿子小强有我抚养，那你年迈的父母怎么办？她气愤的是，朗朗乾坤，清明世界，为什么会出现这样混淆是非，颠倒黑白的事情。她因怨恨而心痛，她因气愤而流泪。

过了会儿，樊玲用纸巾擦了擦眼睛，自语地说："自己空悲叹是徒然的，该考虑考虑怎样帮助左同英吧。"

眼前的举报信提示着樊玲，杨爽是因写这份举报信被害的，左同英也因杨爽的被害而摊的事，现在也唯有这份举报信或许能破解杨爽的被害案和解救左同英。从这份举报信开头的称谓上看，这举报信是递给公安局长的，可是以现在的情况，即使这份举报信到了公安局长手里，公安局长也未必能把问题完全解决。这份举报信看来只有递到市领导那儿了，对，我何不去找市委书记申兴辉，并把自己所了解的一些情况，作为这份举报信的补充反映给申兴辉。如若申兴辉解决不了问题，我就去找省领导。

樊玲打定主意后，毅然走出了办公室。

3

高臣兴奋得几乎一宿没睡，早晨4点刚过，迷糊着没多长时间的他，就被窗外落在树上的小鸟吱吱喳喳地唤起。

高臣昨天下午接了卢春海给他打的手机，卢春海在手机里说明天你们要执行8名死刑犯，其中有吴佳才和朴长伟。他接完卢春海的手机，桌上的内线电话又响起，他拿起电话，柯志伟在电话里说："你做好准备，明早去林海市林业看守所，把吴佳才和朴长伟押解回来，这两人随同另外六名死刑犯明日上午一同执行死刑。”高臣接了这两个电话，高兴得差点蹦起来，几个月来压抑在心中的忧虑和恐惧，瞬间一扫而去。

高臣已没了睡意，他起床叠了被，走到脸盆架前，哼哼着小曲洗漱了起来。洗漱后，他见时间尚早，就坐在椅子上抽起了烟，在静默中，他那没有完全泯灭的良知使他忽地想起了杨爽和左同英，他意识到吴佳才和朴长伟一毙，杨爽的被害案就永远地丧失了线索，左同英的结局肯定也不会好。想到这儿，他不由得对杨爽和左同英产生了些许同情和怜悯，可这同情和怜悯只是在他心中一闪即逝，因他心里另一个念头提示着他：不必悲天悯人，因为不是他死，就是你活，在这由不得选择的问题上，还考虑那么多干什么？

烟上的火已燃至高臣夹烟的手指上，高臣被烫得一激灵，他把烟蒂捻灭在办公桌上的烟灰缸里。他看了眼挂在墙上的石英钟，见已过 4 点半，他自语地说：“与原定的 6 点钟出发，还有一个多小时，为了稳妥，还是早点走了好。行啊，早接完早利索，法院的人一来，直接把人拉走，省着等了。”

高臣拿起桌上的电话，拨通了驻所武警中队的电话，他告诉武警中队的人，原定的押解行动，提前一小时进行。

高臣拉开办公桌的抽屉，拿出把“六四”式手枪，他把枪里的子弹推上了膛后揣进了腰间的枪套里。他拎起挂在椅子上的警服，边穿着边往外走。

路过门卫室，他把门拉开一条缝，叫着住在里边的金洪胜：“金洪胜，收拾收拾走了。”

高臣走到院里，围着院里停放的警用中巴车转着检查了一圈，他一会儿踢着车轮胎看胎里的气足不足，一会儿又双手拄地，哈着腰看看车底的部件是否正常。

高臣检查完中巴车的车况，拍着手上的尘土时，五名全副武装的武警战士，从院外走了进来。为首的一个武警给高臣打了个敬礼说："报告高教导员，驻所武警中队柳国兴排长领四名战士集结完毕，请指示。"

高臣咳嗽了一声，背着手，在武警战士前踱着步说："今天我们的任务很重要，我们要去林海市林业看守所押解回两名死刑犯。在押解的过程中，我们要恪尽职守，高度戒备，严防这两名死刑犯狗急跳墙。若发生意外情况，必要时可以使用武器，听明白没？"

"听明白了！"几名武警战士齐声回答。

"上车。"高臣打开车门，往车里挥了下手说。

待高臣随武警战士上车后，金洪胜也坐在了驾驶员的位置上。高臣对金洪胜说："稳当点开，时间够用。"

金洪胜点了点头，启动了中巴车。

冯双春站在办公室的窗前，神情沉郁地望着窗外，在窗外看守所的大院里，拉载着吴佳才和朴长伟等八名死刑犯的八辆大卡车整齐地排列着，每名死刑犯都被两名法警严实地看守着。卡车的前面，是司法机关的警车，在众多车辆的四周，站立着荷枪实弹的武警战士。大门外，一些死刑犯的家属，夹杂在看热闹的人群中，向院内蜂拥着，想最后多目睹会儿自己的亲人。

在冯双春眼前的景象中，最扎眼的是高臣，他忙碌地指挥看守所的民警维持着大门口处的秩序。其实按惯例，每当死刑犯执行死刑的时候，都由看守所所长主持和布置全面工作，而现在冯双春却被排挤在所应有的权力之外。原因是柯志伟在一次科所队长的会上借题发挥地说，段刚的死冯双春有不可推卸的责任，如冯双春在段刚被送往禁闭室时，不给段刚拿钱买啤酒什么的，段刚就不可能酒醉后自杀。柯志伟训斥完冯双春，就当场作出决定，以后看守所的日常工作，由教导员高臣负责；冯双春的工作事宜，待机构改革后再定。在几天前的机构改革中，高臣竞聘的是看守所所长，冯双春竞聘的是监所科科长，但不知什么原因，市局党委的最后任命是，冯双春仍然当看守所长，高臣还是看守所的教导员。冯双春虽职位没变，可他仍无法展开正常的工作。

大门口处的警车鸣响了警笛，车队缓慢地向外驶去，拉着死刑犯的卡车一辆接一辆地在冯双春的窗前驶过。看着装载着死刑犯的卡车，冯双春不由得担忧起因搞杨爽的被害案，而被押到看守所的左同英的命运来。

“铃……”电话铃声打断了冯双春的思绪，他转过身走到办公桌前拿起了电话说：“喂，你好。”

“是第一看守所所长冯双春吗？”对方问。

“对，我是冯双春。”

“我是市委副书记雷正南，有个紧要的事你要听好。”

“雷书记，您有什么指示请讲。”一听说是主管政法的市委副书记，冯双春的神情郑重了起来。

“今天是不是要有几名死刑犯要执行死刑？”

“是。”

“执行死刑的死刑犯里有吴佳才和朴长伟吗？”

“有。”

“你听着，这两名死刑犯的死刑暂缓执行，你把我的这一指示要转达给法院的有关人员。”

冯双春听了这话怔了下，他转头看了眼窗外，见大院里已空空荡荡。他对着话筒一字一句地说：“雷书记，你的指示我已来不及执行了，行刑车已把死刑犯拉向了刑场。”

“什么？怎么会这么早？那好，我们再想别的办法通知法院的人。”雷正南挂了机。

冯双春抬起腕子看了下手表，见差 5 分钟 8 点，他诧异地想，对呀，平常执行死刑时，法院的人都 8 点钟以后来拉死刑犯，怎么今天来得这么早？

冯双春意识到，雷正南能把电话打到他这个看守所长的办公室，绝非寻常。

一辆丰田大吉普车驶出市委大院，向西郊刑场疾驰。

大吉普车里坐着雷正南，他在半小时前才知道要给吴佳才和朴长伟执行死刑的事，他为此感到突然和蹊跷。根据市委书记申兴辉的批示，由市纪检委、市检察院、市公安局组成的调查高臣循私枉法一案的专案组他是知道的，在这个节骨眼上，要是给吴佳才和朴长伟这两个直接的当事人执行死刑，那么这个刚成立的专案组就无法开展工作。所以在他得知要给吴佳才和朴长伟执行死刑的消息后，他就给看守所打电话，之后他又给法院的人打电话，可是法院有关人员的电话没有联系上。情况紧急，他只得亲自去拦行刑的车队了。

当行刑的车队即将要到达西郊刑场时，丰田大吉普车挡在了车队的前面，雷正南和他的秘书随即下了车。

坐在警车里的市中级人民法院的聂院长见雷正南出现在前面，他忙下车迎过去说：“雷书记，有什么指示吗？”

雷正南面容严峻地说：“为查实一件带有一定影响的重大案件的需要，吴佳才和朴长伟暂缓执行死刑，你们把这两个死刑犯再押解回看守所。”

聂院长没经历过这样突然的变故，他以惯有的思维脱口说：“那得请示省高院的批准才可以这么做。”

“你先把人押回去，省高院那边你过后再请示。”雷正南执拗地说。

“那好吧，我现在就告诉他们把吴佳才和朴长伟押回看守所。”聂院长已回过味来，雷正南的指示是必须得执行的……

4

在市公安局的大门口，徘徊着一个二十余岁的女子，她有几次欲要向大门里走去，可每当走到大门口，她却又停下了脚步，这个徘徊的女子是白晓瑞。

此时在公安局三楼的小会议室里，陶志歆和温庆辉听着有关左同英的案件和高臣循私枉法一案的情况汇报。

赵旭建说：“我先把这段时间的工作情况向局领导作一汇报，我汇报的事情，有的局领导已经知道了，但为了使我说的情况具有连惯性，我在这里再做一补充。左同英出事的第二天，我领着两名刑侦技术人员对现场进行了勘察，在距离左同英枪击全勇那棵杨树位置的北侧50余米处，柏油路面有两个因汽车轮急速运转造成摩擦所形成的深色辙印，除了这两个辙印，再没查找出别的东西来，那棵杨树的周围，既没有左同英开枪时枪里跳出的弹壳，也没有受枪伤的全勇的血迹。这里边也只有这么个可能，一是那个弹壳被检察院法纪局的人提取走了；第二个是全勇受枪伤后当时流血较少，没有流淌在地面上。看完现场，我们又以隐秘的方式，对在一家修配厂换风挡玻璃的卢春海坐的那辆奥迪轿车进行了检查。在检查时发现，奥迪车前保险杠的下侧有磕碰的痕迹，这痕迹很可能是撞在马路牙子上所形成的，对奥迪车前驱动轮的检查结果是，车轮的宽度及两个车轮间的轮距，与现场那两个因摩擦而留下的深色车辙印是一致的。之后，我们去了医学院解剖室检验了全勇的尸体，全勇的下鄂处左侧有一枪眼，全勇的死因是子弹从下鄂处击入头部，致使颅脑受到损伤所造成的。根据全勇的枪伤部位，我们可以推测出，左同英枪击全勇时，他开枪的角度是胸部以下，也就是说左同英受到生命威胁时，枪又有可能被对方抢去的情况下，他刚掏出枪，便扣动了扳机……我们工作的结果，与左同英在现场时对温书记讲的，是可以相互印证的。为了了解更多的情况，我和关主任曾到检察院法纪局去过，想开张提票见下左同英，可是我们的要求，被阎平军以案件正在侦查阶段，外人不得介入为由拒绝了。”

陶志歆说：“你们查的这些有一定的说服力，但你们要接着把卢氏兄弟的其他不犯罪查清查实，你们的工作做好了，才能更好地配合关主任他们专案组的专案，因为你们搞的案件，与专案组的专案是有直接联系的。”

“下面我说说我和小唐自参加联合专案组以来的工作情况。”关主任把手里的笔记本打开说，“专案组的人已提审了吴佳才和朴长伟，两人所交代的与杨爽的举报相一致，我们又在看守所和监狱分别找到了多名当时在出事那一监室的在押人员，这些人也都讲了卢春江在监室里折磨虐待霍英国的真相。通过对这些情况的综合，霍英国的死，仅是吴佳才和朴长伟所为，显然是说不通的，因为卢春江是典型的牢头狱霸，没有他的指使，谁也不会去动，或者是谁也不敢去动霍英国，因霍英国原先也是个牢头狱霸……”

“往更深层次查了吗？”陶志歆想知道是否查到了高臣实质性的东西。

“查了，于兴国今天上午已被叫到了专案组，但他现在还没有讲真话。我从专案组往局里来的时候，我看市纪检委副书记姜德生正在与他谈话，高臣现在还没有正面接触他。对了，市检察院法纪局的阎平军昨晚已被双规。”

“阎平军因为什么被双规?”陶志歆关注地问。

“阎平军的问题,是查卢春江被取保的事查出来的,卢春江被取保,都是阎平军在检察环节一手操办的。左同英的案件在他手里,说不上也会有什么猫腻,不过有些事现在还没有完全查清。”

“唉!”陶志歆想到整治卢春江时的那种决心,和卢春江被释放出来后心中所积存的那种无奈和愤懑,现有又听到为卢春江办事的人阎平军这样的结局,不由很感慨地叹了一口气。

“我看姓阎的那小子就不地道,原来就是他在这里整事。”赵旭建憋不住地说。

会议室里有些闷热,温庆辉走到窗前把窗户打了开。温庆辉无意间瞟了眼大门口,他看见自己进大门时遇见的眼熟的女子仍在大门口来回的走动。他恍然想起,那个在大门口的女子,不就是左同英出事的那晚,坐在卢春海车里的那女子吗?她到这儿来干什么?她或许是有什么事要向公安机关反映?她没有进来,或许是处在犹豫阶段?我们必须马上去接触她。

想到这儿,温庆辉转过身来说:“陶局长,楼下大门口有个穿红衣服的女子,刚才我进大门时觉得眼熟,现在想了起来,左同英出事时,这个女子就坐卢春海的车里。这个女子在大门口转悠,肯定是有日的的,我们应当去接触她。”

陶志歆说:“那就下去个人,有可能的话,不妨就把她请上来。”

李文彬说:“赵旭建,你下去看看,态度要温和些。”

“嗯,那我就下去看看。”赵旭建说着,走出了会议室。

过了约十分钟,赵旭建把白晓瑞领进了会议室,赵旭建说:“她自称叫白晓瑞,她说有要事见公安局长。”

白晓瑞望着身着威严的警服、警衔级别都很高的几个公安局领导，显得有些紧张。

陶志歆问："你有什么事要反映？"

"我、我讲的事太重要了，必须要讲给你们的公安局局长。"白晓瑞嗫嚅地说。

"我叫陶志歆，我就是公安局长，在座的也都是你应当信任的人。"陶志歆指了指椅子说，"不要紧张，坐下来慢慢讲。"

"那个被检察院法纪局押起来的你们公安局的警察，就是那个开枪打死全勇的左同英，是冤枉的，他完全是出于自卫才那么做的。"白晓瑞说话的语调虽不高，其他人也都从目前所掌握的情况上认为左同英的案件必有隐情，可白晓瑞的话，仍语惊四座。

左同英的案件柳暗花明般的转变，使陶志歆的心中掠过一丝惊喜，但他在惊喜之中又有些疑惑，当时白晓瑞坐在卢春海的车里，说明白晓瑞与卢春海肯定有某种关系，那么白晓瑞为何替左同英说话呢？考虑到这儿，陶志歆觉得有必要把事情问个明白，他问："当时你是坐在卢春海的车里，目睹了整个事件过程，是吧？"

"是，当时我在现场，我就坐在卢春海的车里。"

"你怎么坐在卢春海的车里？你们之间是什么关系？"

"我是翔宇山庄餐厅的前堂经理，那个被左同英打死的全勇，是我的男友。"

陶志歆一听全勇是白晓瑞的男友，疑惑更深了，他说："那好，咱们慢慢谈，我问你什么，你回答什么，可以吗？"

白晓瑞点了点头。

赵旭建在一旁铺开了笔录纸，做好了记录的准备。陶志歆说："你说左同英是冤枉的，我相信你说的是实情。但我不明白的是，你是卢春海企业里的人，死者又是你的男友，从利益和感情角度来讲,你应当倾向于卢春海那边呀?可你为什么要为左同英鸣不平呢?”

“因为左同英是个好警察。虽然全勇是我的男友,但他的死是咎由自取;再者他已经死了,我不能因为全勇的死,再拉进来一个好警察作为他的陪葬。至于卢春海那边,对我来讲是无所谓的。”白晓瑞情绪有些激动,她眼里噙着眼泪说,“如果换个别人,我可能会保持沉默。可受冤枉的人是左同英,我要是不说出实情,我的心里会承受不了,我的良心一辈子都不得安宁,那异等于在作孽呀!”

接着白晓瑞讲了让在座的人欷歔不已的一段往事:“我生活在贫困的家庭里,在我很小的时候,父亲就因公伤去世了,母亲拖着有病的身体打着零工把我拉扯大。四年前,我十六岁,那年暑假一次我外出补课回家时天已擦黑,我家住在城西区火道南侧的棚户区里,我匆忙地走在行人稀少的火车道边上,当我走到半道时,一个魁梧的男人追上了我,捂着我的嘴,把我扯进旁边的玉米地里,我被那个男人强奸了……事情发生后,母亲领着我跌跌撞撞地到城西刑警大队报案,那晚值班的正是左同英,他对我很同情,他和蔼地询问完案情后,他又送我和母亲回了家。在我家门口,他拍着我的肩膀说,你不要想得太多,你放心,叔叔一定会把那个坏人抓到的。日后,我天天盼着左同英能把糟蹋我的那个坏人抓到。没过几天开学了,因我的事情的冲击,我母亲的病情更加严重,母亲干不了活,挣不着钱,我家的生活很是拮据。再则那桩事情发生后,也使我难以有勇气去走向学校,面对同学。我把自己孤独地关在家里,我每当隔着门缝看着伙伴们快乐地去上学,多少次都禁不住地流下了泪水。一天上午,左同英到我家那片去办案,他在我家门口看见了我。他问我为什么没去上学。我没有言语,只不置可否地摇了摇头。左同英进了我家，他见我母亲病快快地躺在床上，就以为生活的困顿是我辍学的原因，他从兜里掏出了500元钱塞进了我手里。他对我说，你拿这钱先买些书本，剩下的明天上学交学费。第二天，左同英可能怕我不去上学，早晨起来他同事开着车到了我家，把我送到了学校。那个时候，除了我母亲外，唯有左同英给我带来了温暖和希望。一天放学后，我路过一家火锅店，无意中看了眼火锅店的里面，在靠近玻璃窗的桌上，一个握酒杯的左手引起了我的注意。那只手的手背上有一片胎记，上面长满了汗毛，这只手让我想起了可怕的一幕。当初就是这只手捂着我的嘴，把我扯进了玉米地，在这只手从我的嘴部挪开时，我反抗时还咬过这只手。我还记得左同英留给我的电话号码……那坏人后来被判了7年徒刑。那时我小，虽然我单纯的思想不了解警察，可从左同英对待我这样一个不幸女孩的态度上，和他在抓捕坏人的过程中，我了解了警察，认识了一个真正的好警察……”

白晓瑞说到这儿，因情绪激动，抽泣了起来。

温庆辉把一杯水放到白晓瑞跟前的桌上说：“喝点水吧。”

待白晓瑞的情绪稳定些后，陶志歆问：“那你又是怎么到卢春海企业的？”

“没过多久，我母亲去世了，因没有条件上学，我便彻底放弃了学习的念头。我把自家的房子卖了，到了翔宇山庄当了名服务员。再以后，我和当服务生的全勇成为了朋友，全勇在翔宇山庄混得不错，经他跟卢春海的通融，我到了餐厅当了前堂经理。前段时间，全勇一次醉酒后说他不想跟卢春江干了，我问为什么，全勇说要离开东河，他怕跟卢春海再摊上什么事，接着他说出他把目睹他抛车的老羊倌杀了……”

白晓瑞的话再次证实左同英当时对杨爽被害案的侦查方向是正确的，也使陶志歆的心里打了一个大大的问号，丁兆柱阻碍自己的手下调查卢春海，不会仅是不愿招惹是非和掩饰自己所管队伍出现的问题吧？这其中会不会有其他方面的原因？

“他没说因为什么抛车？又把老羊倌尸体弄到了哪去了吗?”赵旭建打断了白晓瑞的话问。

“他没说因为什么抛车，他好像说把老羊倌扔到一个枯井里埋上了。”白晓瑞回答完赵旭建的问话，接着叙述说，“在左同英出事那天，全勇拉着卢春海到林海市龙滨酒店去看躲在那里的卢春江，我也跟着去了。下午吃饭时，他们喝了不少的酒，酒后卢春江大骂左同英，他说杨爽没动静了，不承想又冒出来个左同英跟他作对。我一听到左同英的名字，心里一激灵，但我没有多想。晚间往回返时，卢春海让全勇一道跟着回来，车进入了东河市区，卢春海接了一个电话，他接完电话后很紧张，他让全勇快点开车往回赶。到了翔宇山庄，谭为君说左同英来过去了监控室，全勇说回来时道边见到过的一个人像左同英，卢春海让谭为君开车返回去找左同英。当寻到左同英，卢春海让谭为君开车在后边跟着左同英，跟到一个没有路灯的僻静路段，卢春海指使谭为君开车向左同英撞去，在车没撞到左同英后，卢春海让全勇下车把左同英做掉，全勇便下了车……我在检察院法纪局作证时不得不说了假话。”说着白晓瑞的眼圈又红了。

“你不要过多自责，我们理解你当时的处境，你能在这个时候勇敢地站出来说出实情，我们还是很感谢你的。”陶志歆顿了一下说，“从目前的情况看，为了你的安全，你是不能回翔宇山庄了，你暂住在我们招待所里，我们下一步的工作，还得需要你的帮助……”

5

赵旭建等一行四人,在专案组组长市纪检委副书记姜德生的带领下,来到了林海市林业看守所会见左同英。

赵旭建站在铁栅栏处,专注地往监区走廊里望着,他难以想像经过磨难的左同英该是一种什么样的状态。在监区走廊的尽头,值班民警打开一监室门,从监室里走出一佝偻着身子的在押人员,他双手戴着上铐,脚上戴着脚镣,走路有些左右摇摆。他每迈一步,脚镣哗哗啦啦的响声穿过寂寥的监区走廊,给人一种空茫的震憾。

姜德生问:"这人就是左同英吗?"

赵旭建难以肯定走过来的在押人员就是左同英,他似是而非地说:"从身材上看不像是左同英,若不是左同英,又该是谁呢?"

当对面的在押人员走近时,赵旭建的心紧缩了起来,对,没错,走过来的正是左同英。可此时的左同英变化很大,他似乎一下子衰老了,他除了头上被剃成秃子显得有点洁净外,其他部位竟是那么的邋遢和脏乱;他面色灰暗,目光呆滞,瘦削的面颊上长满了胡碴,穿在号服内的浅色衬衣已不知多久没洗,满是污渍。

赵旭建惊呆了,难道面前的人就是那个精神饱满,性格耿直,面对邪恶不甘妥协的左同英吗?赵旭建过去搀扶着左同英的胳膊说:"左同英,你可好吗?今天市纪检委的和市公安局纪检委的领导来看你来了。"

左同英没有流露像其他在押人员见到自己熟知的人所显示出的惊喜和兴奋,他没有言语,只冷漠地对赵旭建点了点头。

左同英的神态和举止，使赵旭建对他有种恍如隔世的感觉。

“来，到这个屋子吧。”关主任指了一间提审室对几个人说。

进了提审室，左同英坐在了讯问椅上，赵旭建掏出烟和打火机，给左同英点燃了一支烟。

关主任和小唐坐在讯问桌边，小唐从公文包里掏着材料纸，关主任说：“左同英，我姓关……”

“我知道你姓关，是市公安局纪检委监察室的主任，在你旁边的那位姓唐，是你们纪检委的内勤。”没等关主任的话说完，左同英就打断他的话厌烦地说，“你们找我有什么事，就痛快地讲。”

“你听我说左同英，你情绪要沉稳些。”坐在一旁椅子上的姜德生劝慰地说。

“呸。”左同英把嘴中的半截烟吐出来说，“屁话，让我情绪稳些，我能稳得下来吗？你们早怎么不来？啊！等把牵扯我搞案件的直接证人毙了后，我也处在等死的份上了你们才来，他妈的有什么用？”

左同英的斥骂很刺耳。关主任想打住左同英斥骂，他说：“左同英，跟你讲话的是市领导，你怎么能说这样的话？”

“哈哈……”左同英大笑了起来，笑过后他平静地说，“关主任，你的要求未免高些了吧？你最起码得让一个濒死的人说实话吧。”

姜德生从椅子上起身，走近左同英说：“左同英，看到你这样我心里很难过，但你不要太悲观……”

姜德生的话刚一出口，左同英就打断他的话，脸上充满悲怆和无奈地说：“我不悲观，人生死有命，不过我这么让人栽赃冤枉地去死，心里有太多的缺憾。其实对于死，我并不害怕，我从当警察的那天起，我就把生死置之度外，我把生死置之度外的原因,是为了正义,是为了扑灭犯罪的烈焰而去甘愿洒一腔热血。可是现在,我即将要死的因由却不是这个,我的生命是被黑恶的势力和腐败的官僚所扼杀。我的死,是名不正,言不顺的,我的父亲将无法面对这样痛苦的现实!我的儿子,也将无法正视曾经是警察而又沦为罪犯的父亲……”

赵旭建实在不愿再听左同英伤感的话语,他冲着左同英大声地吼着说:“你不要老说死了死了的,你赶快打掉你心中这种绝望的想法吧!你的事情已经出现了转机,与你所搞杨爽被害案的相关证人,吴佳才和朴长伟并没有被枪毙,这两人现在还活着。要是事情真像你想的那么绝望的话,那我们到这儿来干什么?”

左同英没有听进赵旭建的话,他说:“赵旭建,你在骗我,一切都已证明吴佳才和朴长伟已经死了。因为这两人就押在这个看守所里,就在这两人被高臣领着武警拉走去执行死刑的那天早晨,我才知道这两人的身份。如今他俩已经死了。”

姜德生说:“左同英,赵旭建说的是真话,我刚才就要把事情给你讲清楚,结果话被你打断。在你出事的那几天,市委书记申兴辉收到了你前妻樊玲交给他的杨爽署名的举报信,和你搞杨爽被害案及有可能被栽赃陷害的情况反映。杨爽举报的情况和你开枪击毙全勇的事情市领导很重视,申兴辉为此作了批示,指出无论涉及到谁,都把事情查清查实。根据案情的需要,由市纪检委、市检察院、市公安局组成了联合专案组调。专案组刚成立,法院便把吴佳才和朴长伟拉出去执行死刑,是市委副书记雷正南亲自截下了行刑车队,对吴佳才和朴长伟的死刑暂缓执行。经过这段时间的调查,检察院法纪局的阎平军和你们第一看守所的教导员高臣,因具有杨爽所反映的情况中的问题和其他方面的问题均已被双规。还有一件让你最欣慰的事是,你正当防卫击毙全勇时的一个直接证人已说出了实情，具体情况关主任比我知道得详细些。”

关主任说：“左同英，你在城西分局刑警大队时曾帮助过一个叫白晓瑞的女孩吧？”

左同英说：“具体的我想不起来了，但好像是有那码事。”

“那个叫白晓瑞的女孩是全勇的女朋友，在你出事时，白晓瑞就坐在卢春海的车里，在检察院法纪局调查阶段，她在卢春海的胁迫下，不得已作了伪证。就在前天，她毅然独自去了公安局，讲出了实情。”

认为自己的生命已毫无希望的左同英，被几个人一席话说得有些糊涂了。继而他确认别人讲的是实情后，他的心中洋溢着惊喜，自己的处境从黑暗的绝望中一下子变为了满是阳光的希望。或许这惊喜从漫长的等待中来得过急过快，左同英激动得身体不由得颤抖了起来，他为了使自己的情绪稳定下来，他双手紧握着讯问椅的扶手，身体用力地向讯问椅的靠背上靠着。

姜德生拍着左同英的肩膀感动地说：“左同英，从白晓瑞这件事上，就可以证明你是一个心系民众的好警察。如果说像你这样正直、善良的警察，为追求正义而得不到公正的待遇，甚至丧失生命的话，那该是一种怎样的腐败啊！那不仅是司法腐败让人感到悲哀，而是整个社会的悲哀。你刚才发泄的不满，我是能够理解的，我们的工作确实有许多的不足之处，但我们正往好的方面转变和努力。”

关主任说：“今天找你的目的，主要是了解你击毙全勇的整个详细过程。再有的是，你搞杨爽被害案的进展情况。”

姜德生说：“放下顾虑，实事求是地把事情讲清楚。”

左同英恢复了精神，他点了点头。

关主任开始询问左同英，小唐做着笔录。左同英最后说：

“我在法纪局扣押的物品中，有一个移动硬盘，硬盘里储存的内容证实了卢春海与吕龙的接触，通过卢春海或许能找到吕龙。你们务必把那个硬盘给找到。再有，硬盘里储存的证据是我在翔宇山庄通过宗强和他的外甥女张微获得的，我担心卢春海找他们的麻烦，你们了解下他的处境，他的手机号是……”

关主任说：“你被扣押的物品，昨天我们已从法纪局取回。关于宗强，我们现在就可以打电话了解他的情况。”

赵旭建拨通了宗强的手机，他把手机递给了左同英。

左同英在电话里问宗强卢春海找没找他麻烦。宗强说左同英出事的当晚，卢春海去了翔宇山庄的监控室，问他和张微左英找他们干什么？但他们没有承认左同英找过他们，卢春海又在电脑里查了半天，因在此之前有吕龙画面的录像已删除，卢春海没能找到，就没再说什么……

关主任询问完左同英，找到了看守所的领导，提出了把左同英的戒具摘除的要求，所领导让民警把左同英的戒具摘了下去。

几个人把左同英送回监室时，姜德生说：“左同英，我们回去后会尽快想办法接你出去。”

左同英明白，从证据的角度来讲，对于自己案件的而言，白晓瑞的证言是单薄的。他听了姜德生的话，默然地点点头，返回了监室。

第二十章

1

李文彬和赵旭建坐在电脑前，看着左同英在移动硬盘里所收集的证据。电脑屏幕上出现了吕龙在翔宇山庄活动的画面……

赵旭建说："吕龙和卢春海到底是什么关系，在他做下惊天大案后，卢春海竟敢容留他。"

李文彬说："莫非卢春海和吕龙是一条绳上的蚂蚱，卢春海对吕龙是不得不帮？"

"我推测也是这么个情况，否则的话卢春海不会容留吕龙在翔宇山庄。"赵旭建说，"多亏这个移动硬盘在法纪局保存住了，若不然的话，这起案件我们就会无从下手。"

李文彬说："这个移动硬盘是阎平军的搭档张忱保存下来的，张忱眼看着阎平军怀着不可告人的目的整治左同英，他为了明哲保身，把这个移动硬盘藏匿了起来。在法纪局返还左同英的物品之前，他就把这个移动硬盘给我送来了。"

“看样张忱是明智的，他若不把这个移动硬盘交给咱们的话，他有些事情就说不清了。”赵旭建说，“李支队，你说我们下步是不是该收网了？”

李文彬说：“是该收网了，第一，要尽快抓获卢春江。第二，找到被全勇所害的老羊倌的尸体。这些都为了收集证据，为下一步抓捕卢春海做准备。同时为了不使卢春海逃脱，现在就应当布置力量对卢春海进行监控……”

窗外天气阴沉，继而下起了蒙蒙的细雨。站在办公室窗前的赵旭建自语地说：“真闹得慌，怎么下起雨来了？”

根据白晓瑞说的全勇曾向她讲述过把老羊倌的尸体扔进枯井的这一线索，赵旭建昨日通过放牛沟的片警老汪，组织了不少人找了一整天那埋尸的枯井，可就是没有找到，本想今天接着组织人找，不承想，天公却不作美。

正在这时，赵旭建兜里的手机响了起来，赵旭建接通电话，里面是老汪的声音：“赵大队呀，天下着雨，那口枯井还找不找了？”

赵旭建说：“那口枯井还得找。你在村委会等我，我一会儿就到。”

“这下雨天，咋找哇……好吧。”老汪挂了机。

赵旭建收起手机，拿起衣挂架上的警用风雨衣就往外走。赵旭建路过李文彬办公室时，他见李文彬的办公室门开着，就敲了下门走了进去。李文彬正在办公桌前看文件，他见赵旭建穿着风雨衣就问：“怎么，要出去呀？”

“哎，去放牛沟，接着找那掩埋老羊倌尸体的枯井。”

“昨天一天没找到？”

“没找到，看看今天能不能找到。”赵旭建忽然对那口枯井是否存在产生疑问，就说，“李支队，你说白晓瑞她不能说假话吧?”

李文彬想了下说:“我考虑她没必要撒谎。”

“也是啊,她没必要撒谎,可是她要说的是真话,那放牛沟周围那么大的地方,怎么那么多人找,就是没找到那口枯井呢?是不是那口枯井不在放牛沟附近,或许是在别的地方?”

“赵旭建,我跟你说,如果那口枯井存在的话,就是老羊倌放羊所能涉及的范围内,至于全勇杀了老羊倌,又把尸体弄到别的地方去,这种可能性很小。”

“好,那我就再扩大些范围仔细找找,李支队,那我走了。”

“走吧,告诉你们队里的人,搞这起案件要多注意安全。”李文彬在赵旭建临出门时嘱咐说。

赵旭建进了放牛沟村委会的门,见老汪在门卫室里喝着茶水抽着烟。老汪见赵旭建来了,起身拿壶倒了一杯热茶说:“来,先进来喝杯茶暖和暖和。”

赵旭建进了门卫室,坐下喝了口茶问:“老汪,村委会的人呢?”

“他们村委会的人都到市里喝喜酒去了,连值班的都去了。这是我来早了,才能进来,要是晚来会儿,都进不来这屋。”

“今天是星期五,也不是双休日,是谁家办喜事?赶上这么个日子?”

“是村委会的张主任的儿子结婚,新媳妇星期天过门,随礼的人多,星期天招待不过来,所以就从今天开始放席招待。”

“啊,是这码事。那待会儿找那枯井,就得你去组织人了。”

“我说赵大队,你得到的情况可不可靠哇?昨天好几十人找了一天那枯井也没找到,今天还接着找,能找得到吗?再说了,这下雨的天,村委会的人又不在,你让我组织谁去?”老汪在手机里没有讲的牢骚话,这时说了出来。

赵旭建趁老汪把手中的烟蒂在烟灰缸捻灭的工夫，他从兜里掏出支烟给老汪续了上，又用打火机给老汪把烟点燃说："老汪，我也知道这事挺难为你，可我也没办法呀，案件到了这节骨眼上，就得把尸体找到。至于说情况准不准确，在咱们没找到位之前，就无法确定。要不咱这样，你动员村民时跟他们说，找一天给每人 30 元钱。"

"这钱谁出？"

"这你就不用管了，反正不是你出就是了。"赵旭建说话间，从兜里掏出几百元钱数了起来。

老汪被赵旭建弄得没办法，站起身拍了下赵旭建拿钱的手说："你把钱收起来，别在这整景了，我现在就去动员村民去。"

老汪拿把伞往外走，赵旭建望着老汪的背影，他虽认为老汪有些懒散，但心中还是涌起一股敬意。

老汪走后，赵旭建也难以坐住，他走到窗前向外看着，一支接一支地吸着烟。

半小时后，赵旭建看到老汪领着十余名穿着雨衣和戴着草帽，手里拿着铁锹和棍子的男子向村委会这边走来。在村委会门口，老汪停下了脚步，向那些人说了些什么，那些人便四处散去了。

老汪推门进来，抖着雨伞上的雨水说："赵大队，我已安排完了，让他们在昨天找寻的地方再拢一遍，而后扩大范围找。"

"告诉他们找仔细些。"

"你放心吧，这村里的人实在，既然出来找了，他们就能仔细地找。"老汪端起杯茶水喝了口，杯还没等放下，他连续打了两个响喷嚏。

赵旭建关切地问："老汪，是不是着凉了。"

老汪掏出手绢擦了下鼻子说："没事。"

老汪在椅子上坐了会儿，可能觉得身体不舒服，就走到床边对赵旭建说："赵大队，你坐着啊，我躺会儿。"

"你躺着吧，来，这有件军大衣你盖上。"赵旭建见墙上挂了件军大衣，就摘下来扔给了老汪。

老汪躺在床上，没过多长时间，就迷糊着了。

赵旭建把风雨衣上的帽子提到头上，悄然地走出了村委会。

雨仍是那样淅沥地下着，与刚才所不同的是，外面已刮起了较强劲的风，雨的密集程度，随着风的吹动，忽左忽右地摇摆着。赵旭建从墙旮旯捡了根木棍，往北侧江边那片树林中走去。他加入了寻找那口枯井的行列。

赵旭建在林中走了一个多小时，一村民拖着把铁锹走过来说："警察同志，那边像有口井被埋死了。"

"在哪儿？"

"在那房子的前面。"村民把手指向一破败的木头房子说。

"那咱们过去看看。"赵旭建与村民向木头房子走去。

木头房子处是块开阔地，房屋的前面还有因时间长久而倒坍的板障子。

"这地方前几年有个外来人在这儿养过牛。"村民指了下木头房前面院里几根凌乱的杨木杆说，"枯井就在杨木杆底下呢。"

赵旭建见杨木杆底下的土层经雨水的浸润，形成一个圆形的凹，极似井的形状。在凹的边沿，有一处上面的泥土被找枯井的村民清掉，露出水泥的层面。村民盯着水泥层面说："这水泥层面可能就是井沿。"

"得先把这几根杨木杆弄一边去。"赵旭建说着就啥腰干了起来。

村民把铁锹放一边，也清理起枯井上的杨木杆来。

清理完杨木杆，赵旭建找了几根细柳条，沿着已露出的水泥面清扫了起来。不一会儿，一个井沿完整地显现了出来。

村民拎起铁锹问：“挖吗？”

“挖吧，不过要轻些。”

村民按照赵旭建的意思，拿着铁锹轻缓地挖了起来，在挖至半米深的时候，赵旭建说：“你停下，我看看。”

赵旭建双手扶着井沿趴了下来，他把头探进井里，闻着井里的气味，在潮湿的气息中最终闻到了一丝腐臭。

赵旭建站起身时，村民疑惑地看了他一眼说：“这井里有什么？”

“应该是具尸体。”赵旭建说，“还得接着挖，再轻些。”

那村民怔在那儿，没有动手接着挖。

赵旭建伸手把村民手里的铁锹拿过来说：“来，我挖。”

再往下挖要难挖一些，赵旭建下到井里，仔细地挖了起来。

雨渐渐地停了下来。赵旭建抬头看了下天，见天空云层的后面，透射出了几缕阳光。

枯井处又相继走过来了几个村民。

赵旭建终于挖到了尸体，一支黑乎乎的手和半截胳膊在泥土里显露了出来。赵旭建上到井台时，几个村民凑到井沿边往里瞧着，但很快就被从枯井里散发的腐臭熏散了。

赵旭建掏出手机给李文彬打了电话，他向李文彬汇报了在枯井里已找到尸体的情况，李文彬说他会让法医尽快地赶赴现场。

尸体从枯井里抬上后，村民辨认尸体就是老羊倌。经法医鉴定，老羊倌生前被人猛力扭转头部，造成颈骨断裂致死。

2

卢春江被公安机关网上通缉，他在逃往广州的火车上，被铁路警方缉拿归案。

与此同时，专案组对卢春海也开展了秘密的缉捕工作。

卢春江被押回东河后，在东河市公安局刑警支队，他对在看守所伙同他人将霍英国殴打致死的经过，坦白得到挺利索。但再问他与吕龙的关系和杨爽的被害案是否与他有关联时，他不是搪塞，就是三缄其口。

卢春江之所以这样做，因为他知道，霍英国的死，警察查了不是一天半天的事了，警察是掌握大量证据的，自己不交代是躲不过去的。即使交代了，有卢春海在，说不上自己也能有个活口。至于其他的事情，警察不一定掌握确凿的证据，自己若交代什么，特别是自己和吕龙谋害齐国栋的事情，要是被警察知道了，那是必然是死罪。再一个更主要的是，自己要抗住的话，哥哥卢春海就会相安无事，如果把卢春海撂出来，那就一切都完了，自己以后是量刑，还是蹲监狱，是没有人施援手救自己的。

卢春江被异地羁押到林海市看守所。赵旭建从林海返回局里到了李文彬的办公室，李文彬说："忙活一个星期了，兄弟们都挺疲惫的，你告诉大家今晚回家都休息吧。"

赵旭建回队里对手下说："今晚没什么工作了，回家睡个好觉吧。"

卢春海约柯志伟在翔宇山庄吃饭，好商讨一些事情。卢春海早早地来到翔宇山庄餐厅的一雅间等待柯志伟，可过了约定时间一个小时后，柯志伟仍没到。卢春海拿起餐桌上的手机，拨通了柯志伟的电话问:“柯支队,你怎么现在还没到?”

柯志伟在电话里只沙哑地“嗯”了声,就莫名其妙地把电话挂了。

“这他妈的是啥事?”卢春海把手机扔到餐桌上骂了句,又对身旁的谭为君说,“你给石山打个电话,让他过来。”

谭为君给石山打完电话说:“卢总,石山说马上过来。”

柯志伟的失约使卢春海很颓丧,一种不祥的预感再次得以了证实。这种预感产生于吴佳才和朴长伟执行死刑的时候,在此之前,卢春海以省人大代表的身份视察了东河市看守所,他郑重其事地督办了在押人员超期羁押的问题,并从保证看守所的安全的角度,建议市中级法院对省高级法院已复核的死刑犯尽快执行死刑。他的督办和建议均得到了贯彻和落实,他自以为这着棋走得很高明,可当他得知吴佳才和朴长伟在拉赴刑场的途中,被雷正南拦截回来的信儿时,他的心被从未有过的恐惧所攫取。

石山在电话里说马上过来,可他过了挺长时间才到了翔宇山庄。卢春海望着走进雅间的石山说:“我以为你看你卢大哥有事,怕连累到你,就不想过来了呢?”

“卢大哥,你这说哪儿的话,我今晚值班,我得等别人吃完饭回所里替我才能过来。”石山掏心窝子说,“你的事你跟我说过,我不能因为你摊点事,我就躲了起来。咱们哥们儿在相互有困难的时候才能显示出真正的关系来。你原先也帮过我,没有你的帮忙,我能当上警察吗?我的日子能过得像现在这么滋润吗?”

“别说了。”卢春海对谭为君说,“告诉服务员,上菜。”

“卢大哥,什么事别想的那么窄,还是看开一些好。”石山劝慰地说。

卢春海认为石山对他刚才说的话有责备的意思,就说:“石山,你别介意,我晚间约别人来,别人没来,你又来晚了,我一时性起说的气话,你别放在心上。”

“你约谁了?”

“柯志伟。”

“他没说因为什么没来?”

“我打电话问他,他却莫名其妙挂了电话。”

石山点燃一支烟,托着下巴想了会儿说:“卢大哥,以你和柯志伟现在这么个情况,什么事应当及时沟通为好,在我看来,他的态度有些反常。”

“我也纳闷呢?”

“说不上柯志伟怀疑他的电话或你的电话已被监听,所以他什么也不敢跟你唠。”

“有这种可能,要监听的话,只能是他的电话被监听,我的手机卡几天一换,公安机关是难以监听的。”

“卢大哥,我说句真心话,不知你能否听得进去。”

“你说吧。”

“你要尽快地离开东河市,走得愈远愈好,你也别舍不得你弟弟了,你弟弟是捞不出来的。再有,现在对你最大不利的是高臣被双规,他现在吐没吐口谁也不知道,即使现在他不吐口,时间长了他也难扛得过去。我听说,对于你们的专案,从上至下是下了决心的了,从检察院法纪局阎科长被双规的这件事上,你也能看出专案组查案的力度来,因为阎科长虽然是个小科长,可他是个很有背景的人物。”

“唉……”卢春海长叹一声,透着感慨和无奈。

从石山和卢春海的关系上可以看出,石山之所以对卢春海不顾一切地呈现出忠诚,不仅是卢春海把他弄进公安队伍出于感恩心理；更是卢春海在金钱方面对石山润物细无声般的投入，致使石山陷入了难以自拔的境地。

在沉闷的寂静中，雅间的门被推开，服务员端着装菜的托盘走了进来。卢春海转身从身后的酒柜里拿起一瓶五粮液说："来，石山，别的咱不唠，喝酒。"

饭后，卢春海让谭为君开车送石山，被石山谢绝了。

晚间9时许，赵旭建闭了电视，刚要上床休息时，他的手机响了起来。电话是宗强打来的，宗强在电话里告诉他，有段时间没露面的卢春海回到了翔宇山庄。

赵旭建与宗强通完话，他又给刑警支队的值班室打了电话，他通知值班人员组织警力速到翔宇山庄。

赵旭建把枕头底下的"六四"式手枪拿了出来，揣入枪套，又拎起沙发上的外套便奔出了家门。

赵旭建开着桑塔纳警车向翔宇山庄疾驰，在离翔宇山庄两公里的路段时，他借着路灯，看见了路边走着的石山。警车驶过了石山一段距离时，赵旭建想，石山是管这片的民警，我势单力孤的，应把石山带着帮忙。在急切中，赵旭建没有考虑到作为片警的石山，是否已被卢春海拉下水。

在翔宇山庄与卢春海刚喝完酒的石山，正溜达着返回派出所的值班途中，见到赵旭建的警车往翔宇山庄开，他心中不由一惊，酒意消了大半，忙掏出手机拨着卢春海的电话。

赵旭建把警车退到石山的身旁，他摇下车窗问："石山，你这上哪儿去？"

刚和卢春海通完话的石山有些慌乱，他看着赵旭建说："啊，是、是赵大队呀，这不刚在一熟人家吃完饭，现赶回派出所值班。"

“你别回派出所了，跟我走吧。”

“上哪儿去？跟你执行任务去？”

“对，上车吧。”

石山没有上车的意思，他说：“赵大队，我喝酒了，我跟你去，别再影响了你的工作。”

“石山，你喝酒了怎么还去值班？”

“这，我、我……”

“别啰嗦了，我找你协助我工作，也是你分内的事，上车。”赵旭建的脸色冷了下来。

石山没别的选择，只好上了车。

送走石山，卢春海突然想起了白晓瑞，白晓瑞一个月前离开翔宇山庄时曾对卢春海说她去外地打工，卢春海当时信了白晓瑞的话。可过后他又觉得白晓瑞有些不托底，他很担心白晓瑞向公安机关说出左同英击毙全勇的实情。只要白晓瑞能保持沉默，左同英的案件是很难翻过来的，阎科长的双规也是不要紧的。他考虑到这儿，对谭为君说：“你说白晓瑞不会有什么问题吧？”

“你是说白晓瑞能把事情讲出去？”

“我对她有些不放心。”

“白晓瑞不会那么做的，她的男友全勇让左同英毙了，她还能替左同英说话吗？我寻思白晓瑞见全勇死了，她在这也挺伤心的，就离开这地方去外地了。像她那么漂亮的女人，还有点灵性，在哪儿干都能挣到钱。”

听了谭为君的话，卢春海似乎吃了个定心丸，他有些醉意地把自己的事情又往好的方面想了起来。他说：“白晓瑞要是没什么事的话，我想别的地方也不会有什么大问题，像高臣，他能招供吗？他要是招了，说不上会牵扯到别人，这些他能不考虑吗？至于我弟弟卢春江，他犯的事也不是一起两起了，往最坏的方面打算，即使他交代点什么，也不会把我咬进去，他还指望我往外捞他呢。这么一琢磨，我看事情没有糟到要走的地步。”

至于事情发展到什么程度，谭为君心里是有谱的，他不像卢春海那样过的是有钱人的日子，并有了一定的社会地位，现在又在酒精的作用下，形成了一种盲目的自信。混社会多年使他知道，自己在卢春海的指使下所犯的事，拢一拢也够三大刑的了。最重要的是，如果现在不走，待警察把自己和卢春海捕获，到那时连回旋的余地都没有了。他用商量的口吻对卢春海说：“卢总，我看咱们还是走的好，哪怕在外躲段日子，观望下这边的情况，如果说情况好了，过后我们回来也不迟呀。”

卢春海想了想说：“那好，我们走，我们走就走得远一些。你现在就跟我上楼去办公室把东西收拾收拾，而后咱们上别的地方住一宿，明天我把东河市的几处生意拖付别人打点，然后我们去南方。”

卢春海进了办公室，先是打开了保险柜，从里边拿出把“五四”式手枪和几捆现金，他对谭为君说：“把这把枪揣好，再找个皮包把现金装上。”

就在卢春海和谭为君整理物品时，石山打来了电话……

赵旭建的警车驶到灯火通明的翔宇山庄大门口时，他看见大门里一辆奥迪车里坐着卢春海，他猛打方向盘，把警车堵在了翔宇山庄的大门口。

赵旭建在警车里对石山说：“快，下车。”

赵旭建持枪对着奥迪车喝令说：“车里边的人双手抱头出来。”

奥迪车前面两侧车门打了开，卢春海和谭为君从车里走了出来。

赵旭建见两人的双手没有抱头，他再次大声说：“把双手放在头上。”

谭为君的双手向上举时，突然间向后退了一步，右手从腰间拔出手枪。

“砰！”赵旭建眼疾手快，他手中的枪先响了。

谭为君右手被击伤，枪落在了地上。

赵旭建从兜里摸出把手铐，递给旁边的石山说：“石山，过去给他俩铐上。”

石山没有接赵旭建的手铐，而是从腋下拔出手枪，顶在了赵旭建的头上。

赵旭建被这出乎意料的举动惊呆了，他对石山说：“石山，你疯了？你知道你这么做，会给你带来什么后果吗？”

“我没疯，我欠卢春海的太多，我是没有办法，我求你了赵大队，把他俩放了吧！”石山歇斯底里地吼道。

石山的话音刚落，五六辆警车鸣着警笛，突然间从翔宇山庄的大门外围拢了过来。

石山见大势已去，自知罪责难逃，他在酒精的作用下，把顶在赵旭建头上的手枪挪开顶在自己太阳穴上，双眼一闭，扣动了扳机……

3

高臣被双规已有一段时间了，在这段时间里，无论是谁怎么开导他，他都没有交代实质性的问题。他心里有个冥顽的念头，那就是无论如何也不能把事情抖搂出来，只要他不说，卢春海和柯志伟就不会有什么大问题，这两人肯定不会坐等观望着我的境况，他们会想尽一切办法解救我。

高臣忐忑不安地在房间里来回走动着，旁边站着两个看管他的武警战士，密切地注视着他的举动。

高臣想缓解下自己紧张的情绪，他习惯性地把手伸进外衣兜里找烟，可兜里空空的，什么也没有。他对两武警战士说：“能否给我支烟抽。”

一武警战士说：“我们没有烟。”

高臣搓了下手，走到了窗前。窗户的窗帘是挡着的，透过窗帘的间隙，可以看到外面明媚的阳光，这明媚的阳光诱惑着高臣，他情不自禁地要把窗帘打开，他的手向窗帘伸去。

“住手，窗帘不能动。”一武警战士喝令说。

高臣颓然地坐在床上，他告诉着自己：高臣啊高臣，你已是身不由己之人了。他接又问自己：你身不由己该到何时呢？当他考虑这一话题时，他的内心一片灰暗，紧接着他的内心被一种无以言状的恐惧和绝望所占据，这种感觉来得很急，很快。他乏力地仰在床上，闭上了眼睛。

不知昏昏沉沉地躺了多久，高臣感到有人用力推他，他睁开眼睛，见小唐站在自己躺的床边，小唐的身后站着关主任。小唐说：“怎么？双规期间不好好想问题，在这养神呢？起来。”

高臣斜了小唐一眼，不情愿地站了起来。

关主任指了下高臣，对两武警战士说：“把他带到隔壁去。”

两武警战士走过来，架住了高臣左右臂膀，向门外走去。

隔壁的客房已被收拾成一间讯问室。室中间放张讯问椅，讯问椅的前面摆着一张办公桌和几把椅子。两武警战士把高臣按进了讯问椅里，高臣难以承受这种待遇，他挣扎着要起身。可他还没有站起来时，小唐走到他的跟前，扬起右手照着高臣“啪啪”。就是两个嘴巴，小唐下手很重，两嘴巴打得高臣双眼直冒金星，他紧闭着眼睛摇了几下头，待视力恢复常态后，他恼怒地骂着小唐：“×你妈小唐，你凭什么打我……”

“你说我凭什么打你，因为你敬酒不吃吃罚酒，打你是轻的，你都该死。”小唐悲愤地说，“杨爽的重伤和左同英蒙屈在看守所押着，都跟你有直接的关系，到这个时候了，你还能让我们拿你当平常人看待吗？我可以明确地告诉你，在这之前，你是个问题还没有查清，受到双规的违纪警察，在这之后，你就是罪犯了，你连自己主动坦白从轻的机会都没有了……”

“小唐，别说了，你过来吧。”关主任打断了小唐的话说，他顾虑小唐的话说过了头，对高臣起到适得其反的作用。

小唐打的嘴巴和一番话，把高臣弄懵了，但随之高臣比任何时候都清醒了起来，那就是他们有了突破性的进展，他们找到了相关的证据，这是他们给我来的下马威。可他们找到的该是什么证据呢？难道是卢春海和柯志伟出了问题？想到这儿，他刚才挨了小唐的嘴巴后，那种故作清白、平白遭受粗暴对待而产生的激愤劲头消失了。他耷拉下了脑袋，额头渗出了虚汗。

“高臣，你所笼络的人，也不一定能笼络得住，这是今天上午我们给于兴国做的材料，他向我们交代了一切。”进屋的关主任拿着一份材料说，“高臣，你还有什么话可说吗？”

高臣如雕塑一般，没有言语。

“我们把话唠得这么明白，你还是想挺，那好，我让你听段录音。”关主任说，“小唐，把那个录音机拿来。”

小唐从公文包里拿出一个微型录音机放在桌子上，按下了播放键，录音机里传出了高臣和卢春海在悦来茶艺室商讨怎样减轻卢春江罪责的谈话：“‘……你弟弟的监室里有个在押人员被打死了，而且这个在押人员是在你弟弟指使和参与下打死的。’‘真的是这样吗?’‘这还能假吗?人死之后的第二天,我和柯支队去医学院的解剖室,随检察院的解剖死者,我们所的副所长于兴国在所里调查死者的死因。经查实,是死者霍英国在较长的时间里受饥饿折磨后,夜晚偷食方便面,被你弟弟和另外两名在押人员发现,对其进行殴打;霍英国叫喊时,被你弟弟他们用被给捂死了。’‘高臣,那你说这事该怎么办?’‘这事不太好办,如果按照我说的这种情况,把材料报到检察院,你弟弟会判死刑的。’‘那你说……唉,能不能把材料重新做做,把我弟弟救出来……’”

高臣难以再沉默下去,他捂着面部说:“关主任,别放了。”

关主任关了录音机说:“高臣,没想到卢春海留下的想过后要挟你的录音,却成了你无法推脱的证据。卢春海把杀害港商齐国栋等诸多的罪行都交代了,他岂能保你?”

“那好吧,我说……”高臣自知自己摆出的死猪不怕开水烫的架势没用了,他开始交代问题。

关主任拿着高臣的材料,进了姜德生的临时办公室,关主任把材料递给坐在沙发上的姜德生说:“姜书记,高臣交代问题了,这是他的讯问笔录。”

姜德生接过笔录说:“我们多亏了从卢春海那儿取得了直接证据,要不,高臣这块骨头还真难啃。”

关主任说:“这回我看他交代得还算彻底。”

姜德生边看着笔录边说:“看样子交代得可以,他把柯志伟也撂了出来。”

“我真没想到监管支队会乱套到这么个程度。”关主任忧虑地说。

姜德生看完材料,说:“关主任,你现在领人去你们公安局监管支队,把柯志伟找来。”

关主任说了声:“是。”便出去组织人去了。

过了一个多小时,关主任从监管支队返回向姜德生汇报说:“姜书记,我们空跑了一趟,监管支队的人说,柯志伟已有一星期没怎么上班了。”

“他家你们去了吗?”

“他家我们没去,我们怕去了找不着他,再惊动了他。”

“现在看来,较稳妥的办法,就是让主管他的领导去找他了,我领人到公安局去一趟,你去把市检察院的经检察长他们叫来。”

关主任听从姜德生的话出去了会儿,经荣祥领着两个检察院的人走了进来。姜德生说:“你们几个跟我去市公安局传唤监管支队长柯志伟。刚才关主任领人去了趟监管支队,柯志伟最近没有上班,我怀疑他或许探听到了对他不利的消息,就暂且躲了起来,在暗中观望着事态的发展。今天我领你们几个人是想通过公安局丁兆柱副局长找到柯志伟,今天的任务不同于一般,因在公安局执行任务,为了避免造成不必要的消极影响,你们一定要行动稳妥,言语谨慎,无论出现什么情况,务必要听从我的指挥。”

经荣祥说:“姜书记,你放心,我们绝不会出现任何闪失。”

“那好,我们走。”姜德生领人走出了房间。

丁兆柱在办公室的里间拿着喷壶正浇花,外间的办公室传来了的敲门声。丁兆柱大声说:“请进。”

见到姜德生,丁兆柱忙不迭地放下喷壶,双手在裤子两边抹了下,谦恭地伸过手说:“啊,是姜书记,您好,您好。”

姜德生跟丁兆柱握着手说:“我这次来,是想麻烦你一件事情。”

“有什么事敢让姜书记说‘麻烦’二字，您有什么事，请尽管指示。”

姜德生开门见山地说：“请你协助我们找到柯志伟。”

丁兆柱一听这话，知道柯志伟的事情败露了，自己与柯志伟是有微妙关系的，柯志伟到专案组那儿，是否会唠到自己呢？丁兆柱一脸热情的微笑僵住了，他说：“这……啊……姜书记来原是这事。”

姜德生说：“怎么？这事对你有难度？”

丁兆柱看着姜德生严肃的神情，又望了眼检察院三个人的冷色面孔，他只得说：“没有难度，我现在就跟柯志伟联系。”

丁兆柱走到办公桌前，把电话拿了起来，拨通了柯志伟的电话。柯志伟说最近血稠、还神经衰弱，在公安医院打点滴呢。丁兆柱编了个理由说，明天省厅主管监管的副厅长和监管总队的人来东河市检查工作，你现在过来到我办公室，咱俩商议下，好做好迎接的准备。柯志伟对丁兆柱的话没多想，就说打完点滴就过去。

姜德生说：“我们到外间会议室等柯志伟。”

几个人沉默地在会议室坐着。

过了约半小时，有人敲办公室的门。检察院的三人起身站在了门两侧。

丁兆柱说：“请进。”

柯志伟推门走了进来。

丁兆柱从沙发上站起身，指了指坐在旁边的姜德生说：“柯志伟，我给你介绍下，这是咱们市纪检委副书记姜德生同志。”

柯志伟脸上掠过一丝慌乱，但他随即镇定地冲姜德生点头说：“姜书记好。”

姜德生冷峻地说:“柯志伟,我今天坐在这儿,是专程来找你的,知道我为什么找你吗?”

“不知道。”

“那好,我可以明确地告诉你,你因涉嫌违纪违法,从现在起,被双规了。”

“这……我咋的了……”柯志伟望着丁兆柱,一脸的疑问和乞求。

丁兆柱躲开了柯志伟的目光,说了句:“你跟他们走吧。”便进了里间的办公室。

姜德生说:“把他带走。”

几日后,丁兆柱也被请进了市纪检委……

尾　声

左同英无罪从林海市林业看守所里释放了出来。他从看守所出来第二天就投入到工作当中,专案组根据卢春海的交代,派左同英率两名侦查员赴俄罗斯,去抓捕吕龙。

一个星期后,吕龙被抓获,并被押解回东河市。

吕龙面对相关的证据,交代了与卢春江谋杀港商齐国栋和其他的罪行。左同英参与审讯完吕龙的当天傍晚,他迫不及待地赶到了博康医院。他见杨父和谢芸丽正在跑步机旁扶着杨爽做运动,他先把消息告诉了杨父和谢芸丽,而后抚摸着杨爽的手说:“杨爽,你因坚持正义而被害的案件现在彻底侦破了,凶手我们已经抓到了。也因侦破你的被害案,给东河市铲除了一个社会毒瘤。我的话你听见没,如若听见了,就笑一下吧!”

谢芸丽感慨地说:“杨爽,左同英为了侦破你的被害案,遭遇了难以想象的灾难,你知道吗?你真应该说句话谢谢左同英呀!”

杨爽虽然说不出话,但他停下了缓慢的脚步,脸上充满着悲喜交加的表情,两眼溢出了泪水……

图书在版编目（CIP）数据

险象环生 / 库玉祥著.—北京：群众出版社，2009.1
ISBN 978-7-5014-4353-6

Ⅰ. 险… Ⅱ. 库… Ⅲ. 侦探小说-中国-当代 Ⅳ. I247.5

中国版本图书馆 CIP 数据核字（2008）第 166214 号

险象环生

著　　者 / 库玉祥
责任编辑 / 杨桂峰
封面设计 / 张晓光
责任印制 / 祝燕君

出版发行 / 群众出版社　电话：（010）52173000 转
社　　址 / 北京市丰台区方庄芳星园三区 15 号楼
网　　址 / www. qzcbs. com
信　　箱 / qzs@ qzcbs. com
经　　销 / 新华书店
印　　刷 / 北京通天印刷有限责任公司

890×1240 毫米　32 开本　10.25 印张　242 千字
2009 年 1 月第 1 版　　2009 年 1 月第 1 次印刷
印数:0001—6000 册

ISBN 978-7-5014-4353-6 / I · 1790　　定价：26.00 元